松本和也［編］

小説を分析的に読むための実践ガイド

テクスト分析入門

ひつじ書房

テクスト分析入門・**目次**

◉小説

テクスト分析入門

第1章 テクストを分析的に読むために

1　小説の読み方を振り返る

いったい、小説の面白さとは、どんなところにあるのだろう。

自分が面白く読んだ小説について、誰かと語りあうことは実に楽しい経験である。まだ読んでいない誰かにもその小説の面白さが伝えられれば、読書の楽しさは広がるだろう。あるいは、小説を読んで面白いと感じるポイントが、いわゆるストーリーやテーマ、キャラクター以外にもあることに気づくことができたら、小説はさらに魅力的にみえるかもしれない。ふだんは気がつかない小説の仕掛けや工夫、方法などである。そうしたことに気づけば、小説家や小説のすごさを目の当たりにすることにもなる。

逆に、文学史的評価の高い小説や、世間で評判の小説というのもある。あるいは、誰かに奨められたものの、その面白さが分からないこともあり得る。そんな時、単に好みの問題として片づけずに、その小説をめぐって、どのようなところが誉められているのか、どのような読み方をすればそうした楽しみ方に辿り着くことができるのか、考えてみるのもいいだろう。

小説の読み方については、つい好き嫌いのレベルで判断を止めてしまいがちである。そこでとどめずに、もう一歩踏みこんでみると、小説をめぐって〝何が書かれているか（内容・主題）〟についてばかりでなく、〝いかに書かれているか（形式・方法）〟といった側面にも注目することができるのではないだろうか。そもそも、小説やそこに書かれたことごとは、語りたい誰（何）かが語ることによって、はじめてかたちになったものである。本書のねらいは、そうした小説のなかなか手の届きにくいところ、しかしそれが感動や評価のポイントなるような**仕掛け**や**工夫**、**方法**に光を当てるための具体的な観点や技術（ツール）を、その使用法とともに分かりやすく示すことにある。そのための具体的な観点にして技術こそが、テクスト分析なのである。

2 テクスト分析とは何をどうすることか

さて、本書は、テクスト分析のための入門書である。

テクストとは、さしあたり小説の言いかえである。それでも、テクスト分析という言い方にはさまざまな含みがあるので、まずはそれをときほぐしてみよう。

たとえば、単純に小説と呼んでも、詩や戯曲ではないという意味でのジャンルを問題にしていることになるし、短編と呼べば、小説の（相対的な）長さに注目していることになる。このように考えた時、テクストは作品に対置された概念として考えるとわかりやすい。

議論を文学研究に限れば、作品と呼んだ場合、それを書いた作家がすべてをコントロールしたもの（作家の従属物）だというニュアンスが含まれる。ここでのポイントは、どこにも書かれていない作家の意図が、当の小説にくわえて読者をも規制（束縛）していくということである。本書の立場からすると、こうした読み方には次のような問題がある。

第一に、作家の意図を、実証的な証拠を揃えて、説得的に示さなくてはならないという困難がある。しかし、小説とセットで作家の意図が示されることは少ない。仮に示されたとしても、そのまま受けとめてよいのか、疑うべきなのか、なかなか判断は難しい。

第二に、こうした読み方は、誰が書いたかが明らかで、かつ、その作家についての情報にアクセス可能な場合にしか成り立たない。逆に言えば、誰が書いたか分からない小説や作家の知名度が低い場合などには、応用すること自体が難しくなってしまう。

そしてこれが重要なのだけれど、第三に、小説の読み方は一つではない、という原理的な前提がある。同じ小説を、主人公に感情移入しながら読むこともできるだろうし、敵役の立場から読んだり、あるいはストーリー展開を楽しむといったことがあってもよい。

ならば、どのように小説を読めばいいのだろうか。テクスト分析を目指す本書では、作家の意図が実現された〝作品〟という見方から、読者から見た〝テクスト〟（の具体的なありよう）へと、ポイントをスライドさせてみたい。ただしそれは、単に作家の意図を度外視し、その上でテクストを自由に（＝好き勝手に）読む、といったテクスト論とは異なる。

テクスト分析において重要なのは、単に作家の意図を気にしないことではなく、**客観的なものさし**によってテクストを分析して**論理的な読みとり**を行うことで、読み方を異にする他者にも、納得できるような仕方で**テクストの特徴**を記述することである。

こうした、作家に属していた小説の読み方の主導権を、読者が奪いとるというアイディアは、かつてロラン・バルトが提唱したものである。ここでポイントとなるのは、小説の読み方を束縛する作家（という意味づけの根拠）をひとまず脇に置いて、小説の読解可能性を解放していくことである。小説をこのように捉えたとき、それをテクストと呼びたい。

> 一編のテクストは、いくつもの文化からやってくる多次元的なエクリチュールによって構成され、これらのエクリチュールは、互いに対話をおこない、他をパロディー化し、異議をとなえあう。しかし、この多次元性が収斂する場がある。その場とは、これまで述べてきたように、作者ではなく、読者である。（中略）読者の誕生は、「作者」の死によってあがなわなければならないのだ。

これが、「作者の死」におけるバルトの説明である。そうであれば、テクストとは、読者との関係ばかりでなく、過去の文学作品や同時代のさまざまな表現、さらには政治や経済などの動向とも関わりながら、その姿や担う意味を変えていくものなのである。ただし、本書ではテクストを取り巻く歴史的なコンテクストについては、本書3・6・9・12・14の各章における必要最小限の確認にとどめ、テクストに興味を絞って、分析的な読み方についてのレッスンを、観点や技術の解説・応用とあわせて積み重ねていきたい。

では、テクスト分析とは具体的にどのような読み方（の方法）なのだろう。

ふつう、小説の読みとりは感性に左右されやすい、個人差に寛大なものだと思われている。しかし、同じテクストを対象として、客観的なものさしを当てることができれば、個人的な好みとは別に、誰もが共有できる特徴を、分析の後、手にすることができるはずだ。

このように、手探りで読者がそれぞれの読書体験を、客観的なものさしによって言葉にしていくこと——

これこそが、テクスト分析の第一歩にしてエッセンスである。つまり、ふだん気にとめることもなく、ことさらに言語化することもない読みのプロセスを、他人にも説明可能なさまざまな切り口によってかたちにしていくこと――そうした見えにくい読みとり・説明を持続的に展開していく意志こそが、テクスト分析最大のポイントなのだ。

3　テクスト分析の源流と日本での展開

かりに大学の教室で、〝何が書かれているか〟ではなく、**〝いかに書かれているか〟**といった側面に注目して、つまりはテクストを分析的に読むように指示した場合、いくつかのワードがあがってくるだろう。レトリック、視点、語り手、人称、時制、……。

こうした一連の観点（分析概念）は、**ナラトロジー（物語論）**を中心に理論化されてきたものである。日本では、古典文学研究の方法との相互乗り入れを通じて定着した経緯もあって、語り論と呼ばれることもある（本書では、これらを厳密には区別しない）。

本書で手がかりにする、テクスト分析のための観点や技術をまとめて理論化したツール＝ナラトロジーは、一九六〇年代以降、主にフランスで盛んになった文学理論にその源流をもつ。特集「ジェラール・ジュネット」の中で、千葉文夫は次のように整理している。

一九六十年代半ばから七十年代にかけて到来するのは文学理論の時代にほかならない。それもフランス内部で着実に継承されてきたというよりも、外部のものを短期間に集中的に摂取し消化していったというべき現象であり、ソシュール、ヤーコブソン、バンヴェニストなどの言語理論の文学研究への適用、ロシア・フォルマリスムの物語研究の紹介、ヴァレリーの詩学、プルーストの文体論的考察などの再評価、それに加えてテルケル・グループに象徴される精神分析的、マルクス主義的方法論などの要素をあげてゆけば、まさしくここに認められるのは批評ではなくて、いささか錯綜した姿を示す文学理論の時代と呼ぶべき事柄であるにちがいない。ジュネットはこのような趨勢のなかにあって、大学における文学理論に関する教育の導入に積極的に働きかけ、研究誌「ポエティック」の創刊に尽力し、そしてまた研究者としては『フィギュールⅢ』(「物語のディスクール」を収録)あるいは『ミモロジック』などの著作を発表し、いくつかの重要な貢献をおこなっている。

ここで千葉が特筆したジュネットの邦訳書『物語のディスクール　方法論の試み』は、日本の近代文学研究にも大きなインパクトを与えた。一言で言えば、これまで説明が難しかったテクストのありようを、体系化された理論によって、細かく厳密に分析することが可能になったのだ。同書でジュネットは、プルーストの長編『失われた時を求めて』を題材に、分析概念を定義づけ、それを多彩な観点から応用することで、『失われた時を求めて』を理論的に分析すると同時に、体系的なナラトロジーを提示してみせたのだ。(以下、本書では同書からの引用、参照に際してのみ、邦訳書のページ数をそえた。)

ジュネットのナラトロジーは、〈**物語**《レシ》 *récit*〉(小説)という語のもつ〈曖昧さ〉をクリアにし、それを〈三つの相〉に分けるところから始まる。それぞれを、〈意味されるもの《シニフィエ》、すなわち物語の内容〉を〈**物語内容** *historie*〉、〈意味するもの《シニフィアン》・言表・物語の言説すなわち物語のテクストそれ自体〉を〈**物語言説** *récit*〉、〈物語を生産する行為と、広い意味ではその行為が置かれている現実もしくは虚構の状況全体〉を〈**語り**

narration〉、と定義する（一七頁）。その上でジュネットは、物語言説を中心的な分析対象として、〈物語言説と物語内容との時間的諸関係〉を扱う〈**時間** *temps*〉、〈物語の「再現」の諸様態（種々の形式と度合）〉を扱う物語言説の〈**叙法** *mode*〉、〈言表行為の主体（より一般的には審級）とのある関係〉を指す〈**態** *voix*〉といった三つのクラスを準備して、テクストのありようを具体的・客観的に分析していくのだ（二二頁）。ジュネットによるナラトロジーのすごさは、小説に流れる時間の速度や種別、登場人物たちの内面（情報量）がどのようにコントロールされているか、語り手が物語言説といかに関わっているかなど、小説が〝いかに書かれているか〟という興味から、実に多くの**客観的指標**をとりだせるところにある。

日本における近代文学研究を中心としたナラトロジー（語り論）の展開については、『語りの近代』（有精堂、平8）の著者である藤森清が、次のように整理している。

> 研究方法としての語り論が中心的な分析概念として注目を集めるようになったのは、小森陽一が一連の仕事を一九八八年に『構造としての語り』、『文体としての物語』にまとめた頃からである。一九九〇年五月には『日本近代文学』が「小特集　語り」を組み（四十二集）、翌年に『解釈と鑑賞』が「近代小説と「語り」」（一九九一年四月号）を特集し、その可能性を探っている。三年後の一九九四年に『解釈と鑑賞』（四月号）が再び「近代小説と「語り」Ⅱ」を特集したが、このあたりから語り論は「ベーシックな研究方法の一つ」「それを足掛かりに研究を構築していく出発点の一つ」（金子明雄）であることが確認され、語り論そのものに対する関心は下火になっていった。

右に紹介された各種特集も含めたナラトロジー・ブームに前後する時期には、理論的で応用のきくジュネット理論を援用した研究が次々と生みだされ、それに対する批判、あるいはナラトロジーのさらなるバージョン・アップなどの展開もみられた。また、読書行為や歴史記述など、関連テーマへの広がりも含めてさらなる発展を目指すべきだという提言もみられた。それでも、藤森清らの成果が刊行された一九九〇年代半ば以降、ナラトロジーを援用した研究の多くが視野をテクストのみに限定し、読みの多様性をいたずらに競う解釈ゲームに陥る中、ナラトロジーへの批判的な見方が強まり、研究（方法）のブームが文化研究へとシフトしたこともあって、〈ベーシックな研究方法〉としても、その有用性に見合うほどには定着しなかった。

4　ナラトロジーの再利用《リサイクル》へ

日本近代文学研究の分野においては、こうした盛衰をへてきたナラトロジーではあるけれど、テクスト分析の基礎的な観点・技術は今でも有効だと考えられる。むしろ、文学（研究）の社会的有用性が問われている今日にあって、ナラトロジーを援用したテクスト分析の方法論は、文学（研究）にとどまらず、映画やTVドラマ、ファッションから歴史記述、さらには新聞報道や社会現象など、よりひらかれた対象にも応用可能な、**文学（研究）発の知見**として、重要かつ使い勝手のよい、便利な**財産**でもあると考えられる。

そこで本書では、大学生を中心に、高校生から近代文学をテーマに卒業論文を執筆する学生までを主な読者（層）として想定しながら、ナラトロジーを中心としたテクスト分析を、日本近代文学史上の名作を題材に、具体的なレッスンとして展開していきたい。

早速次章では、夏目漱石の小品「夢十夜」のうち「第一夜」をとりあげて、具体的にテクスト分析とはどのようなものかを実感的につかむため、ウォーミング・アップを提示する。ここでは、主にロシア・フォルマリズムの観点・技術が援用されている。というのも、文学作品を科学的に読もうとする動きの震源は、一九一〇年代のロシアにあったのだから。

その後、森鷗外「高瀬舟」、芥川龍之介「南京の基督」、川端康成「伊豆の踊子」、岡本かの子「老妓抄」、太宰治「桜桃」といった、いわゆる文豪の名短編をテクスト分析の対象としてとりあげる。このラインナップは、文学作品としての定評を得ていることはもとより、多様な小説表現に触れながら、扱う時代の幅をひろめにとり、ナラトロジーの観点や技術を一通りカバーして学習することを念頭に置きながら選んだものである。

ただし、本書では文豪の名短編を無批判にとりあげるわけではない。テクスト分析の前提として、作家・作品紹介もかねて、右の短編の評価史——いつ・どのように読まれたことによって評価されてきたのかなどについても、各編一章を割いて確認していく。それは同時に、これまで名短編がどの程度、テクスト分析という方法論から読まれてきたか（読まれてこなかったか）を検証することでもある。また、テクスト分析を導入する以前／以後で、テクストの意味（見え方・読み方）がどのように変化するかを示すねらいもある。

まとめると、本書はテクスト分析に関する①**理論書**であると同時に、②その実践的な応用＝**実例集**でもある。また、とりあげた短編を通史的にみれば、③**小説表現史**であると同時に、それらについての関連情報も提供するという意味では④**近代文学史**でもある。

なお、各章の議論においては、膨大な先行研究を参照し、そこから多くの示唆を受けているが、本書の企図に即して最低限の文献を示すにとどめた。ここで、執筆者を代表して記載しきれなかった先学の成果に感謝の意を表しつつ、ご了承を乞う次第である。

本書を手にした読者が、テクスト分析の方法論を学びながら、小説の読み方について新たなアプローチを身につけ、文学（小説）を始めとしたさまざまな文化テクストの分析に応用していくなど、それぞれの楽しみ方に即して活用して頂ければ幸いである。

◉引用・参考文献

ロラン・バルト／花輪光訳「作者の死」（『物語の構造分析』みすず書房、昭54）
ジェラール・ジュネット／花輪光・和泉涼一訳『物語のディスクール　方法論の試み』（書肆風の薔薇、昭60）
千葉文夫「無限にして、しかも閉ざされた空間」（『早稲田文学』平1・11）
藤森清「フォーラム方法論の現在Ⅰ　語り論」（『日本近代文学』平25・11）
金子明雄「近代文学研究と物語論の今日と明日」（『日本近代文学』平3・5）
小森陽一「語り論の現在」（『日本近代文学』平3・10）

◉本書全体の参考文献

ジェラール・ジュネット／花輪光・和泉涼一訳『物語のディスクール　方法論の試み』（書肆風の薔薇、昭60）
ジェラルド・プリンス／遠藤健一訳『改訂　物語論辞典』（松柏社、平27）
橋本陽介『ナラトロジー入門　プロップからジュネットまでの物語論』（水声社、平26）
西田谷洋『学びのエクササイズ　文学理論』（ひつじ書房、平26）
松本和也編『テクスト分析入門　実践編』（神奈川大学外国語学部松本研究室、平30）

夏目漱石『夢十夜』「第一夜」

第2章 ウォーミング・アップ

第2章

ウォーミング・アップ

夏目漱石『夢十夜』「第一夜」

「こんな夢を見た」、らしい。

「第一夜」という題字に続いておかれたこの一文は、それに続く話が夢だということを告げ、この小品の枠組み（＝夢）を設定する。

だが、この「夢を見た」のはいったい誰なのか。『夢十夜』の作者である漱石だろうか。漱石も、もしかしたら「こんな夢を見た」かもしれないし、その夢は、伝記的アプローチを取る文学研究が指摘するように、漱石が憧れていたと言われている義理の姉との関係を反映したものかもしれない。けれども、そうしたことはテクスト分析にはあまり重要でない。「第一夜」の語り手は「自分」であるから、「こんな夢を見た」のは「自分」だと考えるのが、まずは穏当そうだ。この小説は、「自分」が見た夢を「自分」が語るという形をとっている。その場合、夢に登場する「自分」とそれを語る「自分」とは、同じ「自分」であっても位相を異にする。なぜなら、語られる「自分」は語る「自分」によって構成されるからだ。それは、語られる「自分」に限らず、語られるもの全体に及ぶ。語りはつねに騙りである。

本章では、一九〇八（明治四一）年の『夢十夜』の「第一夜」を肴《さかな》にしながら、現代文学理論の端緒となったロシア・フォルマリズムの基本的な考え方に触れつつ、語るということの孕むいくつかの根本的な問題についてみていこう。まずは問題意識をもつこと——それが、これから本書でテクスト分析を学んでいくためのウォーミング・アップとなる。

1 「いかに」の問い——ロシア・フォルマリズム

出だしから「第一夜」のテクストを離れて、大きな回り道をしたい。

まず、ごく一般的な意味で、夢を語ることについて考えてみよう。寝ているときに見るあの夢だ。誰かにその夢を話してみる。しかし、実際に語ってみるとどうもうまくいかない。夢の中で展開された、往々にして不条理な出来事をうまく表現することができず、もどかしい思いをする。夢をそのまま語るというのはとても難しい。

このときわれわれが出会うのは、語ること全般についての難しさだと言ってもいい。たとえば、実際に自分の身に起こった珍事を誰かに語ることを考えてみよう。基本的には、その出来事が起こった時系列にそって話を進めるはずだ。とは言え、時間の流れにそって淡々と事実のみをわれわれは語ることはないし、そもそもできないだろう。なぜなら、それを語る自分は、すでにその出来事の全貌を知っているため、相手に面白く語って聞かせようと情報の出し方をコントロールするからだ。

たとえば、話を面白くするために、その出来事にとって重要なことを敢えて飛ばして語ったり、それとは反対に、その出来事を体験しおえてから自分でも初めて気づいたディテールを、始めからじっくり語ったりする。また、誰かに語っている過程では、その出来事のオチを知らない自分を演じながら語るだろうし、臨場感を出すために、語り口などをかえることなどもあるだろう。そういう意味で、誰かに何かを語るときに重要なのは、多くの場合、実は、何を語るか以上に、むしろいかに語るかなのだ。

いかに語るか——この問いを、文学作品の分析にとって重要なものとして提示したのが、一九一〇年代に勃興した、のちに**ロシア・フォルマリズム**と呼ばれる文芸理論の運動である。その理論は、作品の中で語られている〝深い思想〟や〝作者の意図〟といった従来の文学研究や批評が重視してきた内容ではなく、その内容がいかに語られているか、その作品がいかに作られているかといった形式を問題にすべきだと考えた。それは、次章以降で扱うナラトロジーが生まれる一つの大きな契機となった。たとえば、ロシア・フォルマリズムの論客の一人で、のちに世界的な言語学者として活躍し、いわゆるフランス構造主義の成立にも大きく寄与することになる若き日のロマン・ヤコブソン（一八九六〜一九八二）は、一九二一（大正一〇）年『最新ロシア詩』の中で、〈文学に関する科学が対象とするのは文学ではなく、文学性、すなわち、ある作品をして文学作品たらしめるものなのだ〉、〈文学の科学が真の科学たらんと望むならば、《手法》をその唯一の《主人公》と認めねばならない〉と述べている。新聞や雑誌、レポートや法令文などが文学でないならば、どのような特性をもつものが文学になるのか。まず、それを考えることが文学研究の課題であるとヤコブソンは言っている。そのために彼は、**手法**を〈唯一の《主人公》〉にすることを提案する。これは、いかにを問うことでもある。

少し分かりにくいかもしれないので補足しよう。われわれは何かを語るときに、実はいろいろな工夫をしている。ある出来事を語る際、われわれはあたかも、その出来事を**素材**であるかのように扱い、それをつねに加工・変形して呈示する。ヤコブソンの言う手法とは、この加工・変形するための方法のことだ。いかに語られるか、いかに作られているかという問いが、手法の問題になるというのはそういうことである。

2 自動化／異化

ところで、この手法という言葉をヤコブソンが用いた背景には、ロシア・フォルマリズムの重要なマニフェストの一つ、ヴィクトル・シクロフスキー（一八九三〜一九八四）による「手法としての芸術」の存在がある。文学理論の教科書として世界的なスタンダードとなっており、邦訳もあるテリー・イーグルトンの『文学とは何か』（Terry Eagleton *Literary Theory: An Introduction*, 1983）では、このエッセイが発表された一九一七（大正六）年が、現代文学理論の誕生の年とされている。そのエッセイから、もっとも有名な一節を引用しておこう。

生は、取るに足らないものになりながら、そうして消失していく。自動化が事物を、衣服を、家具を、妻を、そして戦争の恐怖を喰い尽くしていく。（中略）／そこで生の感覚を戻し、事物を感じ取るために、石を石らしくせんがために、芸術と呼ばれるものが存在しているのだ。芸術の目的は、分かることとしてではなく見ることとして、事物の感覚を与えることである。だから、芸術の手法とは、事物の「異化」の手法や、知覚の困難と長さを増大するための難解にされた形式の手法であるが、それは、芸術においては知覚のプロセスが価値をもち、長引かされねばならないからである。だから芸術は、事物＝作品の制作を体験するための手段であり、芸術において、できあがっているものは重要でないのだ。

ここでシクロフスキーは、ごく簡単に〈芸術〉を定義している。彼によれば、〈生の感覚を戻し、事物を感じ取るために〉こそ、〈芸術〉は存在している。われわれは普段、初めて体験したときに味わうような新鮮さを生活の中で失いながら、ルーチンと化した〝日常〟を生きている。**自動化**とはそうした事態を指す。自動化された日常の中で、機械的に漫然と日々をやり過ごすときわれわれは、端的に言って、生きていない。〈生の感覚を戻〉すとは、その生き生きとした感覚を取り戻すことだ。

シクロフスキーによれば、そのために芸術で用いられる**手法**が**異化**である。これは、自動化された表現、つまり、いわゆる普通でありきたりな表現を、あえて難解な表現にしたり、もってまわった言い回しにしたりすることで、知覚のプロセスを長引かせる技術＝手法だと言っていい。たとえば、災害や戦争などの報道で、「一五〇人が亡くなりました」と表現されるのと、「一人の死が一五〇回おこりました」と表現されるのとでは、その情報の内容は同じであるにもかかわらず、ずいぶん違った印象を与えることになるはずだ。

もちろん、シクロフスキーはずいぶん乱暴なことを言っている。たとえば、「一五〇人が亡くなりました」と「一人の死が一五〇回おこりました」という表現を比較しても、「その事実は同じだけれども、そもそも伝えたい内容が違っている。結局、表現＝形式じゃなくて、内容のほうが重要なんじゃないの？」という疑義を呈することは簡単だ。いかにの問いが、なぜやどのような機能をもつかといった問いへ繋がるのもそれ故である。しかし、だからこそ、いかに表現するかという問いがまずは重要なものとしてあらわれ、その異化を実現する手法が、文学性を問うものとして提起されることが分かるだろう。また、この**自動化／異化**という発想は、大雑把なものであるぶん、芸術や文学のみならず、実は、さまざまな分野に適用可能な汎用性の高い、魅力的な考え方でもあることも、この引用から察せられるのではないか。たとえば、現代で言えば広告やキャッチコピーなどは異化した表現が多いと言えるし、そうした手法を用いたお笑いもたくさんあると言える。

3 ストーリー／プロット

さて、自動化／異化の図式から派生し、ロシア・フォルマリズムが呈示した重要な考え方として、**ファーブラ／シュジェート**という区別がある。これは、一般には**ストーリー／プロット**と言われており、たとえば、小説なり映画なりで語られる出来事の総体を、時系列・因果関係にそって並べたもの（＝ストーリー）と、その呈示のされかた（＝プロット）の区別に該当する。フォルマリズムの論客の一人、ボリス・トマシェフスキー（一八九〇〜一九五七）は一九二五（大正一四）年版の『文学の理論』の中で次のように両者の違いを説明している。

ストーリーと呼ばれるのは、作品中に伝えられている、相互に関連のある諸事件の総体である。ストーリーとは、作品中に導入される順序、仕方とは関わりなく、事件の自然な、年代的、因果的秩序にしたがって、実際的なかたちで述べられるものである。／ストーリーに対立するのはプロットである。対象は同じ事件であるが、それは、**叙述されたかたちのもの**であり、作中で伝えられる順序であり、作中でその情報が与えられる連関である。［強調は原文］

自動化／異化を引き合いにだして述べるなら、自然な、時系列・因果律に則ったストーリーが、叙述の仕方によって異化されて、プロットとして呈示されると考えればよい。

この二つを説明する際によく持ち出されるのは、推理小説である。仮に、その推理小説で起こっている出来事（たとえば、殺人事件の発生→刑事による捜査→犯人の逮捕など）を時系列に則って記述するならば、冒頭から加害者と被害者とその事件について語られるはずだが、そんな推理小説は馬鹿げているだろう。一方、むかし話や単純な物語について考えると、基本的には時系列にそって語られることに気づくはずだ。このように、この区別を念頭においてテクストを分析することは、〝いかに語られているか〟を考えるにあたって、ひとまず有効な手立てとなる。

『夢十夜』の「第一夜」は、「こんな夢を見た」ではじまる。こう記すことができるのはその夢を見た後のはずだから、起こった出来事の順序にそって記述するならば、この文言は、冒頭ではなく末尾におかれるべきである。したがって、ここでは、プロットのレベルにおいてストーリー上の時系列の逆転が起こっていると指摘できる。なるほど、これはごく普通の語り方と言えるだろうが、語りのテクニックの一つであることは間違いない。

では、なぜそうした語り方が採用されたのだろうか。それは、この一事だけとってしてみればいかようにも解釈できる。たとえば、夢という枠組みをあらかじめ示すことで、読者をその世界に引き入れやすくする機能もあるだろうし、あるいは、夢オチと受けとられるのを予め避け、そこで語られる夢の余韻を残す効果もあるだろう。また、それとは別に、『夢十夜』全体の構成の中での効果＝機能についても考えることもできる。続く「第二夜」、「第三夜」も「こんな夢を見た」とはじまり、「第四夜」の冒頭にはこの言葉がなく、「第五夜」で再びあらわれ、それ以降はこの冒頭の言葉は姿を消すわけだが、「第一夜」、「第二夜」、「第三夜」、「第五夜」の冒頭にこの文章がおかれ、反復されることにより、たとえそれがおかれていない場合でも、そこで語られる話はすべて「自分」が見た夢の話なのだろうと読者は期待するようになる。いわばその設定に慣れ、そのことが自動化するわけだ。しかし、「第九夜」の末尾には、「こんな悲しい話を、夢の中で母から聞いた」と不意をうつようにおかれて、異化されることで、読者の期待ははぐらかされる。「第九夜」で語られていることは、確かに夢の話ではあるものの、「自分」が見たことではなく、夢の中で母から聞いたことなのだ。はぐらかされた期待は、読者に強い印象を残すだろう。

以上をふまえて、指摘したいことは二つある。

まず、ストーリーとプロットとを比較することで、両者の間にあるズレを見出し、そのズレを足がかりに、テクストの孕むいかにの問いを考察する契機が得られることだ。冒頭に「こんな夢を見た」と置かれること自体、不自然なことではない。しかし、ストーリーとプロットとのズレを見ることで、別様であったかもしれない可能性を指摘できるようになる。すると、他ではなく、なぜこうしたのかという問いが立つ。

もう一つは、（ストーリー／プロットとは少し離れるが）こうしたズレは、テクストの外部にある何かとの比較においてのみならず、テクストの内部でも生産されるということだ。言い換えれば、テクスト内部で自動化の状態がつくられ（「こんな夢を見た」の反復）、それによってまた、異化も可能になる（「こんな悲しい話を、夢の中で母から聞いた」という逸脱）。自動化／異化は、異化を可能にする背景として、いわゆる普通の表現や一般的な言い方といった、自動化された何らかの状態をテクストの外部に想定せざるを得ないのだが、しかし、テクストを一つの閉じた体系とみることで、その内部での差異や逸脱（＝異化）を捉えることができるようになる。そして、その逸脱に対してなぜの問いを立て、何らかの解釈を施すことが可能になるわけだ。

4 モチーフ

ところで、ストーリー／プロットの相違を具体的に考えてみると、さまざまな困難にぶつかる。小説にせよ映画にせよ、われわれにさしだされるのは、プロットの状態になったもののみで、ストーリーは、実は、そこから取りださねばならないからだ。その際、プロットから何を取り上げてストーリーと捉えるかは、かなり恣意的にならざるをえない。

どういう話（ストーリー）かは、より詳細に語ることも、より大雑把に語ることもできる。

先に触れたトマシェフスキーは、テクストを分解する際にあらわれる最小限の単位を**モチーフ**とした（たとえば、「もう死にますと云う」、「自分は只待っていると答えた」、「穴を掘った」など）。モチーフは、最小限の単位なので、その単位は一文と考えても差し支えないが、一つのテクストの中に無数に存在することになる。それらモチーフは束になって、トマシェフスキーの用語でいえば、**テーマ**を形成することになる。たとえば、「黒い眸のなかに鮮やかに見えた自分の姿が、ぼうっと崩れて来た」、「女の眼がぱちりと閉じた」、「涙が頬へ垂れた」というのは、〝女の死〟というテーマとなる。もっとも、こうしたモチーフ群＝テーマとは、ごく一般的な意味でいう「モチーフ」と考えればよい。

こうしてテクストをモチーフに分解することで、さまざまな観点からそれらを分類することができるようになる。たとえば、ストーリーを語る上で、省略できるモチーフと、省略できないモチーフがある（トマシェフスキーは、前者を**解放されているモチーフ**、後者を**拘束されているモチーフ**と呼んでいる）。また、登場人物の移動や行為といった出来事の状況を動かすモチーフと、情景描写のように状況を動かさないモチーフとがあることにも気づくだろう（トマシェフスキーはそれらを**動的モチーフ**と**静的モチーフ**と呼ぶ）。ストーリーにおいては、拘束されているモチーフと動的モチーフとは重なることが多いはずだが、静的モチーフが、必ずしも解放されているモチーフとは限らない（たとえば、百年後に逢（＝合）いに来るという約束は百合に通じるといった、意味を担う事物のディテールなど）。われわれは普段、ストーリーを語る際、いちいち深く考えることはないものの、このようにテクストをモチーフに分解し、それらを取捨選択してストーリーを語っているのである。

以上をふまえ、「第一夜」で語られるモチーフをそれぞれ取り上げて検証し、それらをテーマにまとめ、ストーリーとして図式化すると、次のようになるだろう。

いまわの際の約束と「女」の死→「女」の埋葬→「女」を待つ「自分」→百合の開花

もちろん、これだけ取りだしたのでは、テクストが台無しである。その一方、乱暴な図式だからこそ気づくこともある。それは、〝百合の開花〟だけがストーリーとして浮いているということだ。そこまでのテーマが、物語を駆動する「自分」と「女」の言動に則るかたちで展開しているのに対し、〝百合の開花〟という〈静的モチーフ〉は、それ以前との繋がりが曖昧であることが分かるだろう。先行研究にみられる〝百合は「女」か否か〟という議論が起こる余地もここにあるといえよう。

裏を返して言えば、この図式からこぼれ落ちる細部によってこそ、「第一夜」の豊かな世界が成り立っていることが浮き彫りになる。したがって、こうしたフォルマリスティックな方法を用いた分析は、それ自体を目的としてしまうべきではない。テクストを論じる者は、こうした分析をふまえた上で、そのテクストのもついかにの特質をあぶりだし、それが何なのかを意義づけ、解釈していく必要がある。最後に、そうした作業をわずかながら行って、このウォーミング・アップを閉じることにしよう。

5　出来事の時間とテクストの時間

この図式から考えられることの一つは、語られる出来事の時間の流れと、テクストとしての語りの時間の流れとのバランスが極端に崩れているということだ。右の図式でいう〝「女」を待つ「自分」〟では、結果として百年の時間が流れているのだが、テクストの分量としてその占める割合は少ない。一方、〝いまわの際の約束と「女」の死〟や〝「女」の埋葬〟、〝百合の開花〟は、出来事としてはそれほど長い時間を要していないだろうにもかかわらず、テクストに占める割合は大きい。とりわけ、〝いまわの際の約束と「女」の死〟は、テクスト全体の半分以上を占める。〝出来事の時間〟と〝テクストの時間〟のこういったバランス（両者のズレ）もまた、テクスト分析に際しては重要な契機となる。

このバランスの悪さをどう意義づけるべきだろうか。ここでは、次のように考えてみよう。孤独に待つ「自分」の百年の出来事の時間がほとんど語られないのに対し、それに反比例して描かれるいまわの際の「女」と「自分」とのわずかなやりとりが、テクストの時間の多くを占めることによって、淡泊な言葉のかけあいが濃密なものとして浮かび上がってくる、と。実際に、物語全体を駆動するのは、口頭の言葉のやりとりによる〝約束〟である。「自分」は、「女」の言うとおりに「女」を埋葬し、「女」との約束通りに待つ。また、「そのうちに、女の云った通り日が東から出た」と記されているように、「女」の言葉は、「自分」の行動のみならず、この夢の世界全体をも規定しているようでもある。

その上で、「女」の発話に注意を向けると、「第一夜」では、発話を記述するにあたって、少なくとも二つのモードがあることに気づく。たとえば、冒頭の二文目に「仰向に寝た女が、静かな声でもう死にますと云う」とあるが、このとき、「女」が言う「もう死にます」という発話は、括弧で括られることなく、地の文に組みこまれている。それは、「自分」の発話も同様だ（「そこで、そうかね、もう死ぬのかね、と上から覗き込む様にして聞いてみた」等）。それに対して、括弧で括られている「女」の発話もあることにもすぐ気づく。このときの「女」の発話内容は、「自分」のその後の行動を規定する言葉であり、また、「女」が死んだ後の世界を予言するかのような言葉である。一つのテクストの中に異なる二つの表現形式が用いられている以上、ここにも解釈を施すべき契機がある（なお、この点に関しては、小林康夫による次の論考で注(2)として付されている見事な読解も参照されたい：小林康夫「涙と露——夏目漱石「夢十夜」（第一夜）」、『出来事としての文学』講談社学術文庫、平12）。

括弧で括られた発話は、その内容面での特質のみならず、地の文に組みこまれた場合に比べ、より物質的に声として響く、身体を伴った発話であるような印象を与える。「長い髪」の「輪郭の柔らかな瓜実顔を」した、「真黒な眸」をもつ、「真白な頬の底に温かい血の色が程よく差し」た「女」の発する声だ。括弧によって身体性が付与された発話は、その源である「女」の「赤い」唇へとわれわれを導く（「唇の色は無論赤い」）。そして、「女」の頬の「真白」が百合の「真白」へと繋がっていくように、「瓜実顔」が「細長い一輪の蕾」へと結ばれていくように、この唇の「赤」は、唇以外にこのテクストの中で唯一、「赤」を帯びたもの、すなわち、孤独に待つ「自分」が数えることになる「大きな赤い日」、「唐紅の天道」へとゆるやかに接合されていく。

そのとき、「唐紅の天道」が「そうして黙って沈んでしまった」という表現が、ただならぬ様相を呈することになる。太陽が「黙って沈む」というのは、一般論としても異化した比喩表現だと言える（太陽が喋ったり、騒音を立てたりするわけではない)。しかし、「第一夜」というテクストの中でこの表現を捉えるならば、この夢の出来事を規定する「女」の声の源である〝赤い唇＝赤い日〟が、あたかも、「自分」に対して物言わぬまま、たんたんと百年間、「自分」の「頭の上を通り越して行った」というふうに読むことができる。

そして、発話につけられた括弧の有無にこだわるならば、唯一、「自分」の声が括弧に入れられる、最後の「『百年はもう来ていたんだな』」とはいったい何なのだろうか。「第一夜」において、この箇所以外の「自分」の発話は、すべて地の文に組みこまれている。地の文に流しこまれているということは、これら「自分」の発話が、身体性・物質性をもたぬかたちで、夢の中に融解していると言えよう。したがって、最後の「『百年はもう来ていたんだな』」に付された括弧は、語られる対象となっている夢の中の「自分」とも、「こんな夢を見た」と冒頭で語る「自分」とも異なる、夢と覚醒とのあわいにたゆたう「自分」の顕れを示唆しているのではないか。かくして「第一夜」の出来事の時間はその円環を閉じ、夢から醒めた「自分」は語り出す。「こんな夢を見た」、と。

このウォーミング・アップでは、語るという行為が根本的に孕む問題について触れてきた。何かを語るには、必ずその対象・出来事を加工して呈示しなければならない。ロシア・フォルマリズムの理論は、その加工の手法こそを、文学研究の中心に据えるべきだと唱えた。ここでは、彼らの提起した異化やモチーフといった考え方、ストーリー／プロットの対置などを紹介したが、たとえば、ストーリー／プロットの対置は、その後に展開されるナラトロジーでは、〈物語内容／物語言説〉というかたちに変奏され、「時間」の問題を孕みながら、そのズレのさまざまな様態が腑分けされていく［本書の第5章、第7章、第10章など］。また、語ることを考えるにあたっては他にも、語りのもつ視点、〈焦点化〉の問題［本書の第4章、第8章など］や、〈物語行為〉を行う語り手の位置づけを精査する〈態〉の問題［本書の第8章、第11章、第13章など］等、重要なトピックはたくさんある。ナラトロジーによってより精緻に提唱されるそうした分析法やツールを、次章以降で学んでいこう。
◉参考文献：ロシア・フォルマリズム関連のみ

新谷敬三郎・磯谷孝編『ロシア・フォルマリズム論集――詩的言語の分析』（現代思潮社、昭46）
ツヴェタン・トドロフ編／野村英夫訳『文学の理論――ロシア・フォルマリスト論集』（理想社、昭46）
水野忠夫編『ロシア・フォルマリズム文学論集1』（せりか書房、昭46）
水野忠夫編『ロシア・フォルマリズム文学論集2』（せりか書房、昭57）
桑野隆・大石雅彦編『ロシア・アヴァンギャルド6　フォルマリズム――詩的言語論』（国書刊行会、昭63）
ヴィクトル・シクロフスキー／水野忠夫訳『散文の理論』（せりか書房、昭46）
ミシェル・オクチュリエ／桑野隆・赤塚若樹訳『ロシア・フォルマリズム』（白水社、平8）
山口巖『パロールの復権――ロシア・フォルマリズムからプラーグ言語美学へ』（ゆまに書房、平11）
佐藤千登勢『シクロフスキー――規範の破壊者』（南雲堂フェニックス、平18）
貝澤哉・野中進・中村唯史編『再考ロシア・フォルマリズム――言語・メディア・知覚』（せりか書房、平24）

森鷗外「高瀬舟」

第3章

知足と安楽死を超えて

森鷗外「高瀬舟」I

◉作家紹介

森鷗外(一八六二〜一九二二、本名・林太郎)は、石見国鹿足郡津和野町田村横堀(現・島根県鹿足郡津和野町町田)に、父静泰(のち静男)、母ミ子《ね》(峰子)の長男として生まれる。津和野藩主亀井家に仕える医者の家柄であった。弟に篤次郎、潤三郎、妹に喜美子がいる。一八六九(明治二)年七歳の年から藩校の養老館に通い始め、漢学、医学、礼学、数学、兵学、国学を学んだ。一八七二(明治五)年、父に従って上京し、西周邸《あまね》に身を寄せて進文学社に通い、ドイツ語を学ぶ。幼いころから秀才を発揮し、実年齢一三歳で第一大学区医学校(現・東大医学部)に入学。ここでの読書が文学的な基盤になった。

卒業後は両親の意に従って陸軍軍医となり、足かけ五年ドイツに留学して、衛生学および軍陣医学(軍事目的に特化した医学)を学ぶ。同時に文学や芸術にも心惹かれた。その体験は漢文体による『航西日記』に記されている。帰国後、西周の世話で海軍中将男爵の長女・赤松登志子と結婚。軍医学校教官としての勤務と、その延長ともみられる医事評論に取り組み、雑誌『医事新論』を創刊する。一方、ドイツ体験を経た鷗外の文学啓蒙（評論や翻訳活動）は、明治二〇年代初頭の文学界で熱烈に歓迎された。訳詩集「於母影《おもかげ》」（『国民之友』夏期付録、明22・8）の反響に勇気づけられ、文学評論誌『しがらみ草紙』を発刊。さらに、留学に材を取ったドイツ三部作（「舞姫」、「うたかたの記」、「文づかひ」）で、文壇での地位を確かにしていく。創作活動のかたわら、〈戦闘的啓蒙〉と呼ばれる激しい姿勢で論争も繰り広げた。坪内逍遙との間で戦われた〈没理想論争〉が有名だが、医学方面でも〈和漢方医論争〉を展開している。

一八九〇（明治二三）年に離婚したことで西周の怒りを買い、出世コースを踏み外す。日清戦争の勃発にともなって朝鮮、中国、台湾に渡り、明治二八年東京に凱旋した後に左遷とも取れる人事に遭い、一八九九（明治三二）年に小倉へ転出となった。一九〇二（明治三五）年、母の奨めで荒木志げと再婚。日露戦争から帰還したあと、一九〇七（明治四〇）年には陸軍軍医総監に登りつめ、地位が安定した。一九〇九（明治四二）年に『スバル』を創刊して創作への情熱が復活し、作家として豊熟の時期を迎える。

明治天皇を追った乃木希典《まれすけ》夫妻の殉死をきっかけに、「興津弥五右衛門の遺書」（『中央公論』大元・10）、「阿部一族」（同、大2・1）を発表。このころから歴史小説に移り、「山椒大夫」（同、大4・1）、「高瀬舟」（同、大5・1）、「寒山拾得《じっとく》」（『新小説』大5・1）などを発表した。

一九二二（大正一一）年に入って腎臓病や肺結核の症状が重くなり、同年七月九日逝去。満一〇歳で上京してから一度も故郷に帰らなかったが、遺言には「石見人森林太郎」として死ぬことを望む言葉が見える。あわせて、いかなる官憲威力も死の前には無力であるともしたためられた。墓と遺言碑は三鷹市禅林寺の他、故郷津和野町の永明《ようめい》寺および旧養老館にある。

◉作品の背景

短編小説「高瀬舟」は『中央公論』（大5・1）に森林太郎の署名で発表された。『鷗外全集』所収の日記によると、脱稿は前年の一二月五日である。その二日後には「寒山拾得」（『新小説』大5・1）を書き終え、さらにその二日後には「高瀬舟と寒山拾得——近業解題」を仕上げている。作者自身によるこの解題文は、『心の花』（大5・1）に掲載されたあと、短編集『高瀬舟』（春陽堂、大7）に再録されるが、その際に「高瀬舟」と「寒山拾得」それぞれの言及部に分けられ、「高瀬舟」に関する部分は「附高瀬舟縁起」と改題された。それによると、「高瀬舟」は江戸時代の随筆を編纂した『翁草』を原拠としている。具体的には、神沢貞幹著、池辺義象校訂の『翁草』所収「流人の話」である。和装活字本の全二一冊、京都五車楼書店の出版で、一九〇五（明治三八）年六月から翌年五月にかけて五回に分けて刊行されたものであった。「流人の話」は原本巻一一七「雑話の部」に見られ、第十二分冊に収められている（『日本随筆大成〈第三期〉二二』でも読むことができる）。

作品に附された作者解題、そこで言明される原拠とテーマ。「高瀬舟」は、作者によって敷かれた解釈のレールといかに向き合うかが問われるテクストである。なお、一九三〇（昭和五）年に仏生寺弥作監督によって映画化された他、数回にわたりテレビドラマ化されている。

◉引用・参考文献

山崎國紀『評伝　森鷗外』（大修館書店、平19）
日本近代文学館編『日本近代文学大事典』（第三巻、講談社、昭52）
竹盛天雄編『新潮日本文学アルバム１　森鷗外』（新潮社、昭60）
『鷗外全集』（第三五巻、岩波書店、昭50）
『日本随筆大成』（〈第三期〉二三、吉川弘文館、昭6）
前田愛「「高瀬舟」の原拠——森鷗外と古典」（『国文学』昭42・2）

1　森鷗外評価のポイント

日本のいわゆる近代文学作家の中から、〈**国民的作家**〉を一〇人選ぶための投票があったとしたら、どんな名前が並ぶだろうか。作家の村上春樹は、夏目漱石、島崎藤村、志賀直哉、谷崎潤一郎、川端康成、芥川龍之介といった名前を挙げつつ、漱石に続く二番手として、森鷗外の名を記している。同じく平野啓一郎は、〈森鷗外もまた、漱石と並ぶ近代日本文学の二大巨頭の一人である〉と断言している。現代を代表する作家たちにとっても、森鷗外は特筆すべき存在と認められているらしい。

ところで春樹は、〈国民的作家〉の条件を三つ挙げている。一つは、その時代における、日本人という民族の精神性を鮮烈に反映した、第一級の文学作品を残していること。次に、その作家の人格や生き方が、広く敬意を払われるものであること。最後に、若者を含めた広い年代層に受け容れられるポピュラーな作品も残していること。最後の観点については意見が割れるかもしれないが、学校教材として採択され続けていることを勘案すると、森鷗外はまさにこれらの条件に合致する〈国民的作家〉と言えそうだ。二〇一四年に新潮社から出版された〈日本文学100年の名作〉シリーズに「寒山拾得」が収められるなど、さまざまな名作アンソロジーにその名を連ねていることからも、評価の高さがうかがえる。

第二次世界大戦後、文学者鷗外をひときわ高く評価した人物として、佐藤春夫が挙げられる。彼は従来の文学史のように坪内逍遙『小説神髄』や二葉亭四迷『浮雲』を近代日本文学の出発点とするのではなく、鷗外がドイツに留学した一八八四（明治一七）年を近代文学の原点に設定した。この説はあまり賛同を得られなかったが、鷗外がヨーロッパからもたらした知識や経験、そして彼のロマン主義的作風が日本文学に与えた影響の大きさを再確認させる契機となった。

鷗外を敬愛し、『鷗外全集』の主編集も務めた劇作家・詩人の木下杢太郎《もく》は、次のように評している。〈森鷗外は謂《い》はばテエベス百門の大都である。東門を入つても西門を窮《きわ》め難く、百家おのおの其一両門を観て而して他の九十八九門を遺し去るのである〉。〈テエベス〉とは古代エジプトの都テーベを指す。鷗外のもつ教養や、活躍した分野の幅が、とてつもなく広範で重厚なものであることが、古代の大都市に喩《たと》えられているのである。あわせて、その全貌を把握することの困難さも宣告されている。

実際に鷗外の活動範囲は、極めて多岐にわたるものであった。小説では、私小説、歴史小説、史伝といったジャンルの作品があるし、詩歌や随筆も多数残している。戯曲も執筆したばかりか、演劇改良運動にも取り組んでいる。ドイツ語の能力を活かした各国文学の翻訳（重訳を含む）でも知られるし、文学以外でも、日本文化をめぐってドイツ人のナウマンと論争を交わしたり、衛生学的観点から都市計画に関する論争も繰り広げている。また、彼は文学者であっただけでなく、医者であり、軍人であり、官僚であった。三五年ものあいだ陸軍に勤め、晩年には宮内省帝室博物館長兼図書頭、帝国美術院初代院長にも就任している。極めて多才な人物であり、幅広いジャンルで旺盛な活躍を見せたが、最晩年に至るまで官吏としての職から離れなかった生きざまは、明治という時代を批判的に捉えながらも、添い寝せざるを得なかったようにも映る。いずれにせよ、明治を語るに欠かせない人物であるという評価には揺るぎがない。その経歴は多くの伝記的研究によって詳らかにされており、今や鷗外本人だけでなく、親族や友人、作中人物のモデルについても研究が進められている。

しばしば漱石と並べられる鷗外だが、一九五七年検定の教科書『新国語　総合　二』では、〈自然と人間〉〈社会と言語〉〈現実の目〉といった単元に並んで、〈鷗外と漱石〉という項目が設定されている。教科書を編集した人々にとって、鷗外と漱石は単に個人の名を超えた何かであったことがうかがえる。一方でこの二人は、高踏派・余裕派とも称される。その主な理由は、当時の文壇を席巻していた自然主義文学の流行に抗った点にある。自然主義文学運動を、近代精神獲得の努力として位置づけてきた戦後初期の教科書にとって、反自然主義の立場をとった二人は、異端でありながら正統に位置づけられる、矛盾をはらんだ存在であった。裏を返せば、それだけの特権性が許されるほどに高く認められた巨匠であり、**文豪**なのである。その評価は、「高瀬舟」の教材採択史にも表れている。

2 「高瀬舟」の教材採択史

二〇〇二(平一四)年八月、高校国語の『国語総合』という教科書の検定結果が公表された際、〈漱石・鷗外が教科書から消えた〉ことが話題になった。各種マスコミが大々的に報じたが、しばらくして清水良典や石原千秋が指摘したように、高校一年生の教科書には以前から漱石も鷗外もほとんど収録されておらず、実は誤報であったことが判明した。ただ、小中学校の国語教科書から二人の作品が消えたことは事実であった。また、誤報だったとはいえ、二人の名が消えることへの反響の大きさは、かえってこの作家たちの特別さを際立たせる事件でもあった。たとえば『文学界』は特集〈漱石・鷗外の消えた「国語」教科書〉を組み、作家を始めとした文化人に、〈現行の「国語」教科書をどう思うか?〉というアンケートまで実施している。回答を見る限り、漱石・鷗外を特別視する傾向はそれほど強くないが、少なくとも企画した編集部には、〈日本を代表する文豪の古典〉が教科書から消える事態が、一九八〇年度から開始されたゆとり教育の末期的症状として、危機的に受け止められたようである。二人が欠けることは、国語教育から決定的な何かが失われるような印象を与えた。

ちなみに、高校国語の定番教材として筆頭に挙がる鷗外作品は、小説「舞姫」である。「舞姫」は、教室ではしばしば〈近代的自我の目覚めと挫折〉を描いた作品として学習することになる。近年になって比較文学者の西成彦が、これまで言及されてこなかった新たな教材的価値を提唱した。それは他でもない、性欲の問題である。ドイツに官費留学した主人公・太田豊太郎をつまずかせた身体的・生理的欲求は、思春期の読者にとって身近で重大な問題に違いない。実は「キタ・セクスアリス」などのエッセイで鷗外は、繰り返しこの問題を取り上げている。それは戦場での兵士の性欲処理という、衛生学的・軍陣医学的関心でもあった。「高瀬舟」にもまた、身体や生命にまつわる問題意識が見られるが、それは文学者であると同時に軍医でもある、鷗外得意の領域である。

「高瀬舟」は戦前の中学校および女学校の高学年（現・高校生）向け教材として、最も多く採録された小説である。初めて採択されたのは一九二三（大正一二）年の中等教材であり、昭和戦前期にかけて定着していった。戦後も一九五六（昭和三一）年に再デビューを果たすと、六〇年代は各社で掲載が続いた。七〇年代以降の採録数は漸減したが、九〇年代以降は複数の教科書会社が「舞姫」と共に採るようになっていく。二〇一六年現在でも教育出版の『現代文改訂版』のように「こころ」と並べて掲載しているところもあるし、大修館書店は新課程の高校一年生『国語総合』の「現代文編」で選定した。さらに中学校教科書でもシェアの大きい光村図書出版が中学三年生の教材に選んでいることなどから、「高瀬舟」は中学三年生から高校全学年にわたり広範囲で読まれていると言える。ちなみに小中学校の教科書から消えていた時期にも、高等学校の特に二年生以上の教科書では、複数の出版社が掲載を続けていた。

鷗外による解題文「附高瀬舟縁起」で示された主題、すなわち**〈知足〉と〈安楽死〉**は、私たちを含めた近代以降の人間にとって普遍的な問題であると言える。衣食住がそろっていても、不満と不安から逃れられない庄兵衛は、近代人の姿そのものである。足ることを知る喜助の言葉に対する庄兵衛の内省は、現代の読者にも広く共感や自省を促すものであろう。二〇一六年四月に来日したウルグアイ元大統領ホセ・ムヒカのメッセージ――貧乏とは所有物が少ない状態ではなく、多くを所有していながら欲望に際限がない状態を指すという演説――が話題になったことにも通じている。

また、〈安楽死〉も同様である。〈ユウタナジイ〉とギリシア語で記されたことからも分かるように、安楽死という発想は当時の日本にはなかったが、しかし切腹した者への介錯という慣習に通じるものであったろう。現代では、近代的医療の発達によって、かつては短時間で絶命したかもしれない状態であっても、生きたい・生かしたいという意志と条件がそろえば、ある程度の延命が可能になってきた。その結果、生と死(延命中止)の決定に第三者が関与するケースはますます増えている。実際に人の死やその決定に立ち会ったことのある生徒でなくとも、さまざまなメディアや創作を通して、自分や家族がそのような選択を迫られる場面は、比較的容易に想像することができるだろう。安楽死(尊厳死)をめぐる問いは、決して解決されることのない難問として横たわり続けており、教室で議論する題材としても重宝されているのである。

実際、指導書中の〈指導上の留意点〉では、〈文章読解を中心とした文学的授業と違って、生徒が生活の中で作品を読むことの意味に目を向けさせる〉との指示がある。また、学習活動の中心を、それぞれが読んで感じ、考えたことをグループで話し合い、それを発表することで多様な読み方を知る、という点に設定している。重要なのは作品を読んで感じたり考えたりしたことであり、生活との関わりから見いだされる意義である。ここでいう〈作品〉とは、特に物語内容であり、主題であると解釈できる。すなわち、「高瀬舟」を読むことは、登場人物たちのやりとりを通して、彼らが体験したことや考えたことを捉え、場面ごとに変化していく心情・内面を推測し、最終的に導き出されるはずの〈知足〉と〈安楽死〉の問題について自分の意見をまとめることであり、それを級友と交換し合うことが、〈様々な読み方を知る〉ことになると考えられるのである。

しかし、小説の読解とは、それだけで済むものではない。

3 二つのテーマ

「附高瀬舟縁起」で鷗外は、「高瀬舟」の成立について語っている。それによると、鷗外は話の題材を『翁草』という江戸時代の随筆集から借りている。ここに収められた「流人の話」が素材になっていることは疑いない。そして鷗外はこの話から、〈二つの大きな問題〉を引き出している。〈一つは財産と云ふものの観念〉であり、〈今一つは死に掛かつてゐて死なれずに苦しんでゐる人を、死なせて遣ると云ふ事〉、すなわち〈ユウタナジイ〉（安楽死）の問題である。

角谷有一は、二〇〇〇年代以前の「高瀬舟」研究史を大きく三つの時期に分けている。まず、昭和四〇年代までの〈第Ⅰ期〉は、先に挙げた「附高瀬舟縁起」に基づいた解釈が主流を成していた。いわば作家の自己解説を、作品解釈のよりどころにしてきた時期ともいえる。続く昭和五〇年代以降の〈第Ⅱ期〉は、基本的には「附高瀬舟縁起」で提示された解釈に沿いつつも、二つのテーマのいずれがより重要であるかを考察したり、統一的なテーマを見出そうとしたりする試みが登場する。後述する三好論はその〈集大成〉とされている。そして一九九〇年代以降の〈第Ⅲ期〉は、それまでの到達点から方向を転じ、作品そのものと向き合って、新たな読みが試みられてきた時期とされる。それぞれの時期の成果についてもう少し詳しく見ていこう。

三好行雄は、知足の問題が、同時期に書かれた森鷗外の短編「ぢいさんばあさん」(『新小説』大4・9)と「寒山拾得」(同、大5・1)にもつながる主題であることを指摘している。また、安楽死の問題については、鷗外が軍医として戦場で突き当たったであろう同様の体験――助かりそうにない傷病兵を延命させるか楽に死なせるか――や、一九一〇(明治四三)年から一九二〇(大正九)年にかけてドイツでユウタナジイに関する議論が活発化したこと、伯林大学教授の安楽死説を抄訳した「甘瞑の説」(『公衆医事』明31・6)を書いたことに加え、一九〇八(明治四一)年に当時五歳だった長女(茉莉)が病に冒され死に瀕した際に、モルヒネを投与しようとして義父から反対された事実を挙げている。作者が示した主題を軸にして、同じ作者による別の作品や、作者自身の体験、同時代の世界的な知の動向と関連づけた、優れた作品解釈の代表と言える。

三好はそれから約三五年後に、再び「高瀬舟」を取り上げた。そしてこれまでの研究史をまとめ、〈ふたつの主題が分裂しているか否か〉、〈分裂しているとして、両者のいずれに比重がおかれているか〉、〈ふたつのテーマを統一する主題は果して発見できないのか〉の三つを主要な論点として整理する。ここで三好の言うテーマとは、やはり〈知足〉と〈安楽死〉の問題である。その上で、〈言術〉という語を用いながら「高瀬舟」に三つのレベルの言語表現(作者、庄兵衛、喜助の各人に属する言述)が含まれていることを指摘し、ここに「附高瀬舟縁起」を加えた四つの言述の網の目にこそ、鷗外が真のモチーフを隠した可能性を見出している。

ただ、いずれにしても小説を通して作者=鷗外の思想を推測する読み方であり、この傾向は作品の発表当時に中村星湖が、〈やはり氏〔森鷗外〕独自のモオラルセンスを窺ふ事が出来る〉と述べた地点からそう変わっていないとも言える。また、〈知足〉と〈安楽死〉がどのような関係であるかという視点が新たに加えられたものの、この二つこそがテーマであるという視点は温存・強化されている。

4 語っているのは何者か

〈知足〉と〈安楽死〉の問題に触れずして、「高瀬舟」というテクストを論じることはできないという共通認識があるようだ。しかし、近年の〈第Ⅲ期〉では異なった視点も提示されつつある。

実は菅聡子も指摘しているように、そもそも〈知足〉と〈安楽死〉という二つの用語は、「高瀬舟」のテクストには存在しないのだ。「附高瀬舟縁起」をも「高瀬舟」というテクストの一部または半身として捉えようとする三好たちの主張になびかずにおくとすれば――すなわち鷗外という作者がテクスト外の解題で示した解釈のレールから下りるとすれば――、どのような読みが可能だろうか。

たとえば、菅は喜助と庄兵衛のやりとりを丁寧にたどり直して見せる。そこで気づかされるのは、喜助が「いかにも楽しそう」にしていた、根本的な理由である。喜助の台詞をあらためると明らかなように、彼は死罪を免れたうえに、指示された場所に定住してよいと、お上から許されたことを、「先《ま》ず何よりも有難い事」と捉えているのである。当時の掟によって二百文を戴いたことについての言及は、そのあとに出てくる。にも関わらず、庄兵衛は「二百文」という金額から自己の生活を顧みて、喜助の「慾のないこと、足ることを知っていること」への感動へと到達してしまうのである（もっとも、話し手は重要なことから順に話しているつもりでも、聞き手は話の後半の方をよく記憶している、といったことは日常会話でもよく起こる）。このことは、「附高瀬舟縁起」で、「翁草」のエピソードから〈財産の問題〉を読み取った鷗外の態度とも重なる。

二人の会話場面には、作中人物である同心・庄兵衛による、**語りの問題**が潜んでいる。庄兵衛は喜助の言葉を順当に把握しているとは言いがたい。誤読・曲解しているとすら言えるかもしれない。だがそうした解釈を、読者に向けて語ってしまうのである。つまり読者は、庄兵衛による語りによって、喜助の言葉を捉え損ねてしまい、いわばミスリードされてしまう可能性を含んでいるのだ。読者は喜助が発した台詞と、それに対する庄兵衛による解釈の両方をテクストから読み取ることができるはずなのだが、先行研究をたどってみても、むしろ後者の方を重視してきた傾向がうかがえる。

しかし、たとえ誤解が含まれているとしても、やはり庄兵衛の解釈こそが重要であり、彼が注目した〈知足〉と「弟殺し」こそが最大の問題であると考えることもできるだろう。実際、先行研究の多くもそう考えていた。だが、この庄兵衛とはそもそも一体何者なのだろうか。庄兵衛の言葉（台詞・思念）は、徳川時代の同心のものとは考えられない。というのも、テクストの終盤に登場する「オオトリテエ」というフランス語を、この時代の役人が想起するわけがないのだから。だとすれば、それは作中人物である庄兵衛の生の言葉ではなく、物語世界の外部に属する、何者かの言葉と考えなければ説明がつかない。

一方、冒頭部で徳川時代の遠島について説明しているのは、何者だろうか。庄兵衛の思念を語った者と同じだろうか。彼／女はどこかの時点から過去を振り返るかたちで、この時代における高瀬舟の護送について語り出す。だが、冒頭部を読む限り、彼／女は高瀬舟という名称が、あたかも高瀬川を渡る舟であることに由来していると、考えているように見える。多くの読者もそのような誤解に導かれると思われる。しかし、実際には川の高瀬（浅瀬）で用いられる底が平らな小舟を指す、一般的な名称に過ぎないのだ。徳川時代の文化にそれほど精通しているわけではなく、逆に西欧の語彙を持った人物――すなわち作者＝森鷗外の顔が浮かぶ（もっとも、実際には鷗外の博識は高瀬舟の時代考証にも及んでいる）。

また、喜助の語りについても問題が横たわっている。彼が語った出来事が果たして真実であるのか、それは誰にも分からないのだ。剃刀が喉に刺さった弟は、口をきくことができなかった。弟がどんな気持ちで、何を求め、何を訴えていたかは、すべて目によってのみ表現されている。喜助は弟の目から情報を読み取り、剃刀を引き抜いて絶命させるという行為に出たのである。弟の思考は、言葉ではなく、微細な身体表現によってのみ伝達されようとしている。弟の真意は計り知れないし、一連の出来事は、喜助の語りによってしか庄兵衛にも読者にも開示されないのである。

だからといって、喜助の語りは信頼に足りない、白州の場で自己弁護のためについた嘘を繰り返しているだけだ、と断定するのは早計だろう。喜助の語りが、庄兵衛からの質問に応じる形で引き出されていたことを思い出してみよう。庄兵衛による呼びかけには、重要な仕掛けがある。当初、庄兵衛は喜助に、「お前」と呼びかけていた。しかし、喜助の足ることを知る態度に「毫光がさす」思いを抱いた庄兵衛は、次の質問の際には「喜助さん」と呼びかけているのである。この変化には、庄兵衛が役人と罪人という上下関係から抜け出して、対等な人間関係へと移行しようとしていることが暗示されている。問いかけはもはや、役人という立場からの尋問ではなく、一個人としての関心から出たものに転じているのだ。庄兵衛は自分の言葉に「少し間の悪い」思いを抱き、喜助もまた不審に思って「気色を覗」うが、やがて「かしこまりました」と話を進めていくことになる。より私的な関係性を受け容れた喜助の語りは、強制されたものでも、偽られたものでもなく、事実の告白であるという予感を読者に与えるはずである。

対等な立場からの告白であるがゆえか、喜助の告白はさまざまなノイズを生じることにもなる。剃刀を「手早く抜こう、真直に抜こう」と用心したにも関わらず、結果として傷口を拡大してしまったこと。絶命した弟が「目を半分あいたまま」であったこと。そして自分は役人が来るまでそれを見つめ続けていたこと。これらは恐らく、白州の場では語る必要のなかった事柄である。彼はまだ息のある内から、弟の目が訴えることを読解しようとしていた。そして、弟が死んだあとも、自分が息の根を止めたことや、傷口を拡げてしまった事実を噛みしめながら、彼の「半分あいたまま」の目と対話し、何かを読み取ろうとしていたのではないか。そしてその何かこそ、庄兵衛と読者に突きつけられた、**テクストの空所**ではないだろうか。

テーマやストーリーにのみとらわれていると、こうした問題はしばしば置き去りにされる。しかし、どのような主題や物語内容であっても、それをいかに表現するかという観点もまた、テクスト分析には重要なのである。

5　作者による解題を超えて

髙野奈保は、作者が提示した二つの主題からひとまず離れて、テクストに散見される〈類のない〉事物に注目し、この小説を〈通例〉と〈例外〉の中で常に揺れ動く物語として読むことを試みている。この視点を得てテクストを再読すると、たしかに冒頭から徳川時代の遠島罪をめぐるさまざまな〈慣例〉が列挙されており、「高瀬舟の護送は、町奉行所の同心仲間で、不快な職務としてきらわれていた」という一般的な傾向が示されるに至る。そこに現われたのが、「これまで類のない、珍しい罪人」である。同行する親類もいない「ただひとり」で、「何事につけても逆わぬようにしている」態度で、「横になろうともせず」、「目には微かながやきがある」といった〈例外〉の複合体として、喜助は現われる。これを不思議に思った庄兵衛が、思わず喜助に話しかけるという〈例外〉的な行為に踏み切ったことをきっかけに、ドラマは展開していくのである。その結果、庄兵衛の内部には葛藤が生じることになる。彼は弟殺しの罪をめぐって動揺し、「オオトリテエ」（権威）が形成する〈通例〉に従おうとしながらも、それに収斂しきれない個人的な〈例外〉としての感情を抱えて揺れ動くのである（「疑が生じて、どうしても解けぬのである」）。

また、木村小夜は、喜助の弟殺しの経緯について、何よりもまず死を願ってそれを実行に移そうとした肉親が眼前にいることに注意を向ける。すなわち、そこには鷗外が解題で示した〈安楽死〉の問題以前に、自殺しようとする人間の姿があるのだ。しかも、喜助の弟が自殺を断行した理由は、自分のせいで兄に苦労をかけているという点にあり、彼は兄を思って自らの命を絶とうとしているのである。ならば、〈安楽死〉について考えるというよりは、むしろ〈自殺〉あるいは〈自己犠牲〉こそがテーマであると捉えるべきではないだろうか。

喜助の台詞をたどり直した菅の論もそうだが、これらの研究は、作者による主題の自己解説をふまえた上で、あえてそこから距離を置いている。そして、語りの構造や、開示される情報の順位、語彙の傾向といった、テクストの細部を分析することを通して、小説表現の特徴や、新しいテーマを発見することに成功している。それはもしかすると、作者自身も想定していなかった、「高瀬舟」の新たな意義かもしれないのだ。

◉引用・参考文献
村上春樹「芥川龍之介――ある知的エリートの滅び」（ジェイ・ルービン編『芥川龍之介短篇集』新潮社、平19）
平野啓一郎『本の読み方　スロー・リーディングの実践』（PHP研究所、平18）
佐藤春夫『近代日本文学の展望』（講談社、昭25）
木下杢太郎「森鷗外」（『藝林閒歩』岩波書店、昭11）
池内紀・川本三郎・松田哲夫編『日本文学１００年の名作　第1巻　１９１４―１９２３　夢見る部屋』

（新潮社、平26）
関口夏央・谷口ジロー『『坊ちゃん』の時代　第二部　秋の舞姫』（双葉社、昭64）
清水良典「漱石・鷗外は教科書から消えたか?」（『朝日新聞』夕刊、平14・9・19）
石原千秋『国語教科書の思想』（筑摩書房、平17）
佐藤泉『国語教科書の戦後史』（勁草書房、平18）
特集「漱石・鷗外の消えた「国語」教科書」（『文學界』平14・5）
西成彦『世界文学のなかの『舞姫』』（みすず書房、平21）
橋本暢夫『中等学校国語科教材史研究』（渓水社、平14）
川島幸希『国語教科書の闇』（新潮社、平25）
角谷有一「プロットの読みを深める」（田中実・須貝千里編『文学の力×教材の力　中学校編3年』教育出版、平13）
三好行雄「「高瀬舟」について――その成立」（『解釈と鑑賞』昭29・7）
三好行雄「「高瀬舟」」（『別冊国文学・森鷗外必携』平1・10）
中村星湖「新年の創作（五）」（『時事新報』大5・1・15）
菅聡子「森鷗外『高瀬舟』を〈読むこと〉」（田中実・須貝千里編『文学の力×教材の力　中学校編3年』教育出版、平13）
『森鷗外全集』（第三巻、筑摩書房、昭46）
杉本完治『森鷗外　永遠の問いかけ』（新典社、平24）
髙野奈保「〈例外〉の物語――森鷗外「高瀬舟」論」（『立教大学日本学研究所年報』平27・8）
木村小夜「船上と白洲――『高瀬舟』試論」（『福井県立大学論集』平8・2）

第4章 語ること・見ることとテクストの仕組み

森鷗外「高瀬舟」Ⅱ

焦点化
直接話法

国語の授業で「高瀬舟」が扱われる場合、登場人物の心情表現を追いかけて、安楽死や知足などの人間の有様を読み取ることを主軸にしてきたはずだ。これは、おそらく一般的な読書においても同じではなかろうか。しかしながら、本章では、このような安楽死や人間の有様といった問題そのものは扱わない。扱うのは、これらが表現されているテクストの表現の仕掛け＝物語言説の特徴である。そこで、ジェラール・ジュネット『物語のディスクール』で示された物語論の一部を用いてこのことを点検しよう。

なお、「高瀬舟」のテクストは、行間に引かれたラインによって四つに区分されている。以下（第5章も含める）では、前から順番にそれぞれの区分を場面1から場面4と呼び分けることにする。

1　三種の言説の混在

「高瀬舟」は、同心が罪人の犯行動機を聞き出す、〈尋問者〉と〈供述者〉（秦行正）の物語と説明することもできる。しかし、ナレーションや登場人物の心中の独白がないドラマや映画や演劇のように、刑事が犯人と対話＝会話だけを行いながら犯行動機を聞き出す様が単純に描かれるわけではない。当然のことだが、小説は、言葉が表現の第一の素材《メディウム》である。ドラマや映画や演劇のように動画像や役者の演技など言葉以外の表現が原則介在しない小説は、言葉だけで物語の世界を読者に具体的に想起させるべく、言語表現に関するさまざまな仕組みを内包している。それでは、「高瀬舟」の場合、その仕組みはいかなるものであるのか。

まず、注目したいのは、これまで議論の対象となってきた**語り**の問題である。一般にもよく知られた言葉を使えば、「高瀬舟」は、登場人物以外の何者かの語りによって成立している**三人称**の小説だと言える。しかし、事は単純ではない。たとえば、滝藤満義の言葉を借りれば、〈三人称客観小説の形式を一応とっている〉が〈その三人称の語りは決して安定はしていない〉のである。この不安定さ＝複雑さの由来については、これまでの先行研究から幾つかの説明を用意できるが、本章では、三好行雄が〈三つのレベルの言語表現〉によって記述されていると指摘した議論をバージョンアップさせた角谷有一の論を参照したい。角谷の指摘の要は次の通りである。

(1)〈語り手〉が小説の世界の外側からその世界のすべてを統括して語っている言説。時に〈語り手〉は事件や出来事を遠い過去に終わってしまったこととして語り、また時には庄兵衛その人のすぐ傍らから彼の思いや行為を今のこととして伝える。あるいはまた庄兵衛や喜助の直接語ったことを物語の展開に合わせてそのまま引用する。

(2)〈語り手〉が語っていながら、庄兵衛その人の思いがそのまま地の文の中に現れている言説。庄兵衛の内面のモノローグ。

(3)庄兵衛と喜助の直接話法の言説。

この三つに区分された語りが入り交じっていることが、「高瀬舟」の三人称が複雑であることの所以だというわけである。なるほど必要にして十分な的確な分類である。ただし、本書の目論見である物語論的分析方法の活用、とりわけジェラール・ジュネットの著名な物語論の分析概念を基準に据えるならば、この区分にはさらなる弁別が加えられる。

2 焦点化

ジュネットの議論にはいくつものユニークな部分がある。その一つが、〈「誰が見ているのか」という視点の問題と「誰が語っているのか」という語り手の問題を分けて考え〉(橋本陽介)た点である。ジュネットは、前者を含む問題領域を、物語を構成する情報の制御(ある出来事について、詳細に語って再現するのか、あるいは全く書かず再現しないのかという物語の情報のコントロール)の問題として捉えて**叙法**と総称した。一方、後者は**態**と呼ばれた。角谷の分類は、叙法の領域に属する。

「高瀬舟」に即して説明しよう。この小説は、三人称だと認識されるように、登場人物以外の語り手が存在する。しかし、その語り手は庄兵衛の心中を語るが、一方、喜助の内面は語らない(角谷の(2))。あるいは、江戸時代には知られていない「オオトリテエ」という言葉が登場する(角谷の(1))。つまり、この語り手は、**あるときは登場人物に同一化するように庄兵衛本人が見聞きした世界だけを語り、また、あるときは登場人物の知る由も無いことを語ってみせる。**このように述べるならば、ここで重要なのは、〝誰が語っているのか〟（**態**）という問題ではなく、〝誰の視点や感じ方で語っているのか〟（**叙法**）という問題であることが理解できる。

ジュネットは、叙法の下に**パースペクティブ**という概念を設定し、更にそれを**焦点化**という術語で下位分類している。これは従来**視点**と呼ばれてきた領域であったが、ジュネットは、視覚以外の感覚の語られ方を含めるために**焦点化**という言葉を採用した。焦点化には、以下に示す三種類があるとジュネットは言う（二二二頁）。

- **焦点化ゼロ**……いわゆる全知の視点。
- **内的焦点化**……語り手が知覚している情報と登場人物の知覚している情報とが一致している視点。
- **外的焦点化**……登場人物の思考・感情・感覚などを描かず、外面しか描かない視点。

これで角谷の分類に戻ることができる。この三分類は、角谷の三分類と次のように対応する。即ち、角谷の(1)が**焦点化ゼロ**、角谷の(2)が**庄兵衛への内的焦点化**にあたる。しかし、角谷の(3)の**直接話法**は、ジュネットの理論の中では異なる問題に位置づけられる。

まずは、実際にこの三つの焦点化が、「高瀬舟」にどのように描かれているのか確認する。ただし、**外的焦点化**に当てはまる表現は、「高瀬舟」にはないので、今回は検討から外す。

まず、**焦点化ゼロ**であるが、これは場面1全体に当てはまる。場面1は、高瀬舟をめぐる説明になっている。

高瀬舟は京都の高瀬川を上下する小舟である。徳川時代に京都の罪人が遠島を申し渡されると、本人の親類が牢屋敷《ろうやしき》へ呼び出されて、そこで暇乞《いとまごい》をすることを許された。

当時遠島を申し渡された罪人は、勿論《もちろん》重い科《とが》を犯したものと認められた人ではあるが、決して盗《ぬすみ》をするために、人を殺し火を放ったと云《い》うような、獰悪《どうあく》な人物が多数を占めていたわけではない。

傍線部の表現に注目すればわかるように、本小説の物語世界を語り手が存在する時代よりも過去のものとして認識していることがわかる。

同心を勤める人にも、種々《いろいろ》の性質があるから、この時只《ただ》うるさいと思って、耳を掩《おお》いたく思う冷淡な同心があるかと思えば、又しみじみと人の哀《あわれ》を身に引き受けて、役柄ゆえ気色《けしき》には見せぬながら、無言の中《うち》に私《ひそ》かに胸を痛める同心もあった。場合によって非常に悲惨な境遇に陥った罪人とその親類とを、特に心弱い、涙脆《もろ》い同心が宰領して行くことになると、その同心は不覚の涙を禁じ得ぬのであった。

そして、この引用のように不特定多数の同心の心中まで、語り手は知り得ている。何かの文献を参照して語っているのか、あるいは、神のように超越的な立場から同心の心情を知り得ているのかは不明である。いずれにせよ、登場人物では不可能な語り方、即ち、物語世界の全体を俯瞰できるような、全知の視点に属するものであることは理解できる。

次いで、**庄兵衛への内的焦点化**を確認しよう。次の引用は、場面2からである。

護送を命ぜられて、一しょに舟に乗り込んだ同心羽田庄兵衛《はねだしようべえ》は、只喜助が弟殺しの罪人だと云うことだけを聞いていた。さて牢屋敷から桟橋まで連れて来る間、この痩肉《やせじし》の、色の蒼白《あおじろ》い喜助の様子を見るに、いかにも神妙《しんびよう》に、いかにもおとなしく、自分をば公儀の役人として敬って、何事につけても逆《さか》わぬようにしている。しかもそれが、罪人の間に往々見受けるような、温順を装《よそお》って権勢に媚《こ》びる態度ではない。

この引用全体で語られているのは、庄兵衛の心情である。しかし、「羽田庄兵衛は」とあるように、主部は「私」という一人称ではない。庄兵衛ではない語り手が、庄兵衛の内部（視覚などの諸感覚・思考・心情）にフォーカスし、それを庄兵衛その人であるかのように語っているのである。だからこそ、喜助の内面は、庄兵衛によって推察され想像されるしかない。これが**庄兵衛への内的焦点化**である。また、焦点化を判断する際には、小説全体の文脈や因果関係をふまえる必要がある。

庄兵衛はその場の様子を目《ま》のあたり見るような思いをして聞いていたが、これが果して弟殺しと云うものだろうか、人殺しと云うものだろうかと云う疑《うたがい》が、話を半分聞いた時から起って来て、聞いてしまっても、その疑を解くことが出来なかった。弟は剃刀を抜いてくれたら死なれるだろうから、抜いてくれと云った。それを抜いて遣って死なせたのだ、殺したのだとは云われる。しかしそのままにして置いても、どうせ死ななくてはならぬ弟であったらしい。それが早く死にたいと云ったのは、苦しさに耐えなかったからである。喜助はその苦を見ているに忍びなかった。苦から救って遣ろうと思って命を絶った。それが罪であろうか。殺したのは罪に相違ない。しかしそれが苦から救うためであったと思うと、そこに疑が生じて、どうしても解けぬのである。

これは場面4からの引用である。庄兵衛と喜助という主語が混じって登場するが、これも庄兵衛への内的焦点化である。「喜助はその苦を見ているに忍びなかった。」だけを取り出せば、喜助への内的焦点化だと判断される。しかし、そうではない。第一文に庄兵衛の思考が叙述されており、第二文以降は、第一文での庄兵衛の思考のプロセスを詳細に語り直したものである。この引用部分の前の喜助の発話（会話文）を、庄兵衛が内心で語り直して整理し、それが罪か否か自問しているわけである。この例からも明らかなように、前後の文脈に注意をはらって焦点化の分類は行わなければならない。

最後に、**焦点化ゼロ**と**内的焦点化**が入り混じった部分を点検しておこう。引くのは、小説が閉じられる部分である。

庄兵衛の心の中《うち》には、いろいろに考えて見た末に、自分より上のものの判断に任す外ないと云う念、オオトリテエに従う外ないと云う念が生じた。庄兵衛はお奉行様の判断を、そのまま自分の判断にしようと思ったのである。そうは思っても、庄兵衛はまだどこやらに腑《ふ》に落ちぬものが残っているので、なんだかお奉行様に聞いて見たくてならなかった。

次第に更《ふ》けて行く朧夜《おぼろよ》に、沈黙の人二人を載せた高瀬舟は、黒い水の面《おもて》をすべって行った。

第一文では、庄兵衛の思考が語られる。第二文は、第一文をさらに語り直し、続く第三文も庄兵衛の思考と感情の展開を語っている。即ち、これらは**庄兵衛への内的焦点化**である。しかしながら、第一文に「オオトリテエ」(authority)という表現があることから、われわれは、物語世界の江戸時代よりも後の時代に位置づけられる語り手が、庄兵衛の思考を語り手の言葉で語り直していることを理解する。だとすれば、ここは**焦点化ゼロ**だとも判断される。また、最後の第四文は、「沈黙の人二人を載せた高瀬舟」と表現されており、登場人物以外の視線によって捉えられて語られており、**焦点化ゼロ**である。そもそもジュネットは焦点化の議論で、その分類の厳密性に揺れがあることを語っている。〈大は小を兼ねる〉(二二四頁)という判断であれば、この引用全体を焦点化ゼロと捉えられないわけではないのである。実は、この点については、三好行雄が、〈庄兵衛に属する〉言説が〈作者=語り手の認識と見做される〉言説に〈時に混在している〉と、先取りして指摘していることでもある。

このような判断の困難が示すように、「高瀬舟」は、決して単純な語り方/見え方から物語世界が表現されてはいない。

3 直接話法

さて、残されたのは**直接話法**である。これは、焦点化とは異なるレベルで物語言説を捉えたものである。ジュネットの理論体系の中で、直接話法は**叙法**の中でも**距離**に属する。ジュネットは、物語言説の重要な点に**再現**の問題を設定している。物語る対象=再現する対象が「何らかの出来事」であった場合、語る言葉と語られる対象との間に埋めようのない大きな違い(=遠さ)が生まれるのは、当然のことである。言葉は、動画像や写真のように動作や物体を再現できないのである。たとえば、「一生懸命走った」と表現しても、走る動きは何ら再現していない。人間の動作は複雑極まりない。あるいは、自分の自動車を言葉でかなり詳しく表現しても、自動車という物体それ自体はわれわれの目の前に再現されない。一方、語る対象＝再現する対象が言葉であった場合、その間は限りなく近くなる。言うまでもなく、言葉でもって言葉を再現するからだ。この発想から、ジュネットは**距離**という比喩を使用するわけである。そして、ジュネットは距離を次の三種に分類している（一九九～二〇二頁）。

- **物語化された言説**……再現性が低い。語り手によって語られた出来事の叙述。
- **転記された言説**……再現性が中程度。語り手が会話文などを自分の語りに溶けこませるような間接的な叙述。あるいは、自由間接話法。
- **再現された言説**……再現性が高い。直接話法。

乱暴なまとめになったが、要点は示した。実はこれまで焦点化の説明で扱ってきた会話文以外は、物語化された言説か転記された言説に該当する。そして、件の直接話法は、再現された言説のことになる。「高瀬舟」の中にそれぞれを確認しよう。

まず、**物語化された言説**である。場面1から引用する。

この舟の中で、罪人とその親類の者とは夜どおし身の上を語り合う。いつもいつも悔やんでも還《かえ》らぬ繰《くり》言《ごと》である。

引用の第一文では、語り手によって、罪人とその親類の会話の内容は端折られて、圧縮された文として表現されている。もちろん、それ以外の数限りない事（表情、声量、姿勢等々）も語られない。続く、第二文では、会話の内容が解説されるが、個々の具体的な会話が描かれるわけではなく、それらの会話を貫く「悔やんでも還らぬ繰言」という共通する特徴に集約されて語られている。語り手が介入して出来事をまとめてしまっていることから、再現性が低いことが理解される。

次いで、**転記された言説**である。次の引用は、場面3の一部分である。

庄兵衛は今喜助の話を聞いて、喜助の身の上をわが身の上に引き比べて見た。喜助は為事をして給料を取っても、右から左へ人手に渡して亡《な》くしてしまうと云った。

この引用は、喜助の発言を受けて、庄兵衛が内省する場面である。傍線部のように喜助の発言が、庄兵衛の思考の叙述に組み込まれている。つまり、庄兵衛の叙述の中で間接的に喜助の発話は表現されていることが理解される。

最後に、**再現された言説**である**直接話法**を確認したい。

庄兵衛は少し間の悪いのをこらえて云った。「色々の事を聞くようだが、お前が今度島へ遣られるのは、人をあやめたからだと云う事だ。己に序《ついで》にそのわけを話して聞せてくれぬか」

これは、場面4からの引用である。第一文で庄兵衛の発話行為が、**物語化された言説**によって叙述されている。一見、必要十分な表現に思える。しかし、庄兵衛が発話するその動作の複雑さは、「云った」のみに落としこまれて単純化されており、再現性は低い。一方、第二文以降のカギ括弧でくくられた文章は、庄兵衛の言った言葉それ自体が、一字一句削られること無く完璧に再現されている。これが、完全に**再現された言説**、即ち、**直接話法**である。

4　謎／主題の設定

以上、角谷の整理を出発点に、「高瀬舟」における焦点化と直接話法をめぐる特徴を確認してきた。これをふまえて「高瀬舟」の物語言説の特徴を整理しておこう。焦点化に関して言えば、全知の視点である焦点化ゼロによる叙述がある一方で、内的焦点化は、庄兵衛に対してだけ行われている。したがって、喜助には内的焦点化が行われないために、喜助の内面は語られない。あくまで庄兵衛を通じてその心情や思考は推察されるだけである。喜助の心情や思考を推測する庄兵衛の最大の手がかりは、直接話法で表現される喜助の発話だけである。場面2で明らかなように、その外見だけでは庄兵衛は何も判断し得ないのである。

このことを念頭におきながら、場面1から場面4の内容を振り返ってみよう。場面1は、焦点化ゼロによって叙述された高瀬舟をめぐる諸事項に関する概説である。続く場面2は、喜助を護送する際の様子が、庄兵衛への内的焦点化によって叙述されている。ここで、庄兵衛による喜助の観察が始まり、疑問が生じる。そして、場面3では、こらえきれなくなった庄兵衛が喜助に疑問を投げかけ、コミュニケーションが開始される。その中で、本作の主題の一つとして議論されてきた**知足**にまつわる喜助の発話が行われる。それを受け、庄兵衛が内省を行い、さらに喜助の罪悪に対する一種の懐疑が生じる。最後の場面4では、さらに、庄兵衛が犯した犯罪の経緯について喜助に尋ねる。そして、喜助が弟殺害の経緯を答え、それを受けて庄兵衛が、それは本当に罪になるのかと内省するも答えを見つけられず物語は終幕する。つまり、ここで、もう一つの本作の主題とされる**安楽死**の問題が登場する。

このようにまとめ直すと、場面2以降は、喜助の内面を探ることに失敗する庄兵衛の物語になっていることがよく解る。したがって、庄兵衛に対して喜助は解けない**謎**として存在するように描かれている。この解けない謎——喜助によって体現される知足と安楽死という問題＝主題（先行研究の争点）が、いかに効果的に描かれるのか、その表現に焦点化と直接話法が一つの仕掛けとなって効いている。

それでは、謎とは何か。答えは明白である。謎とはテクストに叙述されないもの、即ち**空所**である。そして、焦点化も直接話法も叙法に属すると述べたことを思いだそう。つまり、**焦点化も直接話法も語る対象の存在を再現する際の情報量のコントロールに関わっている**。これらを掛け合わせれば、表現の仕掛けの内実は明白になる。

庄兵衛の内的焦点化は、庄兵衛が喜助の内面を知り得ない状況で語り続けることを意味する。そして、直接話法によって喜助の発話が描かれることは、喜助の内面は発話された言葉以外では表現されていないことを意味する。たとえば、場面3での喜助の発話の一部を参照しよう。

> それがお牢に這入《はい》ってからは、為事をせずに食べさせて戴きます。わたくしはそればかりでも、お上に対して済まない事をいたしているようでなりませぬ。

これは喜助の言葉以外の何ものでも無い。本小説の読者は「お上に対して済まない事をいたしているようでなりませぬ」という喜助の知足をめぐる思考と感情を、「お上に対して済まない」という表現の通りに受け取るしかない。そして、その後の庄兵衛の省察を追いかけても、結局、知足も安楽死についての解決はない。読者には喜助の謎――知足と安楽死が投げ出されるだけなのである。

◉引用・参考文献

秦行正「鷗外『高瀬舟』論（下）」（『福岡大学人文論叢』昭58・6）
三好行雄「「高瀬舟」――研究史と作品論」（『三好行雄著作集』第二巻、筑摩書房、平5）
滝藤満義「高瀬舟――語り手のスタンス」（『千葉大学人文研究』平18）
角谷有一「プロットの読みを深める」（田中実・須貝千里編『文学の力×教材の力 中学校編3年』教育出版、平13）
松本修「「高瀬舟」の語り」（『日本語と日本文学』平17・2）

第5章 謎と反復をめぐるテクストの仕組み

森鷗外「高瀬舟」III

単起法
括復法
聞き手
空所

第4章では、**焦点化**と**直接話法**（**距離**）を中心に、「高瀬舟」の物語言説の点検を行い、そこから本小説の主題である喜助における知足と安楽死が**謎**＝**空所**として設定されていることの表現上の仕組みを点検した。本章では、このスタンスと前章で検討された問題を引き継ぐ。同じくジュネット『物語のディスクール』に登場する、出来事を何度語るのかという**頻度**の問題に即して本文を点検する。次いで、物語世界内における庄兵衛と喜助の関係性を語る－聴くという関係性から説明し直す。そして、最後に小説に配置された**謎**＝**空所**が、文学的表現においていかなる意義を持つのかを理解する。

これらのことをたどりながら、われわれが「高瀬舟」に見出してきた主題＝問題が、テクストを構成する言葉のメカニズムによってもたらされることを確認する。

1　頻度

「高瀬舟」の中心にあるのは、「庄兵衛が、喜助が真に罪人に値するのかを問う物語」である。言い換えれば、過去の出来事——喜助が罪に問われた事件、喜助の事件に対する態度、喜助の生活（態度）等を、庄兵衛が検証し直す物語である。このようにまとめ直すとき、われわれはテクストを物語論的に読み解く際に浮上する、基本的な問題に触れている。その問題はジュネットが**頻度**という分析概念において設定した問題領域である。頻度は、物語内容において出来事が生じた回数と、それを物語言説において何度叙述するのかということを扱う。ジュネットに限らず、さまざまな物語論に関わる理論家たちは、物語言説が物語内容の**時間**とどのような関係を取り結ぶのかに注意を払ってきた。ジュネットの理論においても時間は重要な領域として捉えられている。この時間という領域の下位区分に頻度は置かれている。ジュネットは頻度を大きく三分類している（一二九〜一三三頁）。その要点を示そう。

- **単起法**……一回生じた出来事に対して、それを語る回数は一回。ジュネットによれば、複数回生じた出来事に対して、それを語る回数が同じ回数の場合（例、五回の出来事／五回語る）も単起法に属するとされる。なぜなら「五分の五」を約分すれば「一分の一」になるからだ。
- **反復法**……一回生じた出来事に対して、それを語る回数は複数回。
- **括復法**……複数回生じた出来事に対して、それを語る回数は一回。

そして、この三分類の中でも、とりわけ単起法と括復法に焦点をあてて、「高瀬舟」の物語言説における頻度の表現を確認する。それでは、**単起法**から点検しよう。

その日は暮方から風が歇《や》んで、空一面を蔽《おお》った薄い雲が、月の輪廓《りんかく》をかすませ、ようよう近寄って来る夏の温さが、両岸の土からも、川床《かわどこ》の土からも、靄《もや》になって立ち昇るかと思われる夜であった。

これは、場面2からの引用である。喜助を船に乗せた後に描かれる情景描写である。「その日は」と冒頭にあることから、ここで語られた情景は、過去の特定の日のものであることが理解される。しかも、夜空や川の様子が比較的具体的に描かれている。そのことで、読者は、まさに「その日」に一回だけ起きた出来事だと臨場感を持って読むことになる。この引用からは、単起法独特の表現効果を見て取ることができる。

次いで、**括復法**である。冒頭の部分を以下に引く。

高瀬舟は京都の高瀬川を上下する小舟である。徳川時代に京都の罪人が遠島を申し渡されると、本人の親類が牢屋敷《ろうやしき》へ呼び出されて、そこで暇乞《いとまごい》をすることを許された。それから罪人は高瀬舟に載せられて、大阪へ廻されることであった。それを護送するのは、京都町奉行《ぶぎょう》の配下にいる同心《どうしん》で、この同心は罪人の親類の中《うち》で、主立《おもだ》った一人《いちにん》を、大阪まで同船させることを許す慣例であった。これは上《かみ》へ通った事ではないが、所謂《いわゆる》大目に見るのであった黙許であった。

この引用の通り、「高瀬舟」は、高瀬舟の説明から始まる。幾度となく罪人を運んで来たことをこの引用のように一度きりの語りで表現している。また、護送の同心が罪人の親類を同席させることが無論何度もあったわけだが、それも同様に一回の語りで表現している。特に、この親類を同席させることが複数回あったことは、「慣例であった」という表現で端的に示されている。つまり、括復法では普段の日常で反復される時間が表現され、同時に、個々の具体的な出来事をまとめてフラットにしてから語っていることが理解される。

2 単起法と括復法の絡み合い

単起法と括復法について、西田谷洋は〈近代小説では括復法と単起法との交替が特徴である〉と端的に指摘している。「高瀬舟」においても、単起法と括復法が部分的に混じり合って物語言説を形成している。

いつの頃であったか。多分江戸で白河楽翁侯《しらかわらくおう》が政柄《せいへい》を執っていた寛政の頃ででもあっただろう。智恩院《ちおんいん》の桜が入相の鐘に散る春の夕《ゆうべ》に、これまで類のない、珍らしい罪人が高瀬舟に載せられた。

この引用は、場面2の冒頭部分である。「いつの頃であったか。」とあるように、過去の出来事を語っている。そして語られている出来事は、「珍らしい罪人が高瀬舟に載せられた」である。無論、これは喜助のことである。まさに、過去に一回生じた出来事を一回だけ語っている。つまり**単起法**である。だが、「これまで類のない」という部分に注目すれば、喜助が過去に乗せられたどの罪人とも異なるという表現であることがわかる。これは、他にもこれまで何度となく罪人が高瀬舟に乗せられたことを意味している。その意味で、

括復法的な表現が含みこまれている。括復法の表現によって、喜助を表現する単起法の独自性・一回性を強調されていることになる。また、そのことで他の罪人と喜助が対比的に表現されてもいる。それは、とりわけ、庄兵衛による喜助の観察の際に際立つ。

> 庄兵衛は心の内に思った。これまでこの高瀬舟の宰領をしたことは幾度《いくたび》だか知れない。しかし載せて行く罪人は、いつも殆《ほとん》ど同じように、目も当てられぬ気の毒な様子をしていた。それにこの男はどうしたのだろう。遊山船《ゆさんぶね》にでも乗ったような顔をしている。罪は弟を殺したのだそうだが、よしやその弟が悪い奴《やつ》で、それをどんな行掛りになって殺したにせよ、人の情として好《い》い心持はせぬ筈《はず》である。

この引用において、庄兵衛は、自分がこれまでの高瀬舟の宰領を経験する中で出会った罪人をまとめてあげて語る（括復法）。次いで、他の罪人に対置させながら、目の前にいる喜助（「この男」）について語る（単起法）。この物語言説の構成によって、他の罪人と喜助を対置させることで、庄兵衛が喜助について考えている様を表現している。

他の罪人に関する出来事を括復法で表現し、一方、喜助に関する出来事を単起法で表現する。これは、「高瀬舟」の核となる庄兵衛による喜助の謎を解明しようとする物語を成立させることの根本に関わっている。庄兵衛にとって喜助が謎の存在であることは、これまで何度か述べた。この謎が謎として表現されるために、括復法は効果を発揮している。庄兵衛がこれまでの宰領の経験の中で幾度となく目の当たりにしてきた罪人のパターンを引き合いに出して喜助を比べながら、喜助がどの罪人のタイプにも当てはまらないということを確認すること。これが幾度か繰り返されることで、喜助の特異性は高まる。

3　聞き手の役割について

右に確認してきた庄兵衛の喜助に対する思考が成立する理由の一つとして、庄兵衛が喜助に対する**聞き手**として設定されていることが挙げられる。これまでは、問いかける立場として庄兵衛を捉えてきたが、そもそも問いかける者は、原則、その返答を聞く役割を担っている。たとえば、小田島本有は、〈作品の後半はほぼ喜助の直接話法で事件のあらましが語られるという特徴がある〉と述べた上で、〈喜助の語りは庄兵衛によって導かれた〉ものであり、〈庄兵衛がよき聴き手であったからこそ、喜助のこのような語りが可能になった〉と指摘している。この指摘をふまえれば、次のように述べることができる。疑問を持って問いを発し、そして、聞いた答えからさらに喜助に謎を見出し、また問いを発する、という聞き手＝庄兵衛が存在するからこそ、「高瀬舟」の知足や安楽死というテーマは表現可能になっている。まさに、**「高瀬舟」の物語の展開に推進力を与えるエンジンのような機能を持っている**のは、他ならぬ庄兵衛という聞き手なのである。

また、清水康次は、〈喜助の物語の後に、聞き手であった庄兵衛が考え込む場面がなければモチーフは完結〉せず、〈喜助の過去の物語は、語り手と聞き手のいる現在の語りの場に着陸する〉と述べている。この指摘から明らかなように、「高瀬舟」は庄兵衛という聞き手の内面が描かれることによって、知足や安楽死のテーマが表現されていることが理解される。次に引用するのは、庄兵衛が初めて喜助に尋ねる場面である。つまり、知足の問題に関わる。

庄兵衛は自分が突然問いを発した動機を明《あか》して、役目を離れた応対を求める分疏《いいわけ》をしなくてはならぬように感じた。そこでこう云った。「いや。別にわけがあって聞いたのではない。実はな、己《おれ》は先刻《さっき》からお前の島へ往《ゆ》く心持が聞いて見たかったのだ。（中略）それにお前の様子を見れば、どうも島へ往くのを苦にしてはいないようだ。一体お前はどう思っているのだい」

喜助はにっこり笑った。「御親切に仰《おつし》ゃって下すって、難有《ありがと》うございます。（中略）」こう云って、喜助は口を噤《つぐ》んだ。

庄兵衛は「うん、そうかい」とは云ったが、聞く事毎《ことごと》に余り意表に出たので、これも暫く何も云うことが出来ずに、考え込んで黙っていた。

この引用からは、庄兵衛の問い、そして、それについての喜助の返答、さらにそれを受けて庄兵衛が考えこむ様という一連の流れが描かれていることが理解される。この引用の後に庄兵衛は知足について考えることになる。したがって、喜助の発話とそれを聞き考える庄兵衛というユニットによって、初めて小説における主題や謎が表現されていることが理解できる。

4　聞き手と読者の関係性

「高瀬舟」の主題について考えようとするとき、あたかもそれは喜助の存在自体にあると考える読者もいる。確かに、知足も安楽死の問題も喜助の問題である。しかも、喜助の発話は直接話法で表現されている。そうなれば、読者の中に、喜助に直接語りかけられていると感じる者がいても不思議はない。しかし、こうなると、もはや現実の読者と物語世界内の聞き手が混同されているに等しい。ジェラルド・プリンスによれば、聞き手とは〈テクスト中に刻印されている語られている人〉であり、〈登場人物として表され〉、〈現実の読者（中略）と区別されなければならない〉ものである。読者と聞き手を単純に結ぶことが不適当であることは解る。なぜなら、喜助＝語り手／庄兵衛＝聞き手というユニットが、主題を表現することの土台の一つであるならば、そして、単起法と括復法によって喜助の独自性が語られているのであるならば、読者は庄兵衛の思考をふまえて、喜助の問題性に対面していることになるからである。

庄兵衛は少し間の悪いのをこらえて云った。「色々の事を聞くようだが、お前が今度島へ遣られるのは、人をあやめたからだと云う事だ。己に序《ついで》にそのわけを話して聞せてくれぬか」

喜助はひどく恐れ入った様子《まま》で、「かしこまりました」と云って、小声で話し出した。（中略）

庄兵衛はその場の様子を目のあたり見るような思いをして聞いていたが、これが果して弟殺しと云うものだろうか、人殺しと云うものだろうかと云う疑《うたがい》が、話を半分聞いた時から起って来て、聞いてしまっても、その疑を解くことが出来なかった。

ここに引いたのは、弟殺しの真相を探ろうとして庄兵衛が喜助に問いかける場面の始まりの箇所と、その回答を聞いて庄兵衛の思考が叙述された箇所である。「高瀬舟」の主題である安楽死問題は、喜助の発話の中よりも、むしろ「果して弟殺しと云うものだろうか、人殺しと云うものだろうか」と煩悶する庄兵衛の思考の中に明確に叙述されている。いわば、庄兵衛の思考は、解けない「疑」＝謎という解釈を喜助の発言に与える解説のような役割を担っている。そして、言うまでもなく、このときの物語言説は、庄兵衛に内的焦点化されている。したがって、読者は、喜助の直接話法を「目のあたり見るような思いをして」読んでいるだけでなく、聞き手である庄兵衛の内面も「目のあたり見るよう」に読んでいることになる。つまり、読者は、解けない安楽死問題を、庄兵衛を通じて理解していることになる。まさに、読者は庄兵衛と同期し、テクストの主題を共有しているのである。その意味で、**「高瀬舟」の主題を読者へと送り届けるための仕掛けとして、庄兵衛という聞き手は機能している。**

このように「高瀬舟」の物語言説の特徴を確認して理解されるのは、小説の主題（あるいはメッセージ）は、単純に読者に読み取られているわけではない、ということである。たとえば、小森陽一は、「〈読む〉ことへの夢想」という論考において、現実の生身の人間の作者が小説に込めた主題（メッセージ）は、何重にも重なったメッセージ伝達の回路を経て、現実の読者に伝達されることを示している。「高瀬舟」においても、虚構世界に存在する喜助と庄兵衛の語る／聞くというコミュニケーションを核に、作者と読者をめぐる伝達の回路が重層的に形成されている。

5　謎＝空所について

最後に「高瀬舟」に設定される謎の役割について説明しておこう。これまで物語言説のレベル、そして、語り手と聞き手というレベルの両方から謎（知足や安楽死という主題）にまつわる表現を確認してきた。しかし、小説の主題である知足や安楽死が、謎として表現される必然性はない。もっと直接的に書くこともできたはずである。しかし、謎＝空所を設定することにはメリットがある。

ヴォルフガング・イーザーは、小説中の**空所**について理論的検証を行った。西田谷洋のイーザーの解説を参照すると、〈空所とは描かれていないことで、テクストの中で意味確定が留保されている箇所〉だとまとめられている。そして、イーザー自身は、〈空所という飛び地がテクストと読者の相互作用を推進する〉基礎になり、〈空所は読者の想像活動をひき起こす〉と述べている。要するに、読者は、小説の空所を埋めなければ、小説の意味を読み取ることができない。そこで、**読者は、小説の意味を捉えようとするモチベーションが高まり、その謎=空所を埋めようと想像力を駆使する**わけである。

これまで確認してきたように「高瀬舟」において、知足や安楽死の問題が謎=空所によって表現され、そして、喜助の起こした事件が殺人なのか否か（安楽死の問題）が、解けないままで小説が閉じられるということは、まさに読者の小説を読むことのモチベーションを高める空所が配置されていることになる。このことを、小説の終幕部分で確認したい。

> 庄兵衛の心の中《うち》には、いろいろに考えて見た末に、自分より上のものの判断に任す外ないと云う念、オオトリテエに従う外ないと云う念が生じた。庄兵衛はお奉行様の判断を、そのまま自分の判断にしようと思ったのである。そうは思っても、庄兵衛はまだどこやらに腑《ふ》に落ちぬものが残っているので、なんだかお奉行様に聞いて見たくてならなかった。
> 次第に更《ふ》けて行く朧夜《おぼろよ》に、沈黙の人二人を載せた高瀬舟は、黒い水の面《おもて》をすべって行った。

庄兵衛は、喜助の事件が弟殺しか否かという「疑」が解けないからこそ、「オオトリテエ」である「お奉行様の判断」に従い自分なりの解決を行おうとする。しかしそれでもなお、「まだどこやらに腑《ふ》に落ちぬものが残っている」と、その直前にある自分の判断を覆すような認識が叙述され、またお奉行様の判断も提示されることなく小説は閉じられる。まさに、謎=空白が強調され、**安楽死の問題が読者によって積極的に考**

えられるような物語言説になっていることが理解される。

第4章、第5章を通して、「高瀬舟」の主題として扱われてきた知足や安楽死がどのように表現されているのか、その特徴の一部を確認した。小説の語り、あるいは物語言説がどのような仕掛けをもって構成されているのか、いわば小説の仕組みを分析し考察するというのが、文学テクストを研究的に読むということの態度の一つである。この態度は、「高瀬舟」の知足や安楽死がどのような意味をもっているのかを考えるという、ごく一般的な国語の授業の中で行われる小説との向き合い方とは、根本的に異なるアプローチで、「高瀬舟」の小説表現の豊かさに迫ることを可能にする（無論、語りを重視する先端的な国語教育の研究・実践も存在する）。言語の表現の仕組みそのものを問うことから小説を分析することで、小説＝テクストという表現媒体の特質を思考することが可能になるのである。

◉引用・参考文献

清水康次「「高瀬舟」の視界」（『森鷗外研究』6、和泉書院、平7）
小田島本有「疑問の行方――森鷗外『高瀬舟』論」（『釧路工業高等専門学校紀要』平16・12）
小森陽一「〈読む〉ことへの夢想」（『文体としての物語』筑摩書房、昭63）
ヴォルフガング・イーザー／轡田収訳『行為としての読書　美的作用の理論』（岩波書店、昭57）

芥川龍之介「南京の基督」

第6章　〝奇蹟〟の読み方／読まれ方

第7章　語り手はどこにいるのか

第8章　寄生する語り手の欲望

第6章

〝奇蹟〟の読み方／読まれ方

芥川龍之介「南京の基督」Ⅰ

◉作家紹介

芥川龍之介（一八九二〜一九二七）は新原敏三《にいはらとしぞう》・フクの長男、新原龍之介として、東京市京橋区入船町（現・中央区明石町）に生まれた。生家は築地の外国人居留地内にある牛乳販売店であった。しかし生後七ヵ月後にフクが精神に異常をきたしたため、本所区小泉町（現・墨田区両国）にある母の実家の芥川家に預けられた。芥川家は代々、江戸城内の茶礼を司る数寄屋坊主《すきやぼうず》の家柄であり、家人はいずれも教養が高く、文学や芸術を愛好していた。こうした家庭環境が芥川に与えた影響は大きい。なお、彼が正式に芥川姓を名乗るようになるのは、満一二歳の時である。

東京帝国大学在学中に久米正雄・菊池寛らと共に同人誌『新思潮（第三次）』を創刊し、最初の小説「老年」（大3・5）を発表する。同誌の廃刊後に「羅生門」（『帝国文学』大4・11）を発表するも、この時点では〈完全に黙殺された〉。ところが、久米らと再び立ち上げた『新思潮（第四次）』の創刊号に寄稿した「鼻」（大5・3）が夏目漱石に称讃されたのを契機に、一躍文壇の寵児となる。東大英文科を主席二位で卒業後、横須賀海軍機関学校の英語教官に就任し、教員と作家の二重生活の中で「地獄変」（『大阪毎日新聞』他、大7・5）や「蜘蛛の糸」（『赤い鳥』同7）などの好短編・中編を次々と発表した。塚本文と結婚し、やがて三児の父となる。一九一九（大正八）年春には教職を辞して大阪毎日新聞社の社友となり、専業作家の道を歩み始める。

芥川は、古今東西の書物から得た該博な知識と、知的な文体、鋭い現実認識、登場人物の精密な心理分析などによって、理知の作家と謳われた。平安時代の説話文学に取材した王朝物や、宗教的な奇蹟を主題にした切支丹物といった伝奇的な題材を初期には好んでいたが、「秋」（『中央公論』大9・4）を嚆矢として、日常性のある現代小説も書くようになった。一方、長編小説も何度か試みてはいるものの、いずれも成功を見なかった。

一九二一（大正一〇）年の春から夏にかけては、大阪毎日新聞社の特派員として中国を訪問している。ただし、病身を押しての旅行であったため、帰国後は心身の衰弱が著しく、筆力も減退した。「六の宮の姫君」（『表現』同11）を最後に王朝物を断筆して以降は、私小説風の作品が増えていく。晩年には〈話らしい話のない小説〉を提唱し、物語性を重視する谷崎潤一郎との間で論争が起きた。また、生活上の様々な悪条件が重なり、神経衰弱が甚だしくなると、発狂の恐怖や死への不安が作品上に表面化し始める。最晩年の「河童」（『改造』昭2・3）や遺稿「歯車」からは、芥川が生きた〈病的な神経の世界〉が垣間見える。そして一九二七（昭和二）年七月二四日未明、〈将来に対する唯ぼんやりとした不安〉を理由に、服毒自殺を遂げる。その死は知性の敗北を象徴する出来事として、当時の知識人に衝撃を与えた。墓は東京都豊島区巣鴨の慈眼寺《じげんじ》にあり、命日は河童忌と呼ばれている。一九三五（昭和一〇）年に菊池寛が創設した芥川龍之介賞（芥川賞）は、直木三十五賞（直木賞）とともども今なお続く作家の登竜門となっている。

◉作品の背景

芥川の手帳の中に、「南京の基督」(『中央公論』大9・7)の構想を示すと思われる〈クリスト売春婦の梅毒を癒す——売春婦自身の話〉というメモが残されている。イエス=キリストによって救済される娼婦というイメージの源泉は、『新約聖書』に登場するマグダラのマリアにあると思われる。マリアは、その身に宿した七つの悪霊をイエスによって取り払われたことで敬虔な信者となり、〝人の子〟としての彼の最期を看取り、その復活に立ち会った女性である。彼女としばしば混同されるのが、「聖ルカによる福音書」第七章に登場する〝罪の女〟である。娼婦であった彼女は、人々から蔑まれていたが、イエスに信仰を捧げたことで姦淫の罪を許される。この女性と同一視されることにより、マグダラのマリアはルネサンス期以降の文学や絵画などで、改悛した元娼婦として描かれるようになったのである。

「南京の基督」において、キリストとの遭遇を確信した金花が「再生の主と言葉を交した、美しいマグダラのマリアのように、熱心な祈祷を捧げ」る場面は、〝罪の女〟としてのイメージを併せ持つマリアの名前を引き合いに出すことで、娼婦である金花にキリストの恩寵がもたらされた可能性を読者に暗示する意図があったと考えられる。

◉引用・参考文献

芥川龍之介「小説を書き出したのは友人の煽動に負ふ所が多い——出世作を出すまで」(『新潮』大8・1)
芥川龍之介「文芸的な、あまりに文芸的な」(『改造』昭2・4〜8)
芥川龍之介「或旧友へ送る手記」(遺書)(『東京日日新聞』朝刊、昭2・7・25)
日本近代文学館編『日本近代文学大事典』(第一巻、講談社、昭59)
菊地弘・久保田芳太郎・関口安義編『芥川龍之介事典(増補版)』(明治書院、平13)
関口安義編『新潮日本文学アルバム13　芥川龍之介』(新潮社、昭58)
鷺只雄編『年表作家読本　芥川龍之介』(河出書房新社、平4)
関口安義『芥川龍之介とその時代』(筑摩書房、平11)
吉田精一『芥川龍之介』(三省堂、昭17/新潮文庫、平6)
芥川文・中野妙子『追想芥川龍之介』(筑摩書房、昭50/中公文庫、平19)

1　芥川龍之介――〝国民的作家〟から〝世界文学作家〟へ

芥川龍之介の小説「羅生門」が、二〇一五（平成二七）年で成立一〇〇周年を迎えた。同作はすべての高校国語教科書に採用されており（二〇一六年三月現在）、この作品で芥川文学に初めて触れた読者も多いだろう。あるいは小学校の国語や道徳教育の時間に「杜子春」や「蜘蛛の糸」と出会っているかもしれない。また、芥川龍之介賞（芥川賞）は年二回の発表の度にマスコミの注目の的となる。このように、〝アクタガワ〟の名前は日本国内の誰もが一度くらいは耳にしたことがあるはずで、その意味では**〝国民的作家〟**と呼んでも過言ではない。

芥川文学は国際的な評価も高い。芥川の生前から幾つかの短編が海外に紹介されていたが、黒澤明監督の映画「羅生門」（原作「藪の中」）が一九五一（昭和二六）年にヴェネチア国際映画祭で金獅子賞を受賞したのを契機に、世界各国で翻訳が進んだ。翻訳点数では川端康成や三島由紀夫を遥かに超えているという。その理由として、作品の殆どが短編のため日本文学への入門書として適していること、王朝物などに描かれた前近代の日本に対するエキゾチックな関心、キリスト教と日本の精神文化の相克を描いた切支丹物がキリスト教文化圏の人々に興味深く受け取られたことなどを挙げることができる。近年では、明治・大正期の日本の帝国（植民地）主義に対する芥川の批判的な眼差しが中国や韓国で高く評価され、夏目漱石・森鷗外らに先駆けて本格的な翻訳全集が出版されている。二〇〇六（平成一八）年三月には、イギリスのペンギン社から新編の英訳作品集『Rashomon and Seventeen Other Story』が刊行されている。世界的な古典文学を厳選したペンギン・クラシックスという叢書の一冊だが、アジア圏の近代文学がこのシリーズで取り上げられたのは、これが最初であった。作家・村上春樹が、質量ともに充実した序文を書き下ろしたことでも話題になった（新潮社刊『芥川龍之介短編集』で日本語版が読める）。序文の冒頭で、村上は〈芥川龍之介は日本における「国民的作家」の一人である〉と述べ、その条件として①同時代の民族の精神を反映した第一級の文学作品を残していること②代表作が長い時の試練に耐えて生き延びていること③その作家の人生が広く敬意を払われていること④若年層にも受け入れられるポピュラーな作品を残していることの四点を挙げて、芥川がそれらを満たしていることを暗示している。また、初期作品（「羅生門」、「鼻」など）の〈文体と、文学的センス〉については称讃を惜しまず、『今昔物語集』などに取材した〈浮世離れした説話世界を、現代の生活圏に、何の留保もなくすらりと持ち込んでくる鮮やかな筆力には、まさに息をのむものがある〉と述べている。

芥川文学の最大の特質の一つは、洗練された文章にある。事実、芥川に批判的な作家や評論家すらも、その才筆についてはほぼ例外なく賛辞を送っている。古今東西の文学を猟歩して集めた題材の多彩さ、それを短編小説にまとめる際の構成手腕の確かさもさることながら、テーマに合わせて二〇種類にも及ぶ文体や叙述形式（書簡体・独白体・会話体・脚本形式・断章形式等）を使い分ける器用さもまた、特筆に値する。芥川は、日本語表現の可能性を大正期において最大限にまで引き出した作家であった。ただし、村上は前出の文章の中で〈なんでもそれなりにうまく書けてしまう、という器用さが、彼の足を引っ張っているように見受けられる〉とも指摘している。すなわち、〈一人の文化の発信者として、安易な場所にいつまでも留まり続けること〉を拒んで常に〈作家としての新しい意欲的なルートを開拓〉し続けた芥川は、先進的な小説を書き続けるのだが、やがて〈世俗の時間とのあいだに、埋めることのむずかしい隙間〉が生まれてしまい、それが自殺の一因になったのではないか、というのである。

芥川は生涯を通じて文壇の花形作家であったが、同時代においてその文学が正当に評価されていたかは疑わしい。当時流行の私小説にせよプロレタリア文学にせよ、アクチュアリティーが評価軸となっていたので、芥川の描く〈浮世離れした説話世界〉は、実社会と無関係なお伽噺として切り捨てられることが多かった。文章が巧みであればあるほど、技巧的にすぎて内容に乏しい、作品世界は人工的で美しいが所詮は作り物でしかない、もっと現実を見てはどうか……といった言説が、芥川文学に対する批評の常套句のようになっていた。本書で取り上げている「南京の基督」も、同様の評価を受けている。

芥川はある時期から、私小説やプロレタリア文学に類するものを書き始める。題材は現実的であっても、やはり物語性・虚構性や文体の実験精神が顔を出す。そのために、芥川は現在に至るまで、所詮は現実を描けない作家という否定的なニュアンスで語られることも多い。しかし、文学における物語性や虚構性の重要性が再認識されている昨今、芥川の作り出した物語世界の積極的な評価が進みつつある。

そもそも、芥川が単に日本語表現の熟達者というだけであれば、その文学が翻訳という行為に耐えて世界各国に伝播している現状が説明できない。ペンギン・クラシックス版芥川作品集の翻訳者であるジェイ・ルービンは、芥川文学が〈日本語から切り離されても、芥川の思考とイメージ、その登場人物たちは生命を失うことがない〉と述べ、物語自体の持つ強度を評価する。そして、〈芥川はエキゾチックな舞台意匠を提供することで外国の読者の耳目をひきつける。しかし最終的に読者の心を満たすのは、人間という家族の一員であるがゆえに分つことのできる経験の数々なのである。こうした特質は、芥川を疑いなく「世界文学」作家の地位に就かしめるだろう〉と結論づけている。また、芥川文学が〈社会における個人の立場、客観的真実の到達不可能性、合理性と宗教の緊張、個人の性格にある矛盾〉といった〈現代的テーマ〉を担っていることにも注意を促している。

芥川文学は今や時代、文化、言語の壁を超え、**〝世界文学〟としての普遍性**を持ちつつある。そして、芥川が二一世紀の国際社会に投げかけた〈現代的テーマ〉の一つ――〈合理性と宗教の緊張〉という主題とも関わるのが、「南京の基督」なのである。

2 「南京の基督」の成立と評価史

「南京の基督」の同時代評の中で、久米正雄は本作が〈作者の支那趣味、乃至は切支丹趣味〉の産物であることを指摘している。「南京」の「基督」というタイトルの中に刻印された〈支那趣味〉及び〈切支丹趣味〉(南蛮趣味)という二つの異国趣味《エキゾチズム》は、いずれも芥川文学の美意識を支える重要な要素であると同時に、木下杢太郎、北原白秋、谷崎潤一郎、佐藤春夫といった明治末・大正期の文学者とも共通する感性である。なお、本章では〝支那〟という言葉を歴史的用語として使用していることをお断りしておく。

「南京の基督」以前に中国を舞台にした芥川の小説としては、「酒虫」、「仙人」、「首が落ちた話」などがあるが、本作と同時に童話「杜子春」が発表されており、芥川の中国に対する関心の高まりを感じさせる。この頃、芥川に中国旅行の計画があったことは、久米が「南京の基督」評の中で〈芥川は支那へ行かないでも、こんなに情景を彷彿とさせるのだから、今秋支那へ行つて帰つて来たら、果たしてどんなになるだらう〉と述べていることからもうかがえる。とはいえ、本作執筆の時点では実際の中国を見たことがなかった芥川は、谷崎潤一郎の紀行文「秦淮の夜」を参考にしたことを附記で明かしている(「秦淮の一夜」とあるのは誤記か)。谷崎は一九一八(大正七)年秋に朝鮮・中国旅行をしており、翌一九(大正八)年にはその時の体験を題材にした小説や紀行文を数多く発表していた。「秦淮の夜」(大8・2。翌月に続稿「南京奇望街」を発表)もその一つである。谷崎・芥川いずれとも親しかった佐藤春夫は、「南京の基督」が発表された頃には中国・台湾に旅行中であった。芥川もまた、本作発表の翌年（大正一〇年）の春から夏にかけて、大阪毎日新聞社の特派員として中国視察旅行をすることになる。このように、文壇における〝支那趣味〟流行の背景には中国旅行ブームがあり、「南京の基督」に「若い日本の旅行家」が登場するのも、こうした時代状況を反映している。

「南京の基督」は切支丹物の一篇に数えられることが多い。切支丹物とは芥川文学の一大ジャンルであり、キリスト教に関わる人物や事物を主題にした小説群（「奉教人の死」、「きりしとほろ上人伝」、「じゅりあの・吉助」など）を指す。〈えけれしや〉（寺院）、〈すぺりおれす〉（長老衆）といった異国情緒溢れる語彙を散りばめた作風には、木下杢太郎、北原白秋、吉井勇らが明治四〇年代末に発表した〝切支丹趣味〟（南蛮趣味）の詩や戯曲の影響が見られる。一部例外もあるが、江戸時代以前の日本を舞台にした作品が多く、その意味では現代（発表当時）の中国を舞台にした「南京の基督」は異色作に属する。

芥川は自身の〝切支丹趣味〟について、未定稿「ある鞭」の中で次のように述べている。

> 僕は年少の時、硝子画の窓や振り香炉やコンタス（注・数珠）の為に基督教を愛した。その後僕の心を捉へたものは聖人や福者の伝記だつた。僕は彼等の捨命の事蹟に心理的或は戯曲的興味を感じ、その為に又基督教を愛した。即ち僕は基督教を愛しながら、基督教的信仰には徹頭徹尾冷淡だつた。しかしそれはまだ好かつた。僕は千九百二十二年来、基督教的信仰或は基督教徒を嘲る為に屡《しばしば》短篇やアフォリズムを艸した。しかもそれ等の短篇はやはりいつも基督教の芸術的荘厳を道具にしてゐた。即ち僕は基督教を軽んずる為に反つて基督教を愛したのだつた。

若き日の芥川が〈捨命の事蹟〉の行為者（殉教者）に対する興味を持っていたこと、しかし〈千九百二十二年〉（大正一一年）以降は〈基督教的信仰或は基督教徒〉を批判的・揶揄的に扱うようになったこと（「おぎん」、「おしの」など）を確認しておきたい。一九二〇（大正九）年に書かれた「南京の基督」は、その過渡期の作品と言いうる。

〈千九百二十二年〉以前の作品には、しばしば〝聖なる愚人〟と呼ばれる人物が登場し、「南京の基督」の宋金花もその系譜に列せられることがある。〝聖なる愚人〟とは、宮坂覚の定義によれば〈〈信じる〉という行為によって、小賢しい知性や打算を捨て、愚なることも平気で容認する人間達〉のことであり、〈彼等に、芥川は一種の〈宗教的救済〉を与えている〉とのことである。金花もまた、他人を犠牲にして我が身を救うことを「たとい餓え死をしても」拒否する頑なさは殉教者の心理に通じ、キリストの奇蹟を信じて疑わない純朴さは、世間知に照らせば〝愚〟であるのかもしれない。しかし、こうした無垢な人間を、芥川は愛情をもって描いていることは、疑いえない。ただし、金花の〝信〟は、「若い日本の旅行家」の〝知〟にさらされることで、相対化されてしまう。このことから、駒尺喜美は本作を〈肯定的キリシタン物と、否定的キリシタン物〉の中間にあると位置づけている。また、三好行雄は芥川の中にある〈現実的な幸福への志向と、幸福は所詮は無知の恩寵と見る暗い認識〉とが本作の中で重層していると説く。一方、高橋龍夫は奇蹟があったという立場から、〈リアリティーにも耐えうるぎりぎりのところで、芥川は現代の神話ともいうべき作り物語を描いてみせている〉と述べている。また、金花・旅行者いずれかの物語の中に唯一の真相を求めることは不可能であるとする、越智幸恵、五島慶一などの見解もある。そうだとすれば、本作は「藪の中」（大10・1）の半年ほど前に、〈客観的真実の到達不可能性〉という〈現代的テーマ〉（ジェイ・ルービン）を提出していたことになる。

「南京の基督」は、〝信〟と〝知〟、〝夢〟と〝現実〟とが交差する危ういバランスの上に成立している作品である。

3 「南京の基督」論争――〝奇蹟〟はあったのか?

「南京の基督」について、三島由紀夫は〈実によく出来た、実に芥川的な短編〉、〈短編小説というジャンルを、大正九年にここまでもつてゆくことは他の誰にもできなかつた。近代日本の急激な跛行的発展の一つの頂点の文学的あらはれとも云へよう〉との賛辞を寄せている。しかし、本作は発表当時から好評をもって迎え入れられたわけではなかった。たとえば南部修太郎は〈作者の冴えた筆達者さ〉を〈巧いものだ〉と評価しながらも、〈小綺麗に小器用に纏め上げたFictionを書いて、気持好ささうに遊んでゐる〉、〈心に動きが無い〉作品であるとの見方を示した。この〈作者の遊び〉という言葉は、後述するように芥川の反駁を招くことになるが、〈心の動き〉の欠如は久米正雄からも指摘されており、〈趣味ばかりで固めたメルヘンの領域に属する内容は〈通俗小説以下に安易〉であるとの酷評を受けている。

一方、芥川は南部宛書簡(大9・7・15付)の中で〈日本人の旅行家が真理を告げ得ない心もちは何故遊びに堕してゐるか〉と怒りを露わにし、作家としての君はOdious truth(醜悪な真実)の暴露に躊躇する経験をしたことはないのか、と舌鋒鋭く迫った。さらに、金花の楊梅瘡が一夜にして完治したことが非現実的であるとする南部の批判に二通目の書簡(同7・17付)で応え、金花の梅毒は完治したのではなく潜伏期に入って一時的な小康状態になったに過ぎないことを当時の〈泌尿器医学〉に依拠して説明した上で、〈伝染した梅毒の為に被伝染者が先に死ぬ事が科学的に事実であり且梅毒の一時的平癒が同じく科学的に事実である時詞だけのみならず読者にとつてもOdious truthと感じられることが可能ぢやないか〉と反論している。

ここで問題なのは、芥川がリアリティーを担保しようとするあまり、金花の身に起きた〝奇蹟〟と〝救済〟を自ら否定してしまっていることである。金花の梅毒が〈一時的平癒〉である以上、再発は免れ得ず、日本人旅行者の配慮とは無関係に彼女は「昔の西洋の伝説のような夢」から醒める時が来る。そうしたOdious truthを読み取るだけのリテラシーを読者に要求してさえいる。これに従えば、金花の信仰の意義付けや、キリストが登場する夢の場面が持つ意味も変わってきしまう。三好行雄が指摘するように、芥川は〈小説の終わった時点で、もうひとつべつの小説を書いてみせた〉のである。もっとも、芥川は短編集『夜来の花』(新潮社、大10)に本作を収録するに際して、作品解釈の変更を迫るような加筆訂正を施していない。

かくして、〝奇蹟〟を認める完治説と、南部宛書簡に依拠した潜伏説の二つの解釈が長らく併存することになった。それぞれの代表的な論については『芥川龍之介全作品事典』の「南京の基督」の項(執筆担当は細川正義)に詳しいので紹介を割愛するが、全体的な傾向としては潜伏説がやや優勢であるように見受けられる。しかし、書簡という私的な領域で紡ぎだされた言説を、公表された作品の読解に直接的に反映させることへの反省もあり、最近では〝完治か潜伏期か〟という立論自体が次第になされなくなってきている。「南京の基督」は、作品の解釈時における〝作者の意図〟や〝傍証資料〟の扱い方(距離の取り方)を考える上でも示唆に富む作品となっている。

4　ポストコロニアル批評の視点から

「南京の基督」研究の最近の傾向として、ポストコロニアル批評(帝国主義や植民地主義に関わる文化・歴史などを対象とする批評・評論)の観点からの読み直しが目立つ。

エドワード・W・サイードは『オリエンタリズム』の中で、西洋人の東洋趣味《オリエンタリズム》とは西洋を〈観察者〉として優位に置き東洋を観察の対象として下位に置く眼差しであったことを指摘し、それが西洋列強による帝国主義（植民地主義）につながったことを明らかにしている。そして、大正期の〝支那趣味〟とは西原大輔が説くように、オリエンタリズムの日本版にほかならない。「南京の基督」に登場する日本人旅行者の〝観察者〟としての振る舞いの中にも、日清・日露戦以降の日本人の帝国主義的な意識を読み取りうることが、次々と指摘されるようになってきている。

西山康一は、「迷信」深い中国人女性の「蒙を啓いてやるべきであらうか」と悩む日本人旅行家の態度の中に、自らの優位性を前提にして大陸進出を正当化していく日本の帝国主義的な意識を見て取っている。ただし、日本人旅行家の〈他者〉に対する無理解ぶりが描かれることで、辛うじて帝国主義的意識を相対化する契機が生まれているとする。また、中村三春は〈日本人と亜米利加人の混血児〉という表象から〈脱亜入欧的な近代日本の西洋に対するコンプレックス〉を読み取り、混血児が中国人女性を欺き犯すという構図に、日本とアメリカによる中国の植民地化（娼婦化）という歴史的事実を重ねている。

本作は、中国出身の研究者からも注目されている。秦剛は、本作を〈同時代に生きる中国人をその内側から、〈見る〉視線と〈感受する〉内面を造形した、日本人作家による最初の小説〉と位置づけ、〈旅行者が品評し金銭で〈消費〉する〈娼婦〉のイメージで中国を描いた〉谷崎の「秦淮の夜」と対置する。また、〈植民地化されつつある中国の社会的病状のメタファー〉としての金花の〈〈病〉む身体が持つ精神性と主体性〉が描かれている点を評価している。孔月は、近代中国における西洋のキリスト教布教と医療伝導の歴史を参照しつつ、本作における〝信仰〟と〝病〟という二つのモチーフの中に潜む政治性を暴く。

これ以降も、本作における中国表象を主題とした論考は次々と生み出されている。中国／女性／キリスト教徒を〝愚〟あるいは〝無知〟の領域に囲いこむ日本人旅行者の視線は、ジェンダーや宗教観との関わりにおいても問題となろうが、旅行者の男性中心主義的あるいは帝国主義的な意識を、語り手も共有していたか否かという問題も残る。ちなみに、本章で紹介した論者はいずれも、語り手はこれらの意識から辛うじて距離を保っているという立場を取っている。

「南京の基督」研究は今世紀に入ってからのほうが活発になってきている観がある。グローバリズム／グローカリズム化が進む**現代でこそ、本格的に読み解かれるべき作品**なのかもしれない。

◉引用・参考文献

村上春樹「芥川龍之介――ある知的エリートの滅び」（ジェイ・ルービン編『芥川龍之介短編集』新潮社、平19）
ジェイ・ルービン／君野隆久訳「芥川は世界文学となりうるか?」（『新潮』平17・4）
「虚構創造の現代的評価」（『朝日新聞』夕刊、平17・4・26）
久米正雄「続七月の文壇（二）」（『時事新報』大9・7・14）
宮坂覚「芥川文学における〈聖なる愚人〉の系譜――その序章」（『文芸と思想』昭52・3）
駒尺喜美『芥川龍之介作品研究』（八木書店、昭44）
三好行雄「「南京の基督」に潜むもの」（『国語と国文学』昭46・1）
高橋龍夫「『南京の基督』試論」（『稿本近代文学』昭63・12）
越智幸恵「芥川龍之介「南京の基督」論」（『玉藻』平8・3）
五島慶一「「南京の基督」――〈物語〉と語り手」（『日本近代文学』平12・5）

三島由紀夫「南京の基督・手巾ほか」(芥川龍之介『南京の基督』角川文庫、昭31)
南部修太郎「最近の創作を読む(六)」(『東京日日新聞』大9・7・11)
細川正義「南京の基督」(関口安義・庄司達也編『芥川龍之介全作品事典』勉誠出版、平12)
エドワード・W・サイード/今沢紀子訳『オリエンタリズム』(平凡社、昭61)
西原大輔「「支那趣味」論――オリエンタリズムの視点から」(『駿河台大学論叢』平8・6)
西山康一「「幻想」/「迷信」としての〈中国〉――芥川龍之介「南京の基督」における〈科学〉と〈帝国主義〉」(『文学』平14・5)
中村三春「混血する表象――小説「南京の基督」と映画『南京の基督』」(『日本文学』平14・11)
秦剛「〈自己〉、そして〈他者〉表象としての『南京の基督』――同時代的コンテクストの中で」(『芥川龍之介研究』平19・9)
孔月「〈病〉と植民地の出会い――芥川龍之介「南京の基督」論」(『文学研究論集』平20・1)

第7章

語り手はどこにいるのか

芥川龍之介「南京の基督」II

語りの時間
錯時法

小説というものは、さまざまな形で時間と関わっている。時間は人間にとっては不可逆なものであり、一定のスピードで未来に向かって流れているわけだが、小説ではそう簡単ではない。小説に登場する登場人物にとっても時間は不可逆に流れているはずだが、テクストの上ではある時点のことが書かれた後に、その昔のことが書かれるということもある。また、登場人物はいつの時代を生きているのか。それを語っている語り手はどの時代からそれを語っているのか。

本章では、時間に関わる語りの問題を分析することを学びながら、そうした分析によって、どのようにテクストの新たな問題を発見できるのかを見ていきたい。

1　語りの時間——語り手はどの時点にいるのか?

「南京の基督」は、次のように始まる。

ある秋の夜半であった。南京奇望街のある家の一間には、色の蒼ざめた支那の少女が一人、古びた卓の上に頬杖をついて、盆に入れた西瓜の種を退屈そうに噛み破っていた。

小説において、舞台となる時間や場所は早い段階で読者に示されることが通例だが、これを示すときに選択される言い方は、語り手がどこにいるのか、いつから語っているのかということをも間接的に示すことになる。ここでは「ある秋の夜半」「ある家」とされていて、「ある」というぼかした書き方はできるだけ語り手の位置を眩ませようとする書き方と言えるが、それでも、語り手の位置についての情報をゼロにすることはできない。語り手が「ある秋」と述べた瞬間に、これが過去の出来事として語られていることが明らかになる。つまり、語り手は、ここに描かれる出来事の次以降の年にいることが分かるのである。

ジェラール・ジュネットによると、語りの時間的位置については、次の四通りに区別される（二五四頁）。

後置的なタイプ：最も多いパターン。過去形で語られた物語言説。
前置的なタイプ：予報的な物語言説。
同時的なタイプ：物語られる行為と同じ時点に位置する、現在形で語られた物語言説。
挿入的なタイプ：物語られる行為の諸時点の間に挿入される。日記体形式や、複数の手紙の書き手が存在する書簡体小説など。

最もオーソドックスなのは後置的なタイプである。

ほかのタイプは比較的珍しく、いかにも特徴的な語りの形式ゆえに、それを語る行為の問題に目が行きやすい。語られている出来事だけを追うということが難しく、それを語っている語り手は誰で、いつ、どのような動機で、誰に対して語っているのか、ということが気にかかる形式であると言える。

しかし重要なのは、そうした特殊な形式でなくても、一般に小説は、潜在的にそうしたことを問う可能性に開かれているということである。書かれたものや語られた言葉がやり取りされる物語行為というものが想定できるならば、そのやり取りという出来事自体が果たしてどのような意味を持つのか、というレベルの問題を考えることも可能になるのだ。

「南京の基督」について、語りの時間、つまり語り手がいつの時点から語っているのかを改めて確認しておこう。「ある秋」という言葉が出て来る冒頭からは、語り手は出来事の次の年より後から語っているということが読み取れる。複数の中から一つの年を「ある」と指しているわけなので、おそらくは二年以上後ということも推測できるが、それ以上の特定は難しい。ともかく、このテクストは最もオーソドックスな後置的なタイプの語りを採用していることはまず確認できる。

ただし、これはあくまで冒頭の一つの表現だけを根拠とする、ごく基本的な確認ではある。語りの時間を示す言葉が出て来るたびに同様の分析を行うことができるわけだが、実際には、テクスト全体で同じ語りの時間が採用されているという場合が多い。そこで、語りの時間をめぐる応用的な分析は次章に回し、ここでは基本だけ確認して、もう一つの時間の問題について見ていこう。

2　物語言説の順序

この小説において、時間の流れはどうなっているだろうか。「南京の基督」を検討する前にまず、簡単な例で考えてみよう。最もシンプルな場合では、出来事は起こったのと同じ順序で語られることになる。

「彼は8時間前に小さいパンを一つ食べただけだった。だから今、空腹である」というテクストについて考えよう。この場合、8時間前の出来事がまず説明されて、次に今のことが説明されている。これは、出来事の順序と説明の順序が同じであるので、非常に理解しやすい。しかしわれわれは、これを逆にしても容易に理解することができる。たとえば「彼は今、空腹である。8時間前に小さいパンを一つ食べただけだったからだ」というテクストではどうだろう。これは、現在についての説明が先に来て、それから8時間前という過去のことが後に来ているので、さきほどの例よりも複雑な順序となっている。とは言えもちろん、この程度であれば特に難しい説明ではなく、普通に日常会話でも用いられるような説明の範囲である。つまりわれわれは、物語言説の順序と物語内容の順序が逆になっていても、基本的にはそれを難なく理解することができるのである。

しかし、テクストを分析する上でこの区別をきちんと意識しておくことは重要である。誰かにこのテクストを分析的に説明しようとするとき、うっかり「主人公は空腹を感じているね。で、その後に小さいパンを一つ食べるシーンがあって……」と、この区別を明確にせずに説明してしまうと、小さいパンを一つ食べたというのが、物語言説の上で後に来ると言っているのか、物語内容の上で後に来ると言っているのか、混乱を持ちこんでしまうことになる。つまり、おなかがすいたからパンを食べたという、誤った解釈が生じてしまうのである。このようなことにならないためには、物語言説と物語内容を区別して、「その後」というのが、物語言説の上で後なのか、物語内容の上で後なのかをしっかり説明する、というのが一番だろう。ジュネットは、このずれをよりシステマチックに説明する言葉を与えてくれている。

たとえば、ある物語切片が「その三ヶ月前のことだが、云々」の指示で始まる時、この情景が物語言説においてはあとにまわされているという事実と、その情景が物語世界においてはまえの方に位置していたと目されるという事実を、同時に考慮に入れておかなければならない。実際、これらの二つの事実、より適切にはこの両者の（対照的ないしは非整合的）関係こそ、物語のテクストにとっては本質的なのであって、いずれか一方の項を削除することによってこの関係の抹消をはかるならば、それはテクストに即していることにはならない。つまるところそれは、テクストの殺害に等しいのだ。（三〇頁）

この物語言説と物語世界での順序のずれのことを、ジュネットは**錯時法**と名付ける。

では、「南京の基督」がいかに錯時法を駆使して語られたテクストであるかを見てみよう。このテクストに現れる時間を、物語言説の順序（A〜X）で整理していくと、次のようになるだろう。

A　ある秋の夜半、金花が一人で家にいる。
B　彼女の産まれや、敬虔な母親に育てられた幼少期。
C　今年の春、若い日本の旅行家が訪れる。

D　金花が日本の旅行家に話す内容として登場する、洗礼を受けた五歳のときのこと。
E　日本の旅行家と金花が話す、金花が天国にいけるかどうかという将来の話。
F　日本の旅行家は日本に持って帰るために耳環を買っていた。
G　日本の旅行家はその耳環を金花にプレゼントした。
H　金花が初めて客をとった夜。
I　かれこれ一ヶ月ばかり前から、金花は楊梅瘡を病む体になった。
J　ある日友人の陳山茶が、客に病を移せば治るという迷信じみた療法を金花に教える。
K　金花の心配する、誘惑を前にしたときどうなってしまうかという将来の事態。
L　その後金花は、客を取らずにいた。
M　今夜金花が一人部屋の中で座っていると、外国人が現れる。
N　支那語を知らない他の外国人と長い一夜を明かした過去の体験。
O　曖昧な記憶の中の、眼の前の外国人を見かけたかもしれない過去の体験。
P　金花は外国人の対応をしているうちに、外国人の顔に似ているのが十字架に掘られた基督の顔であったことに気付く。
Q　金花がかつて持っていたはずの健気な決心。
R　金花は外国人に体を委ね、数時間後、金花は眠りにつく。
S　金花の夢の中の時間。天国のような時空。
T　金花が夢から覚めると外国人はいなかった。金花の楊梅瘡はすっかり治っていた。
U　翌年の春のある夜、再び日本の旅行家が金花を訪ねる。

V　金花が基督と出会って奇跡が起きたという出来事。
W　日本の旅行家が思い出す、George Murry という無頼漢が南京で楊梅瘡を移されて発狂したという出来事。
X　日本の旅行家が体調を聞くと、金花は全く症状が出なくなっていることを答える。

なお、こうした作業では、もっと細かく見ようと思えばさらに多くの異なる時間を見出すことができるが、ここではあまりに煩雑になりすぎないように、ある程度のところで取捨選択している。しかし、この程度の整理でも、一見シンプルに見える短編小説が、いかに複雑に多くの時間の出来事と関わりながら成立しているかということがよく分かるだろう。

3　物語世界の順序

さて、右のA〜Xは、さまざまな時点について、物語言説の順序に従って、つまりテクスト内で語られる順に並べたものだが、物語世界の中の順序（①〜⑫）で並べてみると、どうなるだろうか。短い期間に連続して起こった出来事は一つの時間にまとめて整理してみるならば、次のようになるだろう。

①BD　金花の生まれや育ち。五歳で洗礼を受ける。
②H　金花が初めて客を取った夜。
③N　金花は支那語を知らない客と一夜を明かしたこともあった。
④F　日本の旅行家は、日本への土産に耳輪を買った。

⑤CG　日本の旅行家は金花のもとを訪れて金花と話し、耳輪をプレゼントする。
⑥O　金花が外国人らしき人を見かけたかもしれない体験。
⑦I　金花は楊梅瘡を病む。
⑧JLQ　金花は友人から客に移すことを勧められるが、そうはすまいと決意する。
⑨AMPRTV　外国人が金花の元を訪れ、一夜を過ごし、金花の症状が消える。
⑩W　外国人＝George Murry は楊梅瘡によって発狂してしまう。
⑪UX　翌年の春、日本の旅行家が再び金花のもとを訪れ、AMPRTVの話を聞く。
⑫EKS　金花が死後に行くと予想している天国での生活。そこにいけるかどうかという懸念や、そこにいるかのような夢。

このような作業は、実際にやろうとすると、機械的にはできないものであることが分かる。しかしそれは、この理論の欠陥でもなければ、この理論を用いる者の能力の不足の問題でもないので安心してほしい。これはナラトロジーのほとんどの分析項目について言えることだが、ジュネットは、あらゆるテクストを理論によって完璧に説明し尽くせることを証明しようとしたのではない。むしろ、テクストを理論的な枠組に当てはめて考えようとしたときに、いかにテクストがその枠組を逸脱しているかを見ることによってそのテクストの特性を発見することができる、そのような効用こそ、この理論の重要な意義であると考えていた。「南京の基督」の場合も、やはりそうである。

たとえば、Sの夢の中の時間というのは、どこに位置づけられるべきものだろうか。もちろん、金花がいつ夢を見たかということではない。夢の中の時間は現実の時間とは切り離された、どの特定の過去とも未来ともつかない、特殊な時間である。それをあえて一並びの時間の中に入れるとすればどこになるか、と考えてみるのである。

これについては、さまざまな捉え方をすることができるだろう。一般に、人間が眠っている間に見る夢は、その前の日の出来事の続きであるかのような場合もあれば、遠い過去のことである場合もあり、また将来起こるかもしれない出来事という場合もある。ここでは、金花が外国人と出会った夜のすぐ後の時間と考えるのは、一つの自然な解釈であろう。また、もっと過去の出来事に近いものとして考えることもできる。夢の中に現れた基督は、姿は現実の外国人であっても、「支那語」が通じるなど、実際とは違う性質を持っていて、むしろ十字架の基督像に金花がかつて抱いていた思いが表れたものである。そう考えれば、この夢の中では彼女が十字架を眺めて想像をふくらませていた過去の時間が再現されていると見ることも無理ではない。

しかしこれは、右の表で試みに⑫に位置づけてみた通り、未来の時間に近い性質を持つものと考えることもできる。金花は、天国というイメージとともに死後の救済のことをたびたび考えている。金花の夢に現れたのもこの天国のイメージなのであって、この夢のシーンの金花にとっての重みを考えれば、この側面を重視するのがよいだろう。金花は、まさに死後の天国の生活を夢に見たのである。

楊梅瘡にかかった金花が、誘惑に負けたらどうしようと考えているKの場面の心配は、まさにこの天国のイメージを裏返したものである。金花が天国に行けるとすればその理由は「だれにも迷惑はかけて」いないという一点に求められており、客に病を移してしまえば、その理由が失われてしまう。「誘惑」の危険とは、金花が天国に行けなくなる危険でもあるのだ。金花は常にこの、将来訪れるべき天国のことを考えているのである。

これと対になっているのが、①の時点に位置づけたBD、すなわち物心がついた頃にはすでに洗礼を受けているという過去の時間である。いわば金花は一生を敬虔な基督教徒として生きてきたということであり、それが天国へ行くという未来によって閉じられるのは、直線的できれいに完結した人生という印象を与える構図になっている。

そして、そこに金花が思うのとは全く異なる存在であるGeorge Murryが関わり、また全く異なる認識を持つ日本の旅行家が関わることによって、ずれのようなものが生まれて来る。そのずれ自体をドラマにしているのが「南京の基督」というテクストである、という構造が見えてくるだろう。

4 錯時法――先説法と後説法

前節でまとめた時間の順序をふまえて、前々節でまとめた物語言説の順序を再び考えてみよう。すなわち、物語言説の中のどこで過去の話に移り、どこで未来の話に飛んでいるのか、ということを分析してみるのである。単純にAからXまで並べて、それぞれに物語世界内の順序を表す①〜⑫の数字を付してみれば、次のようになる。

A⑨ B① C⑤ D① E⑫ F④ G⑤ H② I⑦ J⑧ K⑫ L⑧ M⑨ N③ O⑥ P⑨ Q⑧ R⑨ S⑫ T⑨
U⑪ V⑨ W⑩ X⑪

この「A⑨」などの番号を、本文のそれぞれの場面の冒頭に書きこんでみよう。

こうして番号を追ってみると、時間が行ったり来たりしていることがよく分かるだろう。ジュネットはプルースト『失われた時を求めて』について同様の作業を行ってみせた上で、単にジグザグ状に時間が行ったり来たりしているということを見るだけでは、順序の分析を十分に行ったことにはならず、〈これらの切片を相互に結び付ける諸関係を明確にする必要は、依然として残る〉（三四頁）と言っている。

物語言説における時間の移動には、時間の前後関係の他に、もう一つ重要な区別が存在している。異なる二つの時間が連続して語られるとき、いずれがメインの時間で、いずれがその中で一時的に回想されたり予想されたりするサブの時間かという区別が可能だ、とジュネットは考えるのである。

たとえば、「(a)おなかがすいた。(b)8時間前に小さいパンを一つ食べただけだったからなあ。(c)それで今ラーメン屋に入ったわけだ」という簡単な文章で考えてみよう。ここでは、今主人公が空腹であることが語られ、8時間前という過去の話に戻り、そして再び今の話になっている。この場合、(a)(c)の今の話がメインであって、(b)の8時間前というのは一時的に参照されるサブの話だと考えることができる。つまり、(a)から(b)への時間の移動と、(b)から(c)への時間の移動は、現在から過去への時間の移動と、過去から現在への時間の移動という違いだけではなく、メインの話からサブの話への移動と、サブの話からメインの話への移動、という違いもある。時間が前か後かという違いと、話がメインかサブかという違い、という二つの点からの違いの組み合わせによって、時間の移動を整理しようというわけである。

ジュネットは、これに基づいて錯時法を先説法と後説法の二つのタイプに分ける。（三五頁）

先説法：あとから生じる出来事をあらかじめ語るか喚起する語りの操作

後説法：物語内容の現時点に対して先行する出来事をあとになってから喚起する語りの操作

つまり、サブの話として未来のことが出てくるのが先説法、サブの話として過去のことがでてくるのが後説法、というように考えるのである。

ジュネットの書き方に倣って、先説法になっている部分を（）、後説法になっている部分を［］でくくり、メインとなる物語世界の時間自体が経過した場合を「—」で繋ぐならば、「南京の基督」についてのさきほどの図式は、最終的に次のように整理することができるだろう。

A⑨［B①］［C⑤［D①（E⑫）F④］G⑤［H②］］［I⑦—J⑧（K⑫）L⑧］M⑨［N③］［O⑥］P⑨［Q⑧］R⑨（S⑫）T⑨——U⑪［V⑨］［W⑩］X⑪

このように見ると、「南京の基督」の複雑な時間構造も、視覚的に明快に把握することができる。すなわち、テクストは大きく二つの時間に分けられる。A～T（第一節～第二節）の時間と、U～X（第三節）の時間である。そして、前半のA～Tの中には大きなまとまりとして二つの過去の時間が挿入されている（後説法）ことが分かる。一つが、日本の旅行家が金花を訪れるC～Hの出来事であり、もう一つが、金花が楊梅瘡にかかり客に移すまいと決意するI～Lの出来事である。そして、それぞれのひとまとまりの過去の話の中でも、その中のさらに過去や未来が登場する、という構造になっている。

このように記号化すると、何やら難しい数式のようにも見えるが、実際にはわれわれが小説を読むとき、この時間的な構造をしっかり把握しながら読んでいる。こういった作業は、われわれがこれまで把握していなかった何ごとかを新たに見出すものではなく、むしろわれわれがふつうに把握していることが何なのかを対象化するために行われると考えればよい。しかし、複雑なテクストでは、その都度その都度、どの時間の中でどの時間が回想されており、その回想の中で一時的にどの時点の話が思い出されているのかなど、つい忘れてしまったり、細かいことに気づかずに過ぎてしまったりすることもある。このように図式化することによって、テクストの全体的な時間構造を改めて考え直したり、ひそかに織りこまれているサインに気づいたりすることも可能になるのである。

第8章 寄生する語り手の欲望
芥川龍之介「南京の基督」Ⅲ

語りの時間
入れ子構造
焦点化

ナラトロジーが最も効力を発揮するのは、テクストを読む際に、語られた出来事についてだけでなく、誰が語ったのか、その語り手はどのような動機や欲望を持ってそのように語っているのか、ということに注目する場合である。

一見シンプルに出来事が語られているように見えても、その出来事についての説明を素直に読んではならないのかもしれない。それを語る者は、特定の動機に基づいて、作為的に何かを歪めて語っているのかもしれない。そのような欲望を持った人間の姿を新たにテクストに見出すことができれば、テクストの読みの可能性は、確実に一つ広がることになるだろう。

1 語りの時間再考

前章の初めに、語り手がいつから語っているのかという問題について少し考えてみたが、これについてもう少し詳しく見ていくところからスタートしてみよう。というのは、前章では、語りの位置を冒頭のA⑨の場面の「ある秋」という言葉から考えただけで、テクスト全体で語りの位置がそこで安定しているのかどうかについては確認していなかったからだ。

多くの場合、語り手は一定の時点から物語世界について語っていて、それが気づかないうちに動いているということはない。そうした一貫性が、安定した語りの印象を読者に与えるのである。しかし、語りの時間は変化することもある。この点はテクストを分析する重要なヒントになる。

前章の整理でC⑤と記号をつけた、日本の旅行家が登場する場面を見てみよう。冒頭で「ある秋」と指示された時間よりも前の時間の出来事が思い出される、後説法の箇所である。

——そう言えば今年の春、上海の競馬を見物かたがた、南部支那の風光を探りに来た、若い日本の旅行家が、金花の部屋に物好きな一夜を明かした事があった。

ここでは、過去の出来事が「今年の春」と書かれている。この表現は、語り手がその「春」と同じ年にいることを示している。A⑨の場面では出来事があった時間の翌年以降にいたのが、ここでは出来事と同じ年に移動してきていることになる。「南京の基督」の語りの時間は、実は安定しておらず、いつの間にか変化しているのである。

出来事の後の時間から過去形で語っていたのが、いつの間にか出来事の現場に居合わせているかのように現在形で語るようになる、ということは、近代小説では比較的多く見られる手法である。この場合、語り手は基本的には未来の時間にいるのだが、あたかも語られている出来事と同じ時間にいるかのように一時的に語ることによって、臨場感を高めることができる。語りの時間が一見、出来事よりも後の時間から出来事と同じ時間に遡っているように見える場合というのは、このパターンが一番多いだろう。

しかし、C⑤の場面では語りの時間は移動しているものの、現在形に変化しているわけではない。また、「そう言えば〜事があった」と、後の時間から回想する形がはっきり維持されており、「今年の春」になったからと言って臨場感を出す効果もない。注意深く読まなければ気づかないような形で、ひそかに語りの時間が移動しているのである。では、臨場感を高めるものでないならば、なぜ語りの時間が移動したのだろうか。

一つの考え方は、作者のミスとして処理する考え方である。つまり、作品を書いているうちに作者が語りの時間についての設定を忘れてしまい、書き間違えたのだと考える発想である。しかし、テクスト論やナラトロジーでは、テクストの問題を作者の執筆上の事情に還元することだけで説明を済ませるということはない。テクスト自体が結果的にどのようなことを意味しているかを客観的に分析することに関心が向けられるのである。

テクスト全体で語りの時間を示す表現がどのようになっているか、他の箇所も検討してみよう。まず気になるのは、M⑨の場面である。

> 今夜も彼女はこの卓に倚って、長い間ぼんやり坐っていた。が、相変らず彼女の部屋へは、客の来るけはいも見えなかった。

この場面は、「今夜も」と書き始められている。これは出来事とほとんど同じ時間から語っているかのような表現であり、こちらはさきほどの例と違って臨場感を高める効果がある。しかし、この表現が持つ役割はそれだけではない。この場面はA⑨で語られていた時間のあとに、一時的に過去の出来事を語る後説法の箇所が挿入され、それが終わって本来の時間の出来事の説明に戻ってきた場面である。「今夜」というのは、こうして後説法が終わってメインの時間に戻ってきたことを示す言葉でもある。この後もしばらく「今し方」「今夜」「今」といった言葉が頻出するが、これらもすべて、同じ⑨の時間について、金花が出来事を体験する時点から語っているかのような表現である。

もう一つ見ておきたいのは、第三章冒頭、U⑪の場面である。

> 翌年の春のある夜、宋金花を訪れた、若い日本の旅行家は、ふたたびうす暗いランプの下に、彼女と卓を挾んでいた。

「ある夜」という表現からは、A⑨の「ある秋」と同じく、語り手が後の時間から語っていることが読み取れる。しかしここでもっと大きなヒントとなるのは「翌年」という表現である。これはA⑨の時間とU⑪の時間を比較した語り方となっているので、この語り手は、この二つの時間を並べて眺める一定の時点にいることになる。その時点とは、⑪よりも後の時間であることがこの箇所から分かるが、金花の死後のことを示す⑫より後から語っているような様子は特に示されていないので、ひとまず⑪と⑫の間と考えておいてよいだろう。

こうして見てくると、このテクストでは、大体の箇所においてこの⑪と⑫の間の時点から出来事が語られていて、ときどき臨場感を出すために、出来事と同じ時間から語っているかのような表現が導入されている、ということが分かる。

さて、そうすると残るのはやはり、C⑤の場面を「今年の春」と呼ぶ時点が、時系列の中でどこに位置づけられるのかという問題である。語り手が基本的に立っている⑪と⑫の間ではないので、可能性があるのは、この後説法で挿入されるサブの時間のエピソードに対してメインの時間となっている、A⑨の時間から見た「今年」ということである。

2　金花を外から褒める語り／金花から見た語り

引き続き、この場面の語りの特徴について考えてみよう。もう一度C⑤の冒頭部分を掲げておく。

――そう言えば今年の春、上海の競馬を見物かたがた、南部支那の風光を探りに来た、若い日本の旅行家が、金花の部屋に物好きな一夜を明かしたことがあった。

ここでは、「――」という記号や「そう言えば」「ことがあった」という表現が使われており、誰かの連想を表現した箇所であることが分かる。では、ここに書かれているのは誰が連想した内容なのだろうか。

まず考えられるのは、単純に語り手が連想しているという可能性である。しかし、単純にそう考えるならば、ここで語られている出来事の時間は語り手のいる時点から見れば「ある年の秋」よりもさらに過去のことであって、「今年」ではあり得ないので、つじつまが合わない。

もう一つ考えられるのは、「今年の春」という時間感覚の基準となっているA⑨の時点の金花が連想しているという可能性である。ここでは焦点化されている金花自身が心の中で思ったことがそのまま地の文で語られる書き方（自由間接話法［↓第13章］）になっているという解釈である。

しかし、「そう言えば」として金花が回想を始める場面であるという解釈を採用しても、問題が発生する。この場面は、語り手が読者に、明確な目的を持ってエピソードの紹介を行う箇所だからである。「そう言えば」の箇所は次のような話の流れになっている。「金花ほど気立ての優しい少女」はいない。その理由は「羅馬加特力教の信仰をずっと持ち続けているから」である。たとえば金花が日本の旅行家とその会話をしたことがあったが、そのエピソードからも金花の信仰の厚さを知ることができる。

つまりここは、金花がいかに「気立ての優しい少女」であるかをキリスト教の信仰と結びつけて説明する箇所なのである。そしてそれは、「確信に自ら安んじていた」という、その確信自体には批判的な視点も含む外からの視点によって語られている。「そう言えば」という連想は、具体的なエピソードによって根拠を示すものであって、これを金花の内面の言葉と取ることは、普通に考えれば難しい。

ここまでの分析をまとめると、この箇所は、語り手が外から金花を評す視点で書かれている面もある一方、金花自身の視点も奇妙な形で入りこんでいるということになる。

ナラトロジーが最も力を発揮するのは、簡単にナラトロジーの整理を適用できたときではなく、このようにナラトロジーを適用しようとして不可解なことが出て来たときである。整った語りになっておらず、何らかの理由でイレギュラーな書き方がなされている場合、そのイレギュラーさは、テクストの示す特殊な問題のありかを指し示していると考えられるのである。

ここから見えてくるのは、語られる出来事についての情報の伝達経路に、もともと金花自身が関与していて、その痕跡がこのようなイレギュラーな形で残っているという可能性である。

3 入れ子構造――登場人物によって語られた内容を媒介する語り

この問題について、テクスト全体の構造も視野に入れて考えてみよう。

第三章は、金花が日本の旅行家に、ちょうど第一章、第二章で語られた出来事を金花自身が語るところから始まっている。ただし、金花自身の言葉は再現されておらず、「一夜南京に降った基督が、彼女の病を癒したという、不思議な話」と、ごく簡潔に語られるのみとなっている。

この簡潔さは、第一章や第二章の内容を想起すればそれが大体そのまま金花の語った通りの内容でもあると読者に告げているかのようである。

実際、第一章や第二章の語りは、「一夜南京に降った基督が、彼女の病を癒したという、不思議な話」という要約に相応しいものとなっていた。語り手は、楊梅瘡の非科学的な治療法について「迷信じみた療法」と揶揄していたにもかかわらず、第二章の「金花はこの瞬間、彼女の体に起こった奇蹟が、一夜のうちに跡方もなく、悪性をきわめた楊梅瘡を癒したことに気づいたのであった」という場面では、楊梅瘡の快癒という「奇蹟」が金花の誤認ではなく、語り手も認定している事実でもあるかのように語っている。

つまり、出来事があってそれがまず客観的に第一章、第二章として語られ、三章のようにその後で金花がそれについて語った、ということではなく、その逆に第三章で金花が語ったことをもとにして事後的に再現された世界が第一章と第二章だ、というように読めるわけである。

また、金花に起こった出来事についての話を日本の旅行家が聞いている、という枠構造は、この物語言説に至る出来事の伝達の経路をも読者に想像させる仕掛けとなっている。そもそもこのテクストは南京での金花の体験が日本語で報告されているものだが、日本語でその話を誰が知り得るのか、書き得るのかといえば、真っ先に想定されるのが、この日本の旅行家自身である。あるいは、日本の旅行家から話を聞いた作家ということも考えられよう。だとすればやはり、第三章のように金花が体験を言語化したあとに、それを聞いた日本の旅行家やそれをさらに伝え聞いた誰かが再現した話が第一章、第二章だということになる。

この点は、内容の解釈にも深く関わってくる。第一章、第二章の出来事は、実は、実際に起こった出来事そのままではなく、あくまでも金花によって語られ、日本の旅行家によって想像された出来事として語られたのだ、ということになるからである。一連の出来事において、たとえ重要な何かが起こっていたとしても、金花が認識できておらず、日本の旅行家にも想像の余地がないようなことがあったとすれば、それは第一章、第二章の語りからは漏れざるを得ない。あるいは、金花が実際とは異なることを語り、日本の旅行家もそれを修正しようがないことがあったとすれば、それは事実とは違っていたとしても語りの内容には入ってしまうことになる。もちろん、問題はこのような正しいか誤っているかという白黒はっきりすることだけではなく、微妙な意味づけのレベルにも関わってくるので、実際にはさらに複雑である。

これを**焦点化**［↓第5章］という概念を応用して説明してみよう。

たとえば、第一章と第二章では、金花の前に現れた外国人が誰なのかは語られない。これは、金花からはその外国人の正体が分からないということを反映しており、その意味で、おおむね金花に焦点化していると言える。ただし、「こういう確信に自ら安んじていたのであった」などの金花に対する批判的な見方が語られる箇所では、金花には認識し得ない視点が導入されており、一時的に金花への焦点化が解除されているということになる。

一方で、第三章では金花には知り得ないことが語られており、ここでは日本の旅行家に知り得たことが中心に語られているので、日本の旅行家に焦点化していると判断できる。

さて、ここからが焦点化の応用編である。本節で考えてきたことは、金花に焦点化しているように見える第一章と第二章も、実は日本の旅行家に想像し得る範囲のことが語られている、ということであった。これは、焦点化という言葉を使えば、日本の旅行家に焦点化しているという意味になる。金花への焦点化でもあり、同時に日本の旅行家への焦点化でもあるというのはどういうことだろうか。

ここでは、焦点化、すなわち視点の制限が二重にかかっている。つまり、金花の知り得たこと（一つ目の視点の制限）として日本の旅行家が想像し得ること（二つ目の視点の制限）が語られているのが、第一章と第二章なのである。日本の旅行家は金花に焦点化して出来事を想像しており、語りはそうした日本の旅行家の思考に焦点化しているのだ。

この場合、金花への焦点化が、現実の金花への焦点化ではないことに注意したい。第一章、第二章で焦点化されているのはあくまでも、日本の旅行家の想像した金花なのであって、実際の金花がそのように思っていたのかどうかの判断は留保しなければならない。

つまり、このテクストは第一章から第三章まで一定して日本の旅行家に焦点化した語りが採用されていると見ることができる。こう考えれば、一見すると金花への焦点化がベースとなっているように見える第一章で「こういう確信に自ら安んじていたのであった」と金花に認識できないはずの視点が部分的に挿入されることの理由も分かる。その視点は、金花から聞いた話をもとに、感想を差し挟みながら想像の中で出来事を再現している日本の旅行家の視点なのである。他人に移せば楊梅瘡が治るという発想を「迷信じみた療法」と批判的に語るのも同様に日本の旅行家の感想だろうと判断できる。

4　寄生する語り

前節をふまえると、このテクストは全て日本の旅行家の認識に基づいて語られているということになる。先行研究で、日本の旅行家の金花への差別意識などが問題視されてきたのはそのためである。

しかし、日本の旅行家の認識に基づいて語られているということは、日本の旅行家が語りを統御する権力を完全に握っており、金花は受動的に語られるだけの存在である、ということを必ずしも意味しない。というのも、日本の旅行家がこの出来事を想像することができるのは、金花の語りによって与えられた情報をもとにしているからである。「おれは一体この女のために、蒙を啓いてやるべきであろうか。それとも黙って永久に、昔の西洋の伝説のような夢を見させておくべきだろうか……」と考える日本の旅行家は、金花自身には気付いていないことがあり、自分の方がより多くを認識できる立場にいると考えている。しかし実際には、金花によって想像の手がかりさえ与えられず伏せられた出来事については、日本の旅行家は考えることができないし、想像を膨らませるにあたっても、その素材を提供した金花によって、多かれ少なかれ想像の方向に誘導をかけられている。

日本の旅行家には、この点についての自覚は欠けているようだ。たとえばテクストの前半で金花が紹介される際に「彼女は朋輩の売笑婦と違って、嘘もつかなければ」という表現があるが、人が嘘をつかないどうかを他者が正確に判断することは不可能である。ここでそのような語りが現れてしまうというのは、日本の旅行家が金花のことを正確に認識できているということを指すのではなく、逆に金花による印象操作を強く受けているということを意味するだろう。自分のことを、嘘をつかない人間だと他人に確信させ、断言させることは、なかなか難しいことである。誰もが他人に対しては嘘などついていないかのように振る舞うものだし、そう思わせるために嘘が用いられることさえあるからだ。しかし金花は、その困難なことに見事に成功しているということになる。

第二節で見た語りの時間の変化は、ナラトロジーの標準的な図式では説明困難であったが、金花の語りが日本の旅行家の認識を隠微に支配していることの表徴と考えれば、テクストの重要な側面に気づかせてくれるサインとなる。金花は「羅馬加特力教」を愚直に信じる、嘘などつかない優しい少女として語られているが、そもそもこの印象は金花の巧妙な語りの技術によって日本の旅行家に与えられたものだったのである。語りがこの時点での金花の視点の支配を受けているかのような、「今年の春」という表現が入りこんでくるのは、実際にこの語りが、金花の語りに知らず知らずのうちに支配されていることを象徴しているわけだ。日本の旅行家に焦点化する語りに、金花の語りが寄生しているかのように。

このテクストは従来、素朴な金花の主観と、それを理知的に相対化する日本の旅行家や語り手、という構図において捉えられてきた。つまり金花は、一方的に日本の旅行家の視線に晒される受動的な存在と見做されてきたわけだが、本章のように分析すると、金花の主体的な語りの欲望、それも、自らの主体性を隠しつつ日本の旅行家に特定の印象を持たせることに一定程度成功している、このしたたかな欲望を、日本の旅行家の認識として整序された語りの中に残されている痕跡から検討することが可能になるだろう。金花が自分について特定の印象を持たせようとする誘導的な語りを行うことのできるしたたかな人物であると見なすならば、彼女が日本の旅行家が考えているのとはまったく違った人物であったという可能性を考えることができるようになるのだ。

日本の旅行家が気付いていない金花の欲望がこのテクストに隠されているとすれば、たとえばどのようなところにそれを見て取ることができるか、最後にいくつかのヒントを挙げておこう。テクストの読み方は、日本の旅行家の認識をそのまま鵜呑みにするだけの場合とは、一変することになるだろう。

(1)金花は他人に楊梅瘡を移して治したい気持ちは全く持っていなかったのだろうか。実際には金花は他人に移すことによって自分の症状は消えるという、当初避けようとしたはずの事態を迎えているわけだが、これは外発的な事情だけによるのだろうか。陳山茶との会話の場面を読み直してみよう。

(2)外国人の顔から金花が連想した何人かの人物は、本当に十分な理由で別人だと判断されているだろうか。それぞれの判断の理由を読み直してみよう。

(3)外国人の顔が基督に「生き写し」だったというのは本当だろうか。「十字架に掘られた、受難の基督の顔」についての冒頭の描写を確認してみよう。一致を確認することのできる、はっきりした輪郭のものだっただろうか。

(4)外国人が基督の顔に「生き写し」であることに金花が気付いたのは「どういう拍子か」十字架が落ちるという偶然的・突発的な出来事であって、金花はそれを「何気なく」見たと書かれている。しかしここで十字架が落ちたのはなぜだろうか。きっかけになった金花の動作を確認してみよう。そのきっかけになった金花の行為は、「金花ほど気立ての優しい少女」はいないのではないかというほどの性格の人物に相応しいものだろうか。

(5)金花は、外国人が入ってきた瞬間に自分の言葉が「相手には全然通じない」と決めて応対し始めている。もちろん一切言葉が通じないのでなければ、その後金花が外国人を基督だと一方的に思い込んで一夜を共にすることになったという金花の話は成り立たないのだが、彼には本当に一切言葉が通じなかったのだろうか。金花の判断はその点について確認できていただろうか、読み直してみよう。また、金花の冗談を聞いたときの外国人の様子を確認してみよう。

(6)金花が外国人に楊梅瘡のことを伝える手段は全くなかったのだろうか。言葉による説得が不可能な相手に楊梅瘡のことを伝えたい場合、金花がいつもどうしていたか。酔った客の例が語られている場面から確認してみよう。

右に並べたのは方向性としては一例に過ぎないが、他者からの印象を操作する巧緻な語りの主体として金花の存在を認めることは、金花の語りを聞いた日本の旅行家が抱いた印象とは異なる、もう一つの金花像を想定することを可能とする。それは、外国人に対して特定の期待や欲望を持ち、またその出来事について日本の旅行家に与えたい印象についても強い欲望を持つ主体である。出来事の語られ方に関与する存在に、こうしたさまざまな欲望を読み取ることを可能にするのがナラトロジーの力なのである。

日本の旅行家は、金花の語りのバイアスを十分に相対化して、客観的に彼女の置かれた状況を見ることが出来ていると思い込んでいる。つまり、金花によって誘導されている可能性に一切気づかない。金花を過剰に無垢な存在と見なしてしまうためにそうなるのであって、それはまた、金花への偏見の裏返しでもある。金花が利己心など持たない優しい少女であるという認識は、金花がそのように日本の旅行家に思わせているものでもあるが、日本の旅行家にとっても、彼女のことを単に優しく無垢な存在と見なしておくことの方が、自分の偏見を脅かされることがなく安心である。この偏見は、いわば金花と日本の旅行家の共犯関係によって維持されているとも言えるのである。

金花がしたたかな語りを行っているという可能性を排除して日本の旅行家の認識をそのまま真実として読

んでしまう読者は、まんまと金花の誘導に乗せられるばかりでなく、日本の旅行家の偏見を共有し、荷担することにもなってしまう。一方で、一旦金花の欲望を想定してみることは、そうしたあり方を相対化することになるだろう。テクストを読むということは常に、こうした選択の岐路に立たされるということでもある。ナラトロジーは、そうした際に自分自身で考えて解釈を選択するための、強力な武器となってくれるだろう。

◉引用・参考文献

篠崎美生子「「南京の基督」——宋金花の〈物語〉をとりもどすために」(宮坂覺編『芥川龍之介と切支丹物——多声・交差・越境』翰林書房、平26)

川端康成「伊豆の踊子」

第9章

〝名作〟が名作になるまで

川端康成「伊豆の踊子」I

◉作家紹介

川端康成（一八九九〜一九七二）。大阪市北区此花町一丁目七九番屋敷に、父栄吉、母ゲンの長男として生まれる。一九〇一（明治三四）年父死去、翌年母死去、祖父母に引きとられる。一九〇六（明治三九）年祖母死去、その三年後に姉死去、さらにその五年後に祖父死去。こうした幼少期の体験は数々の作品で表出され、「伊豆の踊子」でも「孤児根性」という言葉によって示されている。

一九一七（大正六）年上京、菊池寛を訪ね、その紹介で横光利一との交流が始まる。東京帝国大学卒業後、横光らと『文藝時代』を創刊、新感覚派と名付けられる。一九二六（大正一五）年、同誌に「伊豆の踊子」、「続伊豆の踊子」を発表。同年、第一創作集『感情装飾』を、翌年、第二創作集『伊豆の踊子』を刊行。また、新感覚派映画聯盟が結成され、「狂つた一頁」のシナリオを書き、映画との関わりも深めていく。一九三一（昭和六）年、秀子と入籍。

「浅草紅団」（『東京朝日新聞』夕刊、昭4・12・12〜昭5・2・16、『新潮』同・9、『改造』同・9）や「水晶幻想」

(『改造』昭6・1、7)をはじめ、この時期に多くの代表作を発表するが、なかでも注目されてきたのが「雪国」の存在である。一九三五(昭和一〇)年、『文藝春秋』に「夕景色の鏡」を著し、断続的に発表を開始。二年後に単行本『雪国』を創元社より刊行、文芸懇話会賞受賞。戦後の一九四七(昭和二二)年、「続雪国」を『小説新潮』に発表、翌年、完結版『雪国』を創元社より刊行。一九五六(昭和三一)年には、エドワード・サイデンステッカーによる英訳が刊行される。

また、『文藝時代』や『文學界』を創刊し、『文藝春秋』にて芥川龍之介賞銓衡委員になるなど、戦前/戦中/戦後を横断して、さまざまな雑誌媒体と深い関わりを持っていく。一九四五(昭和二〇)年には、貸本屋として鎌倉文庫を開店、敗戦後に出版社として再発足。翌年、同社より『人間』を創刊、三島由紀夫の「煙草」を掲載し、広く世に出るきっかけを作った。一九七一(昭和四六)年一月には、三島由紀夫の葬儀委員長もつとめている。

川端自身、「眠れる美女」(『新潮』昭35・1～6、昭36・1～11)や「古都」(『朝日新聞』朝刊、同・10・8～昭37・1・23)をはじめ、戦後も旺盛な作家活動を展開し、芸術院賞、野間文芸賞、毎日出版文化賞など、数々の受賞をしている。さらに、国際的な活動にも力を注ぎ、一九四八(昭和二三)年、日本ペンクラブ第四代会長選出、一九五七(昭和三二)年、第二九回国際ペンクラブ大会を東京で開催、翌年、国際ペンクラブ副会長に選出される。

こうした多岐にわたる活動の結実として、一九六八(昭和四三)年一〇月、ノーベル文学賞受賞が決定した。一二月、ストックホルムで「美しい日本の私――その序説」の記念講演を行う。

一九七二(昭和四七)年四月一六日、逗子マリーナの仕事部屋でガス自殺。享年七二歳。

◉作品の背景

川端康成は「伊豆の踊子」について、繰り返し自己言及を行っている。ここでは、川端自身の発言をもとに、本作の執筆・成立にいたる背景を、まずは簡単に整理しておこう。

①一九一四（大正三）年に祖父死去、〈孤児〉となる。②一九一六〜一七（大正五〜六）年、茨木中学校の寄宿舎で〈同性愛〉体験。③一九一八（大正七）年一〇月、初めて伊豆に旅行し、旅芸人の一行と道連れになる。以後、頻繁に湯ヶ島を訪れる。④一九一九（大正八）年、伊豆での体験を題材に、小説「ちよ」を『校友会雑誌』に発表。⑤一九二一（大正一〇）年、伊藤初代と婚約、破婚。それが「伊豆の踊子」執筆に影響したとされる。⑥一九二二（大正一一）年、「湯ヶ島での思ひ出」を執筆。その前半が「伊豆の踊子」の原型に、後半が「少年」の原型になる。⑦一九二四（大正一三）年、再び伊豆での体験に基づいて、小説「篝火」を『新小説』に発表。ただし、一九四八（昭和二三）年『川端康成全集 第一巻』（新潮社）刊行の際に、「伊豆の踊子」と重なる部分は削除される。⑧一九二六（大正一五）年、「伊豆の踊子」、「続伊豆の踊子」を『文藝時代』に発表。⑨一九二七（昭和二）年、第二創作集『伊豆の踊子』を刊行。

ごく簡単に整理すれば、おおよそ右のとおりになるが、①〜③、⑤の実体験、⑥の原型、あるいは、その根拠とされる川端自身の自己言及の問題を中心に、「伊豆の踊子」には、実にさまざまな要素が盛りこまれている。

◉引用・参考文献

川端香男里編「年譜」（『川端康成全集』第三五巻、新潮社、昭58）
長谷川泉「補注」（『日本近代文学大系 第42巻 川端康成・横光利一集』角川書店、昭47）
『川端康成全集』（第二巻、第一〇巻、新潮社、平11）
『川端康成全集』（第一巻、新潮社、昭23）
保昌正夫編『新潮日本文学アルバム16 川端康成』（新潮社、昭59）
『群像日本の作家13 川端康成』（小学館、平3）
川端文学研究会編『伊豆と川端文学事典』（勉誠出版、平11）
田村充正・馬場重行・原善編『川端文学の世界』（一～五巻、勉誠出版、平11）
原善編『近代文学作品論集成6 川端康成『伊豆の踊子』作品論集』（クレス出版、平13）
大久保喬樹『川端康成――美しい日本の私』（ミネルヴァ書房、平16）
鈴木伸一・山田吉郎編『川端康成作品論集成第一巻――招魂祭一景・伊豆の踊子』（おうふう、平21）
小谷野敦『川端康成伝 双面の人』（中央公論新社、平25）
富岡幸一郎『川端康成 魔界の文学』（岩波書店、平26）
川端康成『伊豆の旅』（中公文庫、初版＝昭56、改版＝平27）

1　「伊豆の踊子」の生成——繰り返された自己言及

一九二六（大正一五）年、『文藝時代』一月号・二月号に、それぞれ「伊豆の踊子」・「続伊豆の踊子」として発表された本作品であるが、川端自身の証言に基づくと、〈踊子と歩いたのが大正七年で私は二十歳〉の時であったという。それを題材に、どのような過程を経て、「伊豆の踊子」が成立したのかを、「少年」（『人間』昭23・5〜昭24・3）より引用してみよう。

「湯ヶ島での思ひ出」と題するものがある。二十四歳の夏書いた。この前半を二十八歳の時に書き直して、「伊豆の踊子」といふ作品が出来た。後半には中学の寄宿舎で同室にゐた少年への愛の思ひ出が書かれてゐる。

すなわち、未発表の原稿「湯ヶ島での思ひ出」前半部分を、独立させる形で作品化したのが「伊豆の踊子」であった。なお、同原稿の後半部分、〈清野少年〉との〈同性愛の記事〉を小説化したのが「少年」である。そのため、「伊豆の踊子」を、川端の同性愛体験と関連づけた論考も多い。

ただし、「少年」に限らず、川端は「伊豆の踊子」について繰り返し**自己言及**を行っている。羽鳥徹哉「「伊豆の踊子」について」等を参照しながら、主立ったものをここに列挙してみよう。

①「南伊豆行」（『文藝時代』大15・2）／②「「伊豆の踊子」の装幀その他」（『文藝時代』昭2・5）／③「「伊豆

の踊子」の映画化に際し」（『今日の文学』昭8・4）／④「あとがき」（『川端康成選集 第二巻』改造社、昭13）／⑤「処女作を書いた頃」（『新女苑』同・6）／⑥「あとがき」（『新日本文学全集・川端康成集』改造社、昭15）／⑦「あとがき」（『三代名作全集・川端康成集』河出書房、昭17）／⑧「あとがき」（『抒情歌』創元社、昭22）／⑨「あとがき」（『旅の風景』細川書店、昭23）／⑩「独影自命・一」（『川端康成全集 第一巻』新潮社、同）／⑪「独影自命・二」（『川端康成全集 第二巻』新潮社、同）／⑫「少年」（『人間』同・5～昭24・3）／⑬「独影自命・六」（『川端康成全集 第六巻』新潮社、昭24）／⑭「あとがき」（『伊豆の踊子』三笠文庫、昭26）／⑮「あとがき」（『伊豆の踊子・温泉宿』岩波文庫、昭27）／⑯「作家に聞く」（『文学』昭28・3）／⑰「伊豆」（『婦人公論』昭31・5）／⑱「伊豆行」〔「落花流水」第八回〕（『風景』昭38・6）／⑲「「伊豆の踊子」」（『別冊小説新潮』同・7、『小説新潮』同・8）／⑳「「伊豆の踊子」の作者」（『風景』昭42・5～昭43・11）。

これだけでも膨大な数であるが、他にもさまざまな文章で、幾度となく川端は「伊豆の踊子」に触れている。ただし、「伊豆の踊子」の原型になったという「湯ヶ島での思ひ出」は、⑫「少年」末尾で、〈私は今この「少年」を書いたので、「湯ヶ島での思ひ出」〉は〈焼却する〉と述べられているように、もはや存在しておらず、実物を確認することはできない。とはいえ、川端自身、「湯ヶ島での思ひ出」やそれに類する原稿について繰り返し言及していることからも、その存在を容易に否定することもできない。

だが、注意しておきたいのは、「少年」も含め、これだけ多くの「伊豆の踊子」に対する証言を、すべて真実と鵜呑みにすることにも、慎重であらねばならないことだ。たとえば、林武志は〈川端には、かように自作をあとづけ、時には作品の評価を補強（？）、転換（？）する性癖がある〉と指摘している。つまり、自己言及を行うことによって、川端がどのように「伊豆の踊子」という作品を〈あとづけ〉、その評価を〈補強〉や〈転換〉しようとしていたのか、それ自体を考察していくことも必要だということだ。なぜならば、そうすることで、「伊豆の踊子」や川端康成のイメージ形成の経緯が、浮かび上がってくるからである。

2 「伊豆の踊子」と作家イメージ——川端康成像の形成

「川端康成」と唐突に言われたとき、どのようなイメージを抱くであろうか。それは人それぞれであろうが、彼の作家イメージの形成において、欠くことのできない作品は、間違いなく「伊豆の踊子」であった。ただし、ここで誤解のないよう記しておきたいのは、「伊豆の踊子」が、高い評価を受けた川端康成の出世作であるから、という訳ではない。むしろ、この作品は、発表当初はあまり注目もされていなかった。それが、長いときを経るにしたがって、いつの間にか〝名作〟として、川端の代表作となっていったのである。

発表当初の評価を見ると、〈けだし傑作〉（神崎清）、〈川端氏の精神美にうたれ、その表現に感動〉（鈴木彦次郎）といった評価も散見されるが、他方で、〈読者がついて行けない場合がある〉、〈都合よく脚色された人物〉、〈わるくいへば、作者の筆の得手勝手我儘の類ひ〉（神崎清）、〈川端は小説にしすぎる。機構を気にしすぎる。この作にしてもだ〉（赤松月船）、〈彼の他の新感覚的作品にみる躍動する精神が稀薄だ〉（橋爪健）といった厳しい評価も下されている。

さらに、評価の内容以前の問題として、同時代評が非常に少ないこと自体に、強く注目すべきであろう。それについては、川端自身、〈「伊豆の踊子」は私の処女作でも出世作でもなかつた。発表当時、さう批評に取りあげられたり褒められたりしたわけではなかつた〉（「「伊豆の踊子」の作者」）、〈長いあひだ、多くの人に読まれるとは、無論予期しなかつた〉（「伊豆」）と述懐しているとおりである。

ところがその後、川端自身の意にも反する形で、特に戦後において、「伊豆の踊子」は川端康成の一番の代表作とされていく。ここで、それを示す事例を二つほど挙げておこう。

一つ目の事例は、「ノーベル文学賞」授賞時の報道である。一九六八（昭和四三）年一〇月一八日の各紙新聞朝刊を見ると、その一面に、川端の受賞決定が大々的に報道されており、〈文学賞は日本では初めて〉（『朝日新聞』）、〈わが国で初の受賞〉（『読売新聞』）といった言葉とともに、川端の代表作が掲載されている。興味深いのは、たとえば『毎日新聞』では、数ある作品群の筆頭に、最も大きな活字で「伊豆の踊子」が挙げられていることだ（画像参照）。「ノーベル文学賞」授賞理由において、重要な作品として挙げられたのは、あくまでも「雪国」、「千羽鶴」、「古都」の三作品であった。それらを差し置いて、授賞理由とは関係のない

毎日新聞

川端康成氏にノーベル文学賞

日本作家で初めて 認められた"叙情の美"

「伊豆の踊子」「雪国」 数々の名作 外国でも出版

"日本語の障害"越え 現代人に訴える普遍的な新しさ

賞を重荷としたくない おかげさまで… 喜び語る川端氏

米、一両日中に断？

『毎日新聞』1968年10月18日　朝刊第一面

「伊豆の踊子」が一番に報道されているという事実は、それだけ川端康成という作家イメージに、この作品が強く結び付いていたことを示す。

もう一つの事例は、川端自身の証言である。先述したように、川端は幾度も「伊豆の踊子」について自己言及しており、その中でも特に長い随筆、⑳「「伊豆の踊子」の作者」で、〈私の名を思ひ出せぬ〉まま、〈見知らぬ人、行きずりの人からも、思ひがけぬ時に思ひがけぬ場所で、「伊豆の踊子」の作者として声をかけられること〉が〈あまりにしばしば〉ある、と述べている。「伊豆の踊子」の〝作者を超えた知名度の肥大化〟をうかがわせるエピソードである。それに対して川端自身は、〈幸運と思ふのが素直であるとは、よくわかつてゐる〉と述べながらも、〈私はやはり「伊豆の踊子」の作者として終るのであらうか〉、〈さう思ふと、「伊豆の踊子」の作者といふことに、むらむらと反撥、嫌悪を感じる〉とまで語っている。

それでは、なぜ「伊豆の踊子」は、このような位置づけになったのだろうか。次に、十重田裕一『「名作」は作られる』などを参照しながら、それを紐解いていってみよう。

3 「伊豆の踊子」のカノン化――再流通と映像化

「伊豆の踊子」は、発表当初はさほど注目されなかったが、その後、劇的に知名度が高まっていった。その要因には、もちろん作品自体の出来映えも無関係ではないが、それ以外にもさまざまな要素が絡み合っている。ここでは主に、作品外の要素三点に注目してみよう。

(1) 自己言及

はじめに見逃せないのが、先に注目した、川端自身のこの作品への繰り返しの自己言及である。川端が言及すればするほど、当然のことながら、この作品に対して注目が集まっていった。まずは、作者自身の所作によって、「伊豆の踊子」の知名度が高まり、同時に、川端康成を代表する作品になっていったことを確認しておきたい。

(2)再流通——全集・文庫・教科書

幾度も自己言及がなされた「伊豆の踊子」であるが、それと同時に、発表から二〇年以上経った戦後の大衆社会の中で、大規模な形で再流通していったことも見逃せない。

まず、一九五〇年代に起こった**全集ブーム**において、「伊豆の踊子」は、川端の個人全集はもとより、数々の近代日本文学の全集に収録されていく。同時に、作品名が冠された廉価で入手しやすい**文庫本**も、次々と刊行されていく。特に、一九五〇年前後が顕著であり、小山文庫『伊豆の踊子』(昭24)、新潮文庫『伊豆の踊子』(昭25)、角川文庫『伊豆の踊子・禽獣　他六篇』(昭26)、三笠文庫『伊豆の踊子』(同)、岩波文庫『伊豆の踊子・温泉宿　他四篇』(昭27)など、「伊豆の踊子」の名が冠された数々の文庫本が、この時期に集中的に刊行されている。

さらに、一九五〇年代なかばから「伊豆の踊子」は、高等学校の**国語教科書**にも次々と掲載されていく。好学社(昭31)、教育出版(昭32)、角川書店(昭33)等を皮切りに、特に一九六〇年代にかけて、大修館書店、中央図書出版社、秀英出版、大原出版、実教出版、尚学図書、大日本図書などの教科書に、本作品は掲載されていった。教科書とは、ある種の確約されたベストセラーであり、作品の流通には決して見逃せない要素である。

このように、一九二六(大正一五)年に発表された「伊豆の踊子」は、おおよそ四半世紀経過した一九五〇〜六〇年代頃、より大規模な形で再度流通し、その知名度を高めていったのである。

(3)映像化――映画・テレビ

川端自身が自己言及を繰り返し、同時に、戦後に広く再流通していった「伊豆の踊子」であるが、作者の手を離れたところで、映像として再生産が繰り返されたことも見逃せない。

その筆頭が**映画化**である。元来、川端は、新感覚派映画聯盟や「狂つた一頁」シナリオ執筆をはじめ、映画と深い関わりがあった。他にも、「浅草紅団」等を嚆矢として、数々の作品が映像になったが、特に、繰り返し特殊な形で映画化され続けた作品こそが、「伊豆の踊子」であった。この作品は、現在まで六度、映画化されている。

①五所平之助監督－田中絹代・大日方伝主演、松竹蒲田、一九三三（昭和八）年
②野村芳太郎監督－美空ひばり・石浜朗主演、松竹大船、一九五四（昭和二九）年
③川頭義郎監督－鰐淵晴子・津川雅彦主演、松竹大船、一九六〇（昭和三五）年
④西河克己監督－吉永小百合・高橋英樹主演、日活、一九六三（昭和三八）年
⑤恩地日出夫監督－内藤洋子・黒沢年男主演、東宝、一九六七（昭和四二）年
⑥西河克己監督－山口百恵・三浦友和主演、東宝・ホリプロ、一九七四（昭和四九）年

ここで興味深いのは、①以外はすべて、一九五〇年代以降、特に五〇～六〇年代に集中していることだ。すなわち、(2)で確認した、全集・文庫・教科書による再流通の後、「伊豆の踊子」は定期的に映画化されていったのである。その背景には、黒澤明監督「羅生門」を筆頭に、世界的映画祭で、日本文学を題材にした映画が連続して受賞したことも無関係ではない。また、これらの映画は、いずれも、いわゆる国民的アイド

ルと称される存在を中心に、当時の若手有力俳優が起用されたことも見逃せない。こうして、映画というマスメディアを背景に、「伊豆の踊子」は、大規模な形で映像化されていった。

また、一九六〇年代頃から、マスメディアの中心は、徐々に、映画から**テレビ**へと移行していく。そのターニングポイントでも、「伊豆の踊子」は重要な役割を果たしている。一九六一（昭和三六）年、NHK（日本放送協会）で「伊豆の踊子」が、連続テレビ小説としてドラマ化され、その後、一九六五（昭和四〇）年には、書き下ろし原稿により、やはりNHKで、連続テレビ小説「たまゆら」が一年間にわたって放送された。それが、現在まで続く、朝の連続テレビ小説の端緒となっていったのである。

このように、⑴自己言及、⑵再流通、⑶映像化が、複合的に絡み合うことによって、発表当初はそれほど注目されなかった「伊豆の踊子」が、**カノン**（＝正典・古典）化していった。同時に、川端康成は〈「伊豆の踊子」の作者〉としてまなざされるようになったのである。

こうした「伊豆の踊子」のカノン化から、さらに大きな問題が浮かび上がってくる。先に見た三つの要素、特に⑵⑶が行われたのは、一九五〇年代以降、つまり、日本が高度経済成長期をむかえていた時代にあたる。その時代にこそ、川端康成は〈「伊豆の踊子」の作者〉という作家イメージを付与された。それは一体何を意味するのか。そこに注目し、作品をもう少し広い視野へとつなげていってみよう。

4　高度経済成長期における「伊豆の踊子」——ツーリズムとディスカバー・ジャパン

一九五四（昭和二九）年頃から、日本はいわゆる**高度経済成長期**の時代を迎え、人びとの生活形態も徐々に変化していく。また、公害や労働争議をはじめ、さまざまな問題を抱えながら、社会自体も大きく変容していく。こうした時代の中で、文学作品の位置づけも変わっていった。

たとえば、〝三種の神器〟と呼ばれた家電製品の一つがテレビであったように、高度経済成長期においてマスメディアが急速に拡大していく。その中で、前節で見たように、「伊豆の踊子」が大規模な形で再流通し、次々と映像化されていったのである。

また、マスメディアとともに、社会のネットワークの変化として見逃せないのが、交通網の拡大であった。この要素も、文学作品、ことに川端康成の作品に、大きな影響を及ぼしていく。

そもそも、一九二九（昭和四）年発表の「浅草紅団」発表は地下鉄開通を背景にしており、また、一九三五（昭和一〇）年から断続的に連載が開始された「雪国」も、清水トンネル開通を背景にしていた。そこからも、川端文学は、**ツーリズム**（観光事業・観光旅行）と密接にかかわるものであったことが分かる。高度経済成長期における、川端文学とツーリズムとの関係を、もっとも分かりやすく示す作品が「古都」である。一九六一（昭和三六）年から連載が開始され、京都を舞台としたこの作品であるが、その背後には、一九五九（昭和三四）年起工式・一九六四（昭和三九）年開通の東海道新幹線の存在、また、一九六五（昭和四〇）年開通の名神高速道路の存在があった。

同時に、高度経済成長期を背景に大きく展開したレジャー産業も、ツーリズムの要素の一つとして見逃せない。何より、それをより顕著な形で体現した作品こそが「伊豆の踊子」であった。一九六一（昭和三六）年の伊豆急行線開通などにより、下田市の観光は大きく発展するとともに、「伊豆の踊子」の知名度がさらに高まるという形で、高い相乗効果がもたらされていった。身近な例を挙げると、現在でも、首都圏と伊豆半島を結ぶ特別急行列車に、踊り子号と名付けられているのは、比較的よく知られているであろう。

さらに、高度経済成長期と「伊豆の踊子」との関わりは、マスメディアやツーリズムと、単線的に結びつけるだけで終わらない。その背後には、先に触れたように、公害や労働争議など、多くの社会問題が存在していた。たとえば、この時期は成長の名のもとに、さまざまな地域が次々と開発され、土地の固有性が喪われていった。その反動で、**ディスカバー・ジャパン**といった標語が流通し、〝古き良き日本〟といった幻想=ノスタルジーが強まっていく。そんな時代にあったからこそ、「雪国」や「古都」、そして何より、幾度も〈青春の抒情〉などと評され、図らずも、日本と個人の両方のノスタルジーをかき立てる「伊豆の踊子」という作品が、人びとに望まれ、さまざまなマスメディアを通じて再流通し、次々と映像化されていったのだ。

特急　踊り子（Railstation.net（http://www.railstation.net/）より）

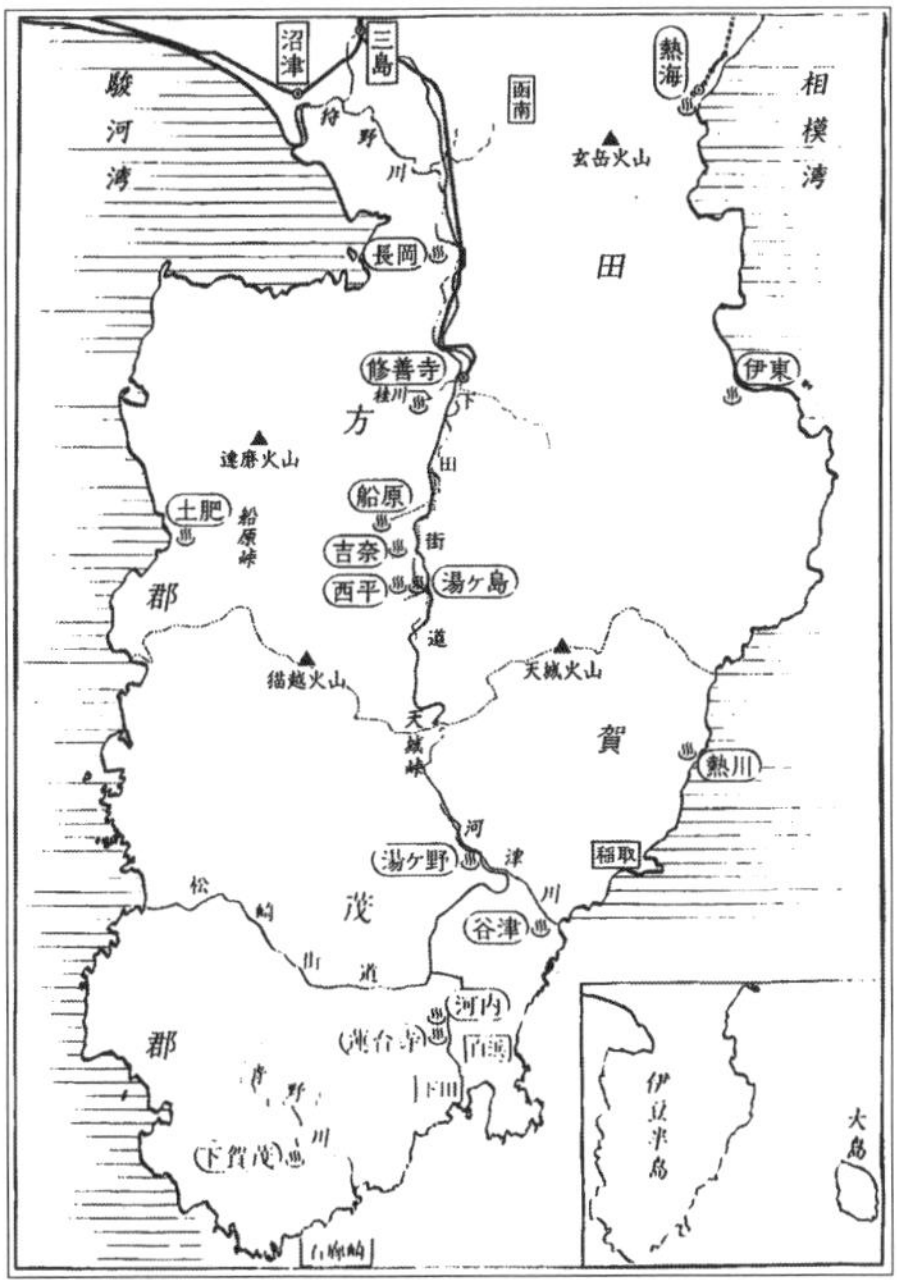

昭和初期の伊豆（『伊豆の旅』（川端康成著／中公文庫）より）

このような経緯をたどることで、高度経済成長期の中で、発表当初はあまり評価されていなかった「伊豆の踊子」が川端康成の代表作となっていった。言い換えるならば、「伊豆の踊子」は、当初よりその出来映えなどから〝名作〟という要素を作品内に内包していたかもしれないが、長い時を経る中で作品外のさまざまな要素が絡み合うことによって、はじめて一般名詞化された名作として、普及・定着していったのである。

5 テクストの方へ——さまざまな研究とその視点

本章の最後として、次章のテクスト分析へとバトンタッチする前に、「伊豆の踊子」の先行研究の流れにも少し目を向けておこう。ただし、たとえば『川端康成全作品研究事典』においても、「伊豆の踊子」は〈膨大な数の論の蓄積があ〉り、〈先行文献について、網羅的な紹介をすること〉は、限られた紙幅では〈不可能〉だと明記されている。だが、そうした状況だからこそ、〈膨大〉とされる先行研究に、自らの手でアプローチしていくことは、貴重な経験になるはずである。

そのような研究の背景を前提としながら、これまで「伊豆の踊子」において注目されてきた視点を、いくつか紹介しておきたい。

まず、研究の土台とされてきたのが、先に触れた、作品の執筆や成立に注目する生成論であった。同時に、そうした調査をもとに、モデル問題も広く展開されてきた。「踊子」らのモデルは誰であり、川端のどのような体験が小説として結実したか、という問題である。それと地続きで行われたのが、川端の実生活における、孤児体験・失恋体験・同性愛体験・旅行体験と結びつける考察、作家論的手法である。

作品内の要素にウェイトを置いた視点については、やはり「孤児根性」という言葉が、作品と作家との結節点として、常に注目されてきた。また、発表当初から、この作品は〈青春〉、〈抒情〉、〈センチメンタリズム〉という言葉で語られ続けてきた。そうした要素を包括・相対化しながら、独自の論を展開したものとして、伊藤整「川端康成の芸術」、三島由紀夫による「解説」の存在を特筆しておきたい。また、「私」と「旅芸人の一行」の経済的格差・差別の問題、「私」と「踊子」を中心とする性差の問題、それにまつわる「私」のまなざし等、時代背景・社会問題との結びつきも、長く考察されてきた。いわゆる学術論文とは異なるが、〈あたし、踊子でーす。〉で始まる、荻野アンナ「雪国の踊子」は、右に紹介したさまざまな視座を自在に横断した文章として興味深い。

「伊豆の踊子」が発表されて、九〇年以上経つ。本作品が川端康成の代表作となり、そして、名作として普及・定着したその要因は、本章で紹介してきたような作品外の要素も大きいが、テクスト内にも、実にさまざまな要素を含みこんでいるからであろう。多彩な活動を続けた川端康成という作家と同様に、「伊豆の踊子」という作品についても、多彩な読みの可能性をテクスト内から導き出していくことは、これからも充分可能なはずである。

◉引用・参考文献

羽鳥徹哉「「伊豆の踊子」について」(『研究選書55　作家川端の展開』教育出版センター、平5)
林武志「「伊豆の踊子」研究小史」(『川端康成作品研究史』教育出版センター、昭59)
神崎清「卓上文学」(『辻馬車』大15・2)
鈴木彦次郎「私は読んだ――一月の創作」(『文藝時代』大15・2)

赤松月船「冬日漫談——月評その他」（『文党』大15・2）
橋爪健「新感覚派の其後　二月文壇評（五）」（『読売新聞』大15・2・3）
十重田裕一『「名作」はつくられる　川端康成とその作品』（日本放送出版協会、平21）
羽鳥徹哉・原善編『川端康成全作品研究事典』（勉誠出版、平10）
伊藤整「川端康成の芸術」（『文藝』昭13・2）
三島由紀夫「解説」（川端康成『伊豆の踊子』新潮文庫、昭25）
荻野アンナ「雪国の踊子」（『私の愛毒書』福武書店、平3／福武文庫、平6）
西河克己『「伊豆の踊子」物語』（フィルムアート社、平6）
ハルオ＝シラネ・鈴木登美編『創造された古典——カノン形成・国民国家・日本文学』（新曜社、平11）
林武志編『川端康成研究文献総覧』（二松学舎大学東洋学研究所、平13）
十重田裕一「つくられる「日本」の作家の肖像——高度経済成長期の川端康成」（『文学』平16・11）
阿武泉監修『読んでおきたい名著案内　教科書掲載作品１３０００』（日外アソシエーツ、平20）

第10章

偽装された〝現在〟

川端康成「伊豆の踊子」Ⅱ

持続
休止法
要約法
情景法
省略法

ある時期まで「伊豆の踊子」については、作者・川端康成の実体験を元にした作品としての性格が重視されてきた。その背景にはおそらく、前章で概観したような、川端によって繰り返された自己言及があっただろうし、川端が大作家として認知され彼自身の生涯に関心が集中していく過程が読みの枠組みに与えた影響もまた、無視できないだろう。だが、「伊豆の踊子」の「私」は川端とイコールではないし、本書の目的に即せば、川端の伊豆旅行の実態を解明することではなく、「伊豆の踊子」という一編の独立したテクストから何を読み取るかということが、われわれの課題である。

ここではまず、語り手「私」と物語世界との関係がどのようなものであるか、探っていくことにしよう。

1　語り手「私」と作中人物「私」

「伊豆の踊子」は一人称小説である。一人称小説とは、語り手が作中人物のうちの一人と同一であり、作中人物である自分を一人称（「私」「自分」など）で呼ぶ形式の小説である。これに対し、語り手が物語世界の外に位置し、すべての登場人物を三人称で呼ぶ小説を、一般には三人称小説と呼ぶ。

しかしジュネットは、〈一人称小説〉〈三人称小説〉という用語による分類は物語の性質を十分に説明しきれないと考える。この点に関するジュネットの態度を西田谷洋は〈語り手はいつでも語り手として物語言説に介入できるのだから、どんな語りも、定義上、潜在的には一人称で行われているため〉と説明し、〈問題は、作中人物と語り手の一致／不一致の関係にある〉と述べる。ジュネットは『フィクションとディクション』において、〈物語言説の言表者はみずからが物語内容の作中人物〉であるケースを説明するため、**等質物語世界的**という術語を用い、それに対して、〈語り手は作中人物のひとりではない〉ケースを**異質物語世界的**という術語で記述している。

「伊豆の踊子」は等質物語世界的であり、語り手「私」（作者ではない）と語られている物語内容の中の「私」（これも作者ではない）は同一人物である。ただし、「伊豆の踊子」の物語内容の時間は「私」が船で伊豆から東京に帰る時点までであり、語っている「私」はその物語内容の時間の外にいる。そこで「伊豆の踊子」の「私」は、理論上、物語世界の時間外にいてそれを語っている「私」（語り手）と、語り手によって語られる物語世界の時間内の「私」に分節化することができる。

中山真彦は、峠の茶屋の次の部分について、「伊豆の踊子」のフランス語訳と日本語原文とを比較し、「私」の機能について論じている。

　紙の山は、諸国から中風の養生を教えて来た手紙や、諸国から取り寄せた中風の薬の袋なのである。爺さんは峠を越える旅人から聞いたり、新聞の広告を見たりすると、その一つをも洩らさずに、全国から中風の療法を聞き、売薬を求めたのだそうだ。そして、それらの手紙や紙袋を一つも捨てずに身の周りに置いて眺めながら暮して来たのだそうだ。長年の間にそれが古ぼけた反古の山を築いたのだそうだ。

（傍線中山）〔一〕

中山によると、〈老婆が話を述べているのなら、「私」もそれに劣らず話を述べる者である。この話を述べるという「私」の行為が、行為の主体とともに、仏訳では姿を消している〉。中山の論はさらに「私」の二重性にも及び、〈「私」が「…だそうだ」と述べることは、老婆の耳には達しないし、そもそも老婆に向けて述べられたことではない。両者は、行為の場として、およそ同一平面上に位置することはない〉としている。ここでの「私」は、概念上、〝茶屋で「婆さん」の話を聞いている「私」〟（作中人物「私」）と、〝事後的に「婆さん」の話を要約して語っている「私」〟（語り手「私」）とに分けることができるのである。

作中人物「私」とは異なるレベルに位置する語り手「私」は、それでもやはり、作中人物「私」に寄り添っているような振る舞いを見せている。「重なり合った山々や原生林や深い渓谷の秋に見惚れながらも、私は一つの期待に胸をときめかして道を急いでいるのだった」〔一〕という部分で、語り手「私」は、第三者からは見えない作中人物「私」の内面（一つの期待に胸をときめかしていたこと）を語っている。対照的に、語り手は「私」以外の作中人物の内面を直接に語ることはしない。そのことはテクストの次の部分に端的に表れる。

「学生さんが沢山泳ぎに来るね」と、踊子が連れの女に言った。
「夏でしょう」と、私が振り向くと、踊子はどぎまぎして、

「冬でも……」と、小声で答えたように思われた。

「冬でも？」

踊子はやはり連れの女を見て笑った。

「冬でも泳げるんですか」と、私がもう一度言うと、踊子は赤くなって、非常に真面目な顔をしながら軽くうなずいた。（傍線引用者。以下特に断りのない限り同様）〔二〕

語り手「私」は、踊子が本当に「冬でも……」と答えたのかどうかを語らない。「小声」であったゆえに作中人物「私」が聞き取れなかった踊子の発話内容を語り手が断定することはない。踊子の発話内容はあくまで、作中人物「私」がそう聞き取った（「ように思われた」）という形で表れる。語り手「私」は、踊子の内面（心）の動きを直接に物語ることもしない。もちろん読者としては、「踊子は赤くなって」という部分を根拠として、踊子が羞恥の感情を抱いたのであろうと推測することが可能である。だが語り手は決して「踊子は恥ずかしくなって」のように踊子の感情を直接に説明することはない。続く部分での「真面目」という語は一見、踊子の内面を直接に描いたかのように思えなくもないが、よく読めばこれもあくまで、作中人物「私」の目には踊子の顔が「真面目な顔」であるように見えたという「私」の視覚情報が語られているのであって、踊子の内面を直接に語ったものではない。

このような、語り手が特定の作中人物に寄り添って（特定の作中人物の視点で）物語を提示する物語言説は、**内的焦点化**［↓第4章］と呼ばれる。

2 物語言説の時間と順序

次に、物語の**時間**と、それが語られる**順序**とを分析しよう。

「伊豆の踊子」の**物語内容**の時間は、「私」が「二十歳」の年の「秋」である。〔七〕で「私」が帰りの船に乗りこむとき、「土方風の男」が、自分が連れてきた「婆さん」について「倅が蓮台寺の銀山に働いていたんだがね、今度の流行性感冒て奴で倅も嫁も死んじまったんだ」と言っていることから、物語世界内の時間は「流行性感冒」(「スペイン風邪」とも呼ばれたインフルエンザの一種)が世界的に大流行した一九一八(大正七)年から一九一九(大正八)年にかけて、もしくはその直後であると推定できる。物語は、「私」が天城峠に近づく場面から始まり、天城トンネルを抜け湯ヶ野を経て下田に至り、さらに東京に向かう船の中にいる時点まで続く。「私」は湯ヶ野に三泊、下田に一泊しているから、「伊豆の踊子」は、「私」の四泊五日の旅を物語るテクストであると言える。

ところで、「伊豆の踊子」の読者は、「一人伊豆の旅に出てから四日目のことだった。修善寺温泉に一夜泊り、湯ヶ島温泉に二夜泊り、(以下略)」という叙述を根拠として、冒頭の「天城峠に近づいたと思う頃」の場面より前の時点から「私」が旅を続けてきたという情報を得ることになる。天城峠以前の旅を短く要約して叙述したこの部分は、物語内現在の時間(「天城峠に近づいたと思う頃」)よりも前の出来事を語っている。このように物語内容の現在よりも前の出来事を叙述する物語行為は、ジュネットにおいては**後説法**[↓第7章]と呼ばれる。後説法は**先説法**と共に、**錯時法**の一種である。

さて、「私は二十歳」という叙述は、物語内容の時間を規定すると同時に、物語言説の時間についても一定程度の情報を暗示している。すなわち、作中人物「私」が「二十歳」であったと語る語り手「私」は、少なくとも二十一歳以上であると考えるのが自然であり、物語内容の時間がすべて終了した後の時点から過去の出来事を回顧していると思われるのである。前述のように、「伊豆の踊子」の「私」は、〝語っている語り手「私」〟と〝語られている作中人物「私」〟とに分節できるのであるが、それは、「私」が事後に回顧しつつ物語を語っていることに由来する。

語り手「私」は、〔一〕の峠の茶屋の場面で旅芸人一行について次のように説明していた。

踊子は十七くらいに見えた。私には分らない古風の不思議な形に大きく髪を結っていた。（中略）踊子の連れは四十代の女が一人、若い女が二人、ほかに長岡温泉の宿屋の印半纏を着た二十五六の男がいた。

だが、湯ヶ野に着いた日に内湯で男（栄吉）が「自分が二十四になること」〔二〕を説明し、さらに〔四〕の湯ヶ野で二泊した後の朝、栄吉が「私」に次のように説明する。

「そうでしたか。あの上の娘が女房ですよ。あなたより一つ下、十九でしてね、旅の空で二度目の子供を早産しちまって、子供は一週間ほどして息が絶えるし、女房はまだ体がしっかりしないんです。あの婆さんは女房の実のおふくろなんです。踊子は私の実の妹ですが」（中略）それから、自分が栄吉、女房が千代子、妹が薫ということなぞを教えてくれた。もう一人の百合子という十七の娘だけが大島生れで雇いだとのことだった。

これによって「私」は、旅芸人一行のうち「おふくろ」以外の人物の本当の年齢を知ることになる。ここで注意すべきなのは、語り手が〔一〕の言説を語っている時点で既に、芸人一行の本当の年齢を知っていたはずだということである。なぜなら前述のように、〔一〕を含めて「伊豆の踊子」のすべての物語言説は、「私」が旅の行程をすべて終えた後の時点で語られているからである。それにもかかわらず語り手は〔一〕の段階では、物語言説の時間においては既知であるはずの物語内容に関する情報（芸人一行の本当の年齢）を、まるで未知のことであるかのように装って提示していたのである。踊子については、「十七くらいに見えた」という第一印象を語っているから、本当の年齢には左右されないと言えないこともない。だが、「男」（栄吉）についての「二十五六の男がいた」という断定的な語りは、栄吉が実際には二十四歳であるという事実に反している。すなわち、語り手は本当は旅の行程を全て終えた後の時点から過去を振り返っているにも関わらず、物語の大部分で、あたかも自分が現在、物語内のその場所にいるかのように装いつつ物語行為を遂行しているのである。この点に関連し、田村充正は、〈この小説の語り手は、過去の〈私〉の伝記的記述をしているのではなく、作中人物の〈私〉の「今・ここ」にいて、同時にテクストを創造している人物なのである〉としている。

〝現在〟を装った語りは、「伊豆の踊子」の物語言説の特徴であると言える。

3　「伊豆の踊子」の持続

さて、ここで、語る行為の持続と、語られている物語世界内の持続との関係について、ジュネットに即して概観しよう。

ジュネットにおける**持続**とは、端的に言ってしまえば、時間のことである。「伊豆の踊子」の物語内容の持続は、「私」が天城峠を越えてから船で帰途にあるまでの五日間である。ところで、われわれ読者は、「伊豆の踊子」の「私」が五日間の中で体験した出来事を、それが起きたと同じスピードで五日間かけて読むわけではない。読者が物語を読むとき全く時間をかけずに読むということはありえないから、物語言説も一定の持続を有していることになる。物語言説の持続とは〈物語言説を読むのに必要とされる時間〉（九五頁）である。しかし、物語言説の持続は、誰が読者であるか、どのような環境でいつ読むか、などの諸条件によって変わってしまうので、それを厳密に測定することは不可能である。

また、物語世界のある特定の一時間を叙述する場合の物語言説と、次の一時間を叙述するときの物語言説は、必ずしも同じ長さではない。物語言説は場面ごとに（または話題ごとに）語る速度を変えているということになる。そこでジュネットは、物語言説の長さと物語内容の時間的長さとの関係を記述するため、**休止法**、**要約法**、**情景法**、**省略法**という四つの術語を用いる。

休止法（描写的休止法）の物語言説は〈絶対的な低速度〉（一〇四頁）である。すなわち、一定の長さを持つ物語言説の切片が休止法によって物語内容を語っているとき、その間に物語世界内では時間が進んでいないことになる。ただし、「伊豆の踊子」には厳密な意味における休止法は見られない。ジュネットはプルースト『失われた時を求めて』には休止法が存在しないとし、その根拠として〈物語言説がある対象なり光景なりのうえにとどまる時は必ず、その静止状態に主人公自身の静観的停止が照応している〉（一一〇頁）ことを挙げている。同じことは「伊豆の踊子」についても言える。たとえば〔二〕の冒頭「トンネルの出口から白塗りの柵に片側を縫われた峠道が稲妻のように流れていた」という部分では、一見、物語世界内で時間が進行していないかのようにも思えるが、実はこの一文はその直後の「この模型のような展望の裾の方に芸人達の姿が見えた」という文に従属しているのであって、見るという「私」の行為が語られている以上、そこでは時間が経過していることになる。

省略法の場合の物語言説は、〈無限の高速度〉（一〇四頁）である。つまり、物語内容での出来事を（少なくともその切片の中では）時間的に省略してしまうのだが、それでも読者は他の箇所の言説を根拠として、物語内容の世界では時間が進行しているであろうことがわかるのである。「伊豆の踊子」では、たとえば〔二〕の最後には深夜の「二時を過ぎていた」とあり、〔三〕の冒頭には「翌る朝の九時過ぎに」とある。この間に約七時間が経過しているはずだが、その間に何が起きたのかについて、語り手は何も語らない。このように持続（時間）がはっきりと指示された省略法は特に**明示的省略法**（一一八頁）と呼ばれる。

情景法は、物語内容の持続と物語言説の長さが同じになるような叙述方法をいう。「伊豆の踊子」においては、たとえば〔三〕の「翌る朝九時過ぎに」から「私はとんでもない思い違いをしていたのだ」の部分では、物語内容の持続と物語言語の長さがほぼ等しい。だが、厳密に言えば、一時間の物語内容を一時間で読むなどということは、対話（鍵カッコの中）以外では不可能であるから、情景法は対話によって代表されると言える。対話の情景においては、仮に読者が、作中人物が発話したのと同じ速度で物語言説を読めば、物語内容の持続と物語言説の持続がいちおうイコールになる。ただしこの場合も、作中人物がどのような速度でどの程度の休止を入れながら発話したのかを完全に再現することは不可能なので、そこで実現するのは〈物語言説の時間と物語内容の時間との間の、言わば約束事としての相等性（傍点原文）〉（九六頁）ということになる。

要約法（一〇六頁）は、物語内容の持続よりも物語言説の持続のほうが短い場合の描写法であり、休止法、省略法、情景法以外のすべての叙述方法を指す。実のところ、「伊豆の踊子」の大部分を占めるのは要約法による語りである。ちなみに、以上の四つの速度のほかに、物語言説の持続が物語内容の持続よりも長いケースが想定されるはずだが、ジュネットはそれを〈減速された情景法〉（一〇五頁）と位置づける。

「伊豆の踊子」は、作中人物「私」に内的焦点化した語り手「私」が、あたかも物語内の〝現在〟において語っているかのように装いつつ、実はすべての行程を終えた時点から回顧し、他の多くのテクストと同様に、休止法、要約法、情景法、省略法といった持続に関係する種々の叙述方法を使い分けながら、再構成して提示している物語なのである。

◉引用・参考文献

西田谷洋『テクストの修辞学——文学理論、教科書教材、石川・愛知の近代文学の研究』（翰林書房、平26）

ジェラール・ジュネット／和泉涼一・尾河直哉訳『フィクションとディクション』（水声社、平16）

中山真彦「作品の中の「私」——『伊豆の踊子』とその仏訳について——」（『現代文学』昭58・11）

田村充正「「伊豆の踊子」試論——虚構のカタルシス——」（『交錯する言語　新谷敬三郎教授古稀記念論文集』名著普及会、平4）

土田知則・青柳悦子・伊東直哉『現代文学理論　テクスト・読み・世界』（新曜社、平8）

第一次物語言説
等質物語的世界

第11章

通過儀礼としての旅の時空

川端康成「伊豆の踊子」III

「伊豆の踊子」の物語は、仮に語り手「私」の主張を信じるならば、次のように要約することができる。「自分の性質が孤児根性で歪んでいると厳しい反省を重ね」て伊豆の旅に出た「私」は、徐々に旅芸人一行に親しみ、湯ヶ野から下田までの道中で、踊子の「いい人ね」という「明けっ放しな響き」を持った言葉を最大の契機として、「自分をいい人だと素直に感じることが出来」るようになる。さらに帰途の船中では「何もかもが一つに融け合って感じられ」るような、あるいは「頭が澄んだ水になってしまって」いるような感覚、そして「その後には何も残らないような甘い快さ」を抱く形で、カタルシスを得、精神的な浄化あるいは純化を果たすのである。

こうした構成ゆえに「伊豆の踊子」は、研究史の初期においては、〝純情〟や〝抒情〟というキーワードで読み解かれてきた。〈審美的抒情の世界〉という瀬沼茂樹による評や、〈青春の叙情歌という外観〉を指摘した中村光夫の論、〈純情な青春の書〉という長谷川泉の表現は、その代表的な例である。その背景にはおそらく、〈私が二十歳の時、旅芸人と五六日の旅をして、純情になり、別れて涙を流したのも、あながち踊子に対する感情ばかりではなかつた〉というような、「少年」における作者・川端による自己言及もあっただろう。だが、三島由紀夫が「解説」で、「伊豆の踊子」の最後の場面の〈甘い快さ〉を〈反抒情的〉と断じたように、実はこのテクストは単純な〝純情〟や〝抒情〟では割り切れない多層的な要素を含み持っているはずだ。ここでは、紙背に暗示された社会的構造や「私」の心理を分析することで、テクストを批判的に読み解いていこう。

1 階級差の旅物語

「伊豆の踊子」の物語世界は、上田渡による次の指摘にあるように、階級差を基盤として成立している。

このテクストは三つの階層の人物によって作られている。まず〈私〉という立身出世を社会的に成し得る存在として階層があり、その下に茶店の婆さんや宿のおかみさんの所属する村人達の階層があり、最後に「物乞ひ旅芸人村に入るべからず」という立札によって村人階層からも差別される踊子一行の階層がある。重要なのはこの三つの階層が最初から最後までけっして崩されることなく維持されていることである。

「伊豆の踊子」が発表された時代においても、物語内容として想定される時代においても、旅芸人は他の職業よりも蔑まれる存在であった。そのことはたとえば茶屋の「婆さん」の「あんな者」という言葉に表れている。また、旅芸人たち自身が自分たちの低い社会的地位に自覚的であることは、たとえば「私たちのようなつまらない者でも、御退屈しのぎにはなりますよ（傍点引用者。以下特に断りのない限り同様。）」〔二〕という「四十女」の発話からも知ることができる。他方、旧制高等学校の制帽をかぶった「私」は、峠の茶屋の「婆さん」からも「旦那様」と呼ばれているように、地元の住民よりも一段上の階層に属する者と見なされている。

　こうした階層構造の最上位に位置している「私」は、しかし、「好奇心もなく、軽蔑も含まない、彼等が旅芸人という種類の人間であることを忘れてしまったような、私の尋常な好意は、彼等の胸にも沁み込んで行くらしかった。」〔四〕のように、自分がそうした階級構造や差別に関与していないかのように装っている。だが、本当に全く軽蔑の念を抱いていなかったのだとすれば、なぜ、そのことをことさらに言語化する必要があるのだろうか。逆説的ではあるが、先の引用部分から我々が見出すのは、他の人々からは軽蔑される存在である旅芸人たちを自分と同等の人間として扱ってあげているという、施す側としての「私」の優越感と自己陶酔ではないだろうか。「私」は、ちょうど湯ヶ野の宿で栄吉に金包みを投げたときのように、あるいは少し後に下田で「僅かばかりの包金を栄吉に持たせて帰」〔六〕すときと同様に、「好意」をさえ施すのだし、そうすることで自分が実は差別的構造を強化していることに気づいてはいない。

　また「私」は、下田からの「出立の朝」〔七〕に栄吉が「黒紋附の羽織を着込んでいる」ことについても、〈それが本来的には死んだ赤坊の法要のための礼装である〉（上田渡）ことに気づかず、「私を送るための礼装らしい」と誤認し、都合よく栄吉からの好意を読み取ってしまっている。

「私」と旅芸人一行との階級差を象徴的に示すのが一高（旧制第一高等学校）の制帽である。「私」は湯ヶ野を発つときに「高等学校の制帽をカバンの奥に押し込んで」〔四〕しまうのだが、下田を発つ朝には「カバンの中から学校の制帽を出して皺を伸し」〔七〕、船中ではそれをかぶっていた。「私」は、社会的な階級構造に裏打ちされた自分の地位を最後まで崩すことのないまま、下層階級に属する旅芸人一行に対して一方的に好意を施し、下層階級の好意を独善的に解釈して精神的な浄化を果たし、最終的にはあくまで上層階級の人間として旅を終えようとするのである。

2 創られた〝南国〟

大正期には、天城峠を境に伊豆半島を南北に分け、南伊豆に〝南国〟のイメージを付与するような表象のあり方が、文学テクストにも旅行ガイドの中にも、散見される。たとえば徳富蘇峰『蘇峰先生伊豆遊記』(伊豆循環鉄道期成同盟会、昭2・2)の「伊豆全図」では、天城山脈に太い点線が引かれ、その線が北の田方郡と南の賀茂郡とを分けている。菊池芳園『伊豆温泉案内』(岳南社、大10・4)に挿入された「伊豆温泉地図」も同様である。川端「伊豆の踊子」発表の八ヶ月前に刊行された『藤村創作選集下巻』(春陽堂、大13・5)にも所収されている島崎藤村「伊豆の旅」には、「私」が友人らと共に湯ヶ島から馬車でトンネルを抜け湯ヶ野に至る場面がある。「伊豆の旅」の「私」らはトンネルの北側では「激しい寒さを感じて」おり、「能く喋舌る老婦」のいる「山上の小屋」で「焚火」に当たるほどだが、トンネルを抜けると「温暖な日光が馬車の中へ射込んで来た」という。

大正期のツーリズムの動向の中で、下田を中心に乗合自動車(バス)路線を運営していた下田自動車株式会社が『南伊豆遊覧　交通鳥瞰図』(大14・4)、『南伊豆めぐり』(非売品、大14・6)を編集・刊行するなど、南伊豆の観光産業は〝南国〟イメージをアピールして旅行需要を取りこもうとしていた。特に、南太平洋を想起させるような絵を表紙に用いた『南伊豆めぐり』は、前掲の島崎藤村の叙述や、田山花袋「日本一周」

を引用しつつ、天城越えとその先の湯ヶ野温泉を紹介している。こうした諸言説においては、伊豆半島の北半分が気候風土の面で東京の延長として表象される一方で、南伊豆については、東京からやって来る旅人が非日常を体験できる異空間としての性格が過剰に強調され、〝南国・南伊豆〟というイメージがいわば創造(捏造)されていったのである。

同時代言説に見られるこうした南伊豆イメージは、「伊豆の踊子」にも通底している。「暗いトンネルに入ると、冷たい雫がぽたぽた落ちていた。南伊豆への出口が前方に小さく明るんでいた」〔一〕とあるように、「伊豆の踊子」においても天城峠(天城トンネル)は伊豆半島の北半分と南半分との境界として位置づけられているし、「峠を越えてからは、山や空の色までが南国らしく感じられた」〔二〕という叙述からは、〝南国〟という異世界に足を踏み入れた「私」の高揚感を読み取ることができる。前章で確認したように、「伊豆の踊子」においては、「私」が伊豆半島の北半分を旅していた数日間は後説法という形で挿入されているに過ぎず、**第一次物語言説**(錯時法によらない物語言説)は、伊豆半島を南北に二分する(と当時は見なされていた)天城峠より南の旅を描いていた。「伊豆の踊子」は、都会人である「私」が南伊豆という異空間で非日常の五日間を過ごす物語なのである。

「私」は旅芸人一行に「下田まで一緒に旅をしたい」〔二〕と申し出る。ここで注意すべきは、旅芸人一行と共に旅する非日常の時空間の終着点を、「私」が最初から一方的に区切っていたことである。旅芸人一行が「大島の波浮の港の人達」であり、「下田に十日程いて伊東温泉から島へ帰る」〔二〕(半島南端に近い下田から何らかの手段で東海岸を北上して伊東に至り、そこから伊豆大島に帰る)ことを、この時点ではすでに知っていたにもかかわらず、「私」は、北伊豆の伊東まではなく南伊豆の「下田まで」同行することを希望している。旅芸人一行との交渉の場を、あくまで非日常の異空間としての南伊豆に限定したいという「私」の思いが、ここには表れている。南方向に突き出した半島という地理的特性ゆえに、伊豆半島の南端に近い下田を旅のゴールとして予め設定した「私」の発言を聞いた旅芸人一行も大きな違和感は覚えなかったのだろう。自分から同行を申し出ておきながら、その同行の終着点を一方的に決めてしまう「私」の申し出が自然に可能になってしまった理由の一つは、旅の舞台が半島だった点にある。

そして重要なのは、南伊豆という土地そのものだけでなく、そこで出会った旅芸人たちとの交渉さえもが、「私」によって非日常の体験として括られてしまうことである。旅芸人たちは、彼ら同士の話の中で「私」が「大島の彼等の家へ行く」ことに決めてしまい、「私」に対しても「小さい家を二つ持って居りましてね、山の方の家は明いているようなものですもの」〔四〕と言う。さらに、大島が見える地点まで来たとき踊子は「あんなに大きく見えるんですもの、いらっしゃいましね」と言う。だが、「私」がそれに応じて伊豆大島を訪れる意思を見せたという叙述はない。こうした「私」の姿勢は、非日常の旅の時間と空間のみを旅芸人たちと共有したいのであって、日常の時間や空間を旅芸人たちと共有する意思がないということの表れでもあるはずだ。

3　事後的に上書きされた〝抒情〟

湯ヶ野で踊子の本当の年齢を知る以前、「私」は、「踊子を今夜は私の部屋に泊らせるのだ」〔一〕という「空想」を抱くような性的な欲求を感じていた。また、「大島と聞くと私は一層詩を感じて、また踊子の美しい髪を眺めた」〔二〕とあるように、「私」は伊豆半島よりもさらに日常から隔絶された異郷としての伊豆大島を、踊子の身体（およびその身体を象徴するところの髪）と重ねてイメージしていた。「私」は湯ヶ野の最初の晩にも「踊子の今夜が汚れるのであろうかと悩ましかった」〔二〕のであり、踊子を性的な対象として意識している。それに対して、踊子が「子供なんだ」〔三〕と気づいて以降、「私」は少なくとも踊子を「私の部屋に泊まらせる」〔二〕というような空想を抱くことはなくなる。平山三男は〈「私」の踊子に対する好意は、完全に性から解放され、恋心と呼ぶより〝人恋しさ〟と言った方がよいものとなっている〉としているし、富岡幸一郎は、〈「私」と踊子のあいだには、性愛によって侵犯されることのない絶対的な距離があり、それゆえにこの世界は永遠の憧憬に満ちたものであり続ける〉としている。こうした見解を基盤として「伊豆の踊子」は、〝純情〟や〝抒情〟の物語として読まれてきたのである。

だが、踊子の年齢を知った後の「私」が、性的な欲望ゆえと断定できるほどではないにせよ、踊子の身体（特に髪）への特殊な視線を向け続けていることは無視できない。踊子が「子供」だと知った翌日の朝にも踊子の「情緒的な寝姿が私の胸を染めた」〔四〕のだし、踊子と五目並べをする場面では、踊子が「だんだん我を忘れて一心に碁盤の上へ覆いかぶさって来」て、「不自然な程美しい黒髪が私の胸に触れそうになった」〔四〕ことを「私」は意識している。そればかりか、同じ日の夜には、踊子の髪が自分に近づくよう仕向けてさえいる。

> 私は一つの期待を持って講談本を取り上げた。果して踊子がするすると近寄って来た。私が読み出すと、彼女は私の肩に触る程に顔を寄せて真剣な表情をしながら、眼をきらきら輝かせて一心に私の額をみつめ、瞬き一つしなかった。〔四〕

まだ踊子の年齢を知らないころ「一つの期待に胸をときめかして」、つまり踊子一行に会えることを予期して峠に向かって足を急がせた「私」は、踊子の年齢を知った後も、別の「一つの期待」、つまり踊子の身体が自分に極限まで近づくことへの待望をこめたある種の打算によって行動している。さらに、「湯ヶ野にいる時から私は、この前髪に挿した櫛を貰って行くつもりだった」〔五〕という叙述からは、踊子の髪への「私」の異常な執着が読み取れる。

栄吉が「自分が栄吉、女房が千代子、妹が薫ということなぞを教えてくれた」〔四〕という場面以降、語り手「私」は踊子以外の人々の呼称を変えている。それまで「四十女」と呼ばれていた千代子の母は「おふくろ」と呼ばれるようになり、栄吉、千代子、百合子はそれぞれ名前で呼ばれるようになる。それにもかかわらず薫（踊子）だけは「踊子」と呼ばれ続けており、「薫」とは呼ばれない。〝踊り〟という身体行為と不可分の「踊子」という語で一人の女性（あるいは女子）が呼ばれ続けている事実は、「私」が相変わらず彼女の身体に注目していることを証拠立ててもいよう。この点に、〝純情〟という語では説明しきれない「伊豆の踊子」の複雑な要素が見て取れるはずだ。物語内容の時間における「私」の、踊子の身体への特殊なこだわりは、性的な欲望に隣接するものなのだろうか、それともある種の恋愛感情なのだろうか、あるいはまた別種の親愛の情に由来するものなのだろうか。そうした疑問に対する答えを一つに限定することを敢えて避け、そうすることで読者の想像力をむしろ喚起する語りにこそ、「伊豆の踊子」というテクストの豊かさがあると言えよう。

確かに、「伊豆の踊子」が精神的な〝浄化〟の物語として構成されていることは否定できない。踊子の「いい人ね」という「感情の傾きをぽいと幼く投げ出して見せた声」によって、「私」は、「晴れ晴れと目を上げて明るい山々を眺め」〔五〕ることができるような境地に至ったのだとされているからである。語り手がここで唐突に、「二十歳の私」が「自分の性質が孤児根性で歪んでいると厳しい反省を重ね」〔五〕ていたことに言及することにより、「伊豆の踊子」には、〝孤児根性からの脱却〟の物語という性質も付与される。これに関連し、近藤裕子は、〈『伊豆の踊子』におけるドラマは、様々な〈水〉のイメージのヴァリエーションを伴って展開する。ドラマ展開、すなわちテーマ展開と考えるならば、「孤児根性」からの脱却は〈水〉のイメージと共にある〉とした上で、「伊豆の踊子」における〈水〉のヴァリエーションとして、天城越えの場面での〈雨〉、トンネルの中に滴る〈雫〉、温泉の〈湯〉、下田に向かう道中で飲む〈清水〉、そして〈海〉を挙げる。物語の中で繰り返される水のイメージは、「私」が精神的な浄化を果たす過程に重なる。

だが、物語内容の「私」が旅の途上で何度も水に触れたというそのこと自体が「私」を浄化したのではない。むしろ、語り手「私」が事後的に、水のイメージを繰り返しながら語るその物語行為によって、〝浄化〟の物語として過去の自分の旅を意味づけたのである。「私」の旅そのものが美しい抒情的な体験だったのではない。ある種の欲望や利己心をも含み持っていたはずの旅を、語り手「私」が物語る行為によって事後的に、美しい抒情の旅として再構成し、上書きしていったのだ。

4　通過儀礼の時空

「伊豆の踊子」は、旅を回想する物語である。では「私」はなぜ、この旅の体験を、事後的に、物語的な構成によって語る必要があったのだろうか。このように問うてみるとき、物語内容とは別のもう一つの物語が、テクストからは立ち現れてくる。それはすなわち、物語行為を遂行する語り手「私」をめぐる〝物語〟である。

考えてみれば、語り手「私」が登場人物「私」を紹介するとき最初に触れたのが、登場人物「私」の年齢であった。「私は二十歳」、まさに通過儀礼にふさわしい年齢だったのだ。竹内清己が指摘するように「伊豆の踊子」は〈〈二十歳小説〉であった〉のである。そして「私」は自らを、あくまで伊豆（特に〝南国〟南伊豆）を通過する他者として規定し、伊豆で出会った人々との交渉が東京での日常にまで継続することを避けようとしていた。伊豆の旅は語り手「私」によって、時間的（年齢的）にも空間的にも、人生における通過点として意味づけられていく。人生の通過儀礼としての旅を、物語る行為によって事後的に創り上げ、そうすることで、通過儀礼を経た後の、〝浄化〟を果たした自己を生きて行くということ。それこそが語り手「私」が過去の旅を言説化したことの、彼自身にとっての意義だったはずである。

自己を物語る行為は、語る「私」が語られる「私」との関係や距離を言語によって規定し、そうすることによって新しい自己を創造することにほかならない。「伊豆の踊子」を読むときわれわれは、等質物語世界的なテクストのそうした特性を、鮮明に目の当たりにすることになるのである。

◉引用・参考文献

瀬沼茂樹「『伊豆の踊子』——成立について」（『解釈と鑑賞』昭32・2）
中村光夫「川端康成論」（『《論考》川端康成』筑摩書房、昭53）
長谷川泉「伊豆の踊子」（『川端康成論考』明治書院、昭40）
川端康成「少年」（『人間』昭23・5、8、9、12、昭24・3）
三島由紀夫「解説」（川端康成『伊豆の踊子』新潮文庫、昭25）
上田渡「『伊豆の踊子』の構造と〈私〉の二重性」（『國學院雑誌』平3・1）

平山三男「「伊豆の踊子」――読者のリアリティから」（武田勝彦・高橋新太郎編『川端康成――現代の美意識――』明治書院、昭53）
富岡幸一郎『川端康成　魔界の文学』（岩波書店、平26）
近藤裕子「『伊豆の踊子』論（下）――虚構意識の構造――」（『東京女子大学日本文学』昭55・9）
竹内清己「「伊豆の踊子」論――伝承のシステム――」（川端文学研究会編『世界の中の川端文学』おうふう、平11）
林武志「「伊豆の踊子」論」（川端文学研究会編著『川端康成の人間と芸術』教育出版センター、昭46）
原善「『伊豆の踊子』論――批判される〈私〉――」（『川端康成――その遠近法』大修館書店、平11）
山本亮介編『コレクション・モダン都市文化　第61巻　旅行・鉄道・ホテル』（ゆまに書房、平22）

岡本かの子「老妓抄」

第12章　あふれる〝いのち〟の文学

第13章　老妓の物語から「作者」の物語へ

第12章

あふれる〝いのち〟の文学

岡本かの子「老妓抄」Ⅰ

◉作家紹介

岡本かの子（一八八九〜一九三九、本名・カノ）は、東京赤坂青山南町の大貫家別荘で、父寅吉、母アイの長女として生まれる。大貫家は神奈川県二子多摩川畔の旧家で、兄弟は一〇人。二歳年長の兄・雪之助は晶川《しょうせん》と号し、谷崎潤一郎と友人だった文学青年で、かの子はその影響で早くから文学に目覚めた。

かの子は、自らを〈歌と小説と宗教〉という三つの瘤をもつ駱駝《らくだ》になぞらえ、〈自分で不自然な気がしないうちは、三つの瘤を背負つて行くつもり〉と語ったことがある。実際、かの子は短歌、仏教、小説すべてで一家を成した才人である。跡見女学校入学後の一九〇六（明治三九）年、与謝野晶子に師事して新詩社に入り、『明星』や『スバル』に短歌を発表し、まずは歌人として出発する。

一九〇九（明治四二）年、上野美術学校の画学生・岡本一平から熱烈な求愛を受けて翌年結婚、一九一一（明治四四）年には長男・太郎が誕生する。しかし、芸術家同士の衝突、一平の放蕩、慈母アイの死と兄晶川の急逝、実家の破産といった不幸に見舞われたかの子は、強度の神経衰弱に陥る。一平は深く悔悟し、以後、妻の文学的成功のために全力を捧げる決意をする。そのために夫婦は宗教遍歴をし、大乗仏教にたどりつく。一平はといえば、漫画家として一世を風靡《ふうび》し、一家の経済生活を支えていく。

この間、かの子は自身を崇拝する恋人・堀切茂雄と同居し、それを一平が黙認するという特異な夫婦生活が営まれていく。『愛の悩み』（東雲堂、大7）などの歌集を刊行したかの子は、仏教研究家としても活躍を始め、一九二八（昭和三）年には「散華抄」を『読売新聞』に連載する。一九二九（昭和四）年には、『わが最終歌集』（改造社）を上梓し、短歌に訣別の意を表した。

一九二九（昭和四）年、太郎の美術修業をかねて、親子三人にかの子の恋人（恒松安夫、新田亀三）も同行して渡欧する。帰国直後は仏教ルネッサンスの気運の中、仏教研究家としての活躍を強いられたが、その後は、自ら〈私には初恋〉と語る小説に専心していく。

実質的な文壇デビューは、芥川龍之介をモデルにした「鶴は病みき」（『文學界』昭11・6）で、同作で第六回文学界賞を受賞した。翌年、母性愛を主題とした「母子叙情」（『文學界』昭12・3）により、文壇に〈特定席を一つ与へられた〉（岡本一平）。以後、「花は勁し」（『文藝春秋』昭12・6）、「金魚撩乱」（『中央公論』昭12・10）、「やがて五月に」（『文藝』昭13・3）など、次々と話題作を発表し、「老妓抄」（『中央公論』昭13・11）に至ってその地位は不動のものとなった。

一九三九（昭和一四）年、かの子は油壺で脳溢血に倒れ、二月一八日、小石川の東大病院で生涯を閉じた。没後も「河明り」（『中央公論』昭14・4）や「生々流転」（『文學界』昭14・4～12）など、質量共に充実した遺稿が一平の整理を経て発表されていった。

◉作品の背景

『中央公論』誌上に発表された「老妓抄」の成立には、担当編集者であった松下英麿《ひでまろ》が関わっている。すでに、作家と編集者としての信頼関係を結んでいた両者は、「老妓抄」についても、発表前からふみこんだやりとりをしていた。

松下は、〈わたくしが、末尾を削除して和歌一首で締めくくるようにし〉たと述べており、つまりは末尾の改稿（削除）に関わっていたのだ。ちなみに、それを受けたかの子は〈校正しながらこの作品〔「老妓抄」〕を会心なものと存じました。よい処で切つて下さいました。如何に貴上様がこの作品を愛してゐて下さるかわかります〉と感謝の意を表してもいた。老妓の心情に深いあわれを感じる際の最大のポイント（の一つ）が末尾の和歌だとすれば、ここでの松下の貢献はいくら強調してもしすぎることはない。

ちなみに、この和歌は「抜歯譜」（『短歌研究』昭13・5）として、次のように八首まとめて発表されたうちの一首である。

わが肉体の一部の腐蝕《ふしよく》截《き》るとする歯科医の窓の花明りかも
うつし身は注射の針にさされつつまなこは視つる外の面の花を
父母《ふも》所生《しよしよう》の体の一部を截り捨つる心悲《うら》しさやすが〳〵しさや
歯を抜きて口淋しけれこの夕魚やはらかく煮て喰《た》べつる
歯を抜きて口淋しけれこの夕うつつともなく見る櫻花
歯科医師《せんせい》はわが恐怖《おそれ》をばいたはりて執《と》りたまへども小刀《メス》は光るに
わが母よお身が逝きける年近く生きて娘の春華やげり

年々にわが悲みは深くしていよよ華やぐ命なりけり

歯(身体)をモチーフとした和歌の中にあって、「年々に」が他の歌と質を異にしていることは明らかで、「老妓抄」のための一首とも考えられている。

◉引用・参考文献

岡本かの子「歌と小説と宗教と」(『文藝通信』昭11・8)
岡本かの子「自作案内　肯定の母胎」(『文藝』昭13・4)
岡本一平「本冊中の小説に就て」(『新日本文学全集』25、改造社、昭15)
『岡本かの子全集』(第七巻、第一五巻、冬樹社、昭50、52)
岡本一平『かの子の記』(小学館、昭17)
岡本太郎『母の手紙　母かの子・父一平への追想』(チクマ秀版社、昭54)
岡本太郎『一平かの子　心に生きる凄い父母』(チクマ秀版社、平7)
熊坂敦子編『新潮日本文学アルバム44　岡本かの子』(新潮社、平6)
岩崎呉夫『芸術餓鬼　岡本かの子伝』(七曜社、昭37)
瀬戸内晴美『かの子撩乱』(講談社、昭40／講談社文庫、昭46)
古屋照子『岡本かの子　華やぐいのち』(南北社、昭42)

1　岡本かの子の魅力

小説家の有吉佐和子は、〈もし私が女学生時代に岡本かの子の著作に出会《ママ》していなかったら、私は本当に変てこりんな女の子になったままで、そして将来小説を書くようにはなっていなかったに違いない〉として、かの子文学との出会いを次のように振り返っている。

『生々流転』は女学校の四年生の春になって始《ママ》めて読んだ。それが私の最初に触れたかの子女史の作品である。あの時受けた強烈な感銘は忘れることができない。私はその奔放な筆致と、豊麗なイメージと、開くページからわき立つ熱気に当てられて茫然としていた。／これが小説だろうか、と私は懐疑し、そのまま現在に至っている。小説にあるべきストーリーもプロットも、そこではそれほど重大なものではなかった。私は自分が怒涛の中に立たされているように感じていた。かの子女史特有の文章を借りるならば、私はしばらく「痴呆して」いたのに違いなかった。

右に有吉が述べた通り、かの子（文学）には、少なからぬ人を惹きつけて離さない独特の魅力がある。確かに、今日、岡本かの子は誰もが知る文学者ではないかもしれない。あるいは、芸術家・岡本太郎の母と言った方が、通りやすいということもあるだろう。それでも、かの子（文学）は、かつても今も、なお多くの読者に求められ、読まれている。

たとえば、『BUNGO　文豪短篇傑作選』（角川文庫、平24）には、文豪の一人として代表作「鮨」が収められているし、岡本かの子『家霊』（ハルキ文庫、平23）には「老妓抄」、「鮨」、「家霊」、「娘」といった短編が収録され、廉価（二八〇円）で販売されている。また、近代浪漫派文庫『岡本かの子／上村松園』（新学社、平16）にも「老妓抄」をはじめとした代表作が収められているし、古くは戦後刊行の『老妓抄』（新潮社、昭27）が今なお版を改めている。さらに言えば、ちくま文庫版『岡本かの子全集（全一二巻）』（筑摩書房、平5〜6）の刊行は、読書カードによるアンケートで、かの子が読みたい女流作家の第一位だったことによって実現したものだという。

もっとも、かの子は単に**根強いファンをもつ人気作家**というだけではない。たとえば、文芸評論家の吉本隆明は、次のようにしてかの子文学を高く評価している。

ここであえて岡本文学の特徴をいってみますと、文学作品のなかで生命の糸をこれだけほぐしてみせた作家は、他にいないとぼくはおもいます。その意味ではこの作家は天才ではないでしょうか。つまり、明治以降の女流作家のなかで、女流とあえていわなくてもいい唯一最高の作家だとぼくにはおもわれます。

吉本は小説を具体的に読み解いて、〈描写の仕方〉、〈生命の滞りのない流れ〉、〈地形とか地勢の書誌〉という三点にかの子文学の特徴を見出した上で、かの子を絶賛している。小説家としては遅い出発となったかの子は、しかし、三年足らずの現役時代に、今なお読み継がれる小説を矢継ぎ早に発表し、デビュー当初の賛否両論から、瞬く間に円熟と称される域にまでに評価を高めていった。いわば、文学者として大器晩成を果したかの子をめぐるこうした評価は、かの子本人やその小説自体にくわえ、そこにさしむけられた批評やその書き手の思惑、さらには時代状況も関わっていた。文学研究者の宮内淳子は、神話化されたかの子像〔かの子受容〕について、その形成過程を次のように整理している。

〔かの子の文業が〕短期間にしてはあまりに多作で内容的にも多彩だったため、かの子の創作は情熱的、神秘的な営為として伝えられやすい。／そうした評価の基盤を作ったのは、川端康成、亀井勝一郎、林房雄ら『文学界』の人々であり、このことは善くも悪くも後世のかの子論に大きな影響を与えている。しかし、これらの礼賛に近いかの子評が生まれたについては、時代の影響も考慮に入れるべきであろう。（中略）かの子の作品に「母性」や「生命信仰」を読み取ってことさら称揚する熱意の中には、そうすることで、長年にわたって彼らが囚われてきた自意識など理知的なものの一切から逃れ、母性の幻想の中で安らぎたいという願望があったのではないか。

ただし、これはかの子（文学）が時代の追い風によって評価されたということとは、違う。たとえば、右にも名前の挙がった林房雄は、当時からかの子を大きな声で絶賛しつづけ、かの子評価を高めた立役者の一人だけれど、代表的な批評の冒頭部を引いてみよう。

岡本かの子は森鷗外と夏目漱石と同列の作家である。この三人の作家は共に「文壇」の中からは生れなかつた。文化の中から生れた。小説の筆をとつたときには成人であつた。それぞれ他の文化部門に於て一家を成した後に小説の筆を執つた。この三人の作家は東洋の教養と西洋の文明を渾然と身につけてゐる。東西両洋の文化を日本といふ微妙な一点に結んで、他の作家の及び難い高さに達した。

林は、単に鷗外、漱石とかの子を並べているだけではない。林によれば、右に名前の挙がった三人は、豊かな教養や幅広い視野をもった〈成人〉として小説を書き始め、それゆえ文壇の制度や習慣に縛られずに、その個性を開花させた文学者だということになる。

川端康成もまた、林の評価に同意しながら、デビュー前後から没後の遺稿紹介に至るまで、かの子を支持した文学者である。その川端は、〈日本離れのした大天才〉、〈現代の最大最高の作家であると信じるばかりでなく、日本では、求めて得られない存在〉などと、かの子を絶賛しつづけた。しかも、この絶賛は、かの子の没後、夫・岡本一平の整理を経て発表された長編「女体開顕」(『日本評論』昭15・2〜12)に付されたものである。つまり、かの子は、その追悼文や没後発表の遺稿によっても、文名をあげていった文学者なのだ。晩年、後に代表作となる短編(「老妓抄」、「鮨」、「家霊」)を矢継ぎ早に発表した直後、かの子は没している。その結果、多くの文学者にとって、かの子はよく理解する前に(死んで)届かない存在となってしまった。それゆえにかの子の存在感は増し、果たせなかった理解や評価のかわりに再評価が進み、作家イメージもつくられていったのだ。

そして、最晩年のかの子短編の中でも、**傑作と名高い小説**こそが「老妓抄」なのである。

2 集大成としての「老妓抄」

これまでかの子という作家イメージは、仏教の他、息子・太郎をめぐるかの子の〝母性〟という観点から語られてきた。「母子叙情」がそうしたイメージの核を担ってきたとみられるけれど、「老妓抄」もまた、老妓を中心に作家イメージの形成に関わってきた。

さて、現役当時からのかの子の熱烈な支持者であった亀井勝一郎は、次のように「老妓抄」に言及する。

この集には『老妓抄』以下八編の短編が収められているが、中でも『老妓抄』『東海道五十三次』『家霊』等は、かの子女史の円熟期における代表作として著名である。とくに『老妓抄』は、発表当時絶讃を博したもの、明治以来の文学史上でも、屈指の名短篇と称されるべき作品である。

このように、亀井は「老妓抄」を近代文学史上に高く位置づけた上で、〈極めて含蓄深い筆致で、一句一行の底を割ってみれば、そこに妖しい生の呻き、逞しく貪婪な性の憂いが流れていると云った具合で、全作品中最も完成した短編である〉と激賞している。

また、かの子担当編集者だった松下英麿《ひでまろ》も、次のような回想を残している。

前者〔「老妓抄」〕は、ほとんど完璧ともいうべき短篇で、岡本美学の妖気が深く沈潜して、水面の漣のように寂しい女の命のゆらぎを点綴し、

年々にわが悲しみは深くしていよよ華やぐ命なりけり

という末尾におかれた歌と映発させつつ、読者に女性の奥ふかくに潜むあわれを、それにふさわしい抑えた表現でもって伝えた技巧は、やはりかの子の頂点を示した作品といってよいかと思う。私はこれを

〔『中央公論』の〕十一月号の「女流作家特集」の巻頭に推した。

『中央公論』は文芸専門雑誌ではなく総合雑誌なのだけれど、文学者にとっては憧れの檜舞台であった。つまり、これが最晩年のかの子への、当時の評価ということでもある。

ここで、改めて「老妓抄」の成立事情を確認しておこう。すでに、編集者の松下英麿が、当初あった和歌以降の末尾を削除したことは「「老妓抄」の成立事情」でふれた。さらに、「老妓抄」には、「渾沌未分」(『文藝』昭11・9)、「花は勁し」(『文藝春秋』昭12・6)、「金魚撩乱」(『中央公論』昭12・10)といったかの子の作品群と、人物配置やその関係性において著しい類似がみられる。女性から男性への経済的援助、一人の男性をめぐる年齢差のある女性二人の好意のよせ方、母子関係に擬せられた男女関係、何かに憑かれた登場人物の悲哀、キー・パーソンの(血のつながりとは別に)母としての機能などが共通点としてあげられる。こうした設定は、かの子作品史上でさまざまに変奏され、それらが「老妓抄」に集約的に流れこんでいるのだ。その意味で、「老妓抄」とは、歌人、仏教家としてのかの子のすべてが注ぎこまれた小説であり、小説家・かの子の**集大成**でもある。

3 「老妓抄」評価史

これまで「老妓抄」がどのように評価されてきたのか、発表当時から振り返ってみよう。

すでに、かの子を支持していた文学者からは、「老妓抄」はかの子の到達点として、その小説家としての成長とともに賞賛された。〈踏み破つて、それを棄てずに、それを超えて行くことはむづかしい〉としながら、かの子がその〈稀有な例〉に当たるとみる川端康成が、〈この豊かに深い作家は、高い道を歩いて、近作の「老妓抄」（中央公論）や「東海道五十三次」のやうな名短篇を成すところへ来た〉と評しているのがその一例である。

あるいは、装飾《そうしょく》過多《かた》な文体や作品に色濃く滲《にじ》むナルシシズムなどによってかの子を毛嫌いしていた文学者が、「老妓抄」によって評価を好転させもした。〈岡本氏の小説が極端に嫌ひだつた〉という小説家の高見順が、〈「老妓抄」を読んですつかり参つてからは、今度は極端な礼讃者に成つた〉というのがその典型である。

さらに言えば、「老妓抄」は実作者からも好評だった。伊藤整は、〈岡本氏の「老妓抄」は見事な玉のやうな短篇小説で、円熟した作家の眼を持つたもの〉だと高く評価した上で、〈主人公である老妓の、人間的に錬れたこまやかで強い心情をまことに隙間なく描き上げた作で、岡本氏の諸作のうちでも特にすぐれたもの〉だと、かの子作品史上においても屈指の名作だと位置づける。森山啓も、結末部の和歌に触れて〈老妓のものと云ふよりむしろ作者のこころなのであらう〉と、作中の老妓と書き手のかの子を重ねて読んでいる。「女流小説特輯」七編のうち〈最も忘れがたい感銘を受けたのは岡本かの子氏の「老妓抄」であつた〉と高く評価するのは武田麟太郎で、次のように論評している。

柚木と云ふ発明を志してゐる青年を「放胆な飼ひ方」で世話をしてゐる老妓のスケッチにすぎないと云へばそれまでだが、さりげなく空虚をみつめながら、実はこんなにも華やぐいのちに徹した老女の無為の心境が、しみじみと一篇の行間に流れてゐる見事さに、寧ろ人間性を通り越した哀しさにさへ人は誘はれるのであつた。

これは同時代における最大公約数的な評価でもあって、戦後の亀井勝一郎による〈男を飼う小説〉、〈若い男の命を吸う小説〉といった評言とあわせて、大きな影響力を及ぼしていく。

その後の研究史においても、「老妓抄」はさまざまな観点から読解・分析されてきた。主流となってきたのは、同時代評の延長線上で、柚木との関係を含めた老妓の生き方に注目し、そこにかの子作品群やかの子その人を重ねる作品理解の仕方である。代表的なものとして、作家論的キーワードを織りこんだ、水田宗子による次のような解釈がある。

> 青年の夢を追い求める〈純なる生〉を通して、自らの〈いのち〉を燃やしつづけたいという老妓の希求は、現実には、青年の生活の面倒を見る、パトロンになることによって表現される。それは、老妓が生きてきた花柳界での男と女の立場を逆転したやり方とも言えるし、夢を吸い取って生き延びるために、若い男を飼う老女とも言えるかもしれない。しかし、発明の夢を追求しつづけること以外に青年に何も求めない、老妓のいわば無償の行為は、母性愛といってよく、その母性愛はまた、子を呑み込みつぶしてしまう側面をも備えている。『老妓抄』におけるこの老妓と青年の関係は、母子関係でもあるのであり、かの子の小説の世界には馴染み深いものだ。

確かに、ここで指摘される**〈いのち〉**、**〈母性愛〉**といった主題や、特殊な男／女の関係は、かの子論（作家論）として繰り返し指摘されてきたものとも重なり、説得的である。

近年では、書き手であるかの子が女性、かつ、登場人物の老妓も老いた女性であることから、ジェンダーやエイジング（老い）という観点からの研究も進んできた。〈「老妓」は、それまでの「芸者」としての自らの位置を反転するかのように、発明家をめざす青年柚木の経済的パトロンとなる〉という菅聡子の指摘や、〈『老妓抄』における「翁童」的な老女表象は、伝統的には男性のみに付与されてきた老いの聖性を女性の身体に纏わせた、パロディ的な「翁童」表象〉だという倉田容子の指摘など、男／女、老／若を反転させたテクストとして読解を深めた点で注目される。他にも、柚木が取り組む発明や「パッション」というキーワードの歴史的な意味の精査、あるいは、母子関係と読まれることの多い老妓と柚木の関係を、ライバルとしてのみち子を媒介にした恋愛関係にあると読む解釈なども提示されており、「老妓抄」は今なお盛んに研究されている。

こうした一連のアプローチにおいて、主には「老妓抄」の登場人物や物語内容にスポットを当ててテクストを解釈し、あるいは作家論的なテーマを取りだすことが目指されてきた。研究成果の蓄積は明らかだとしても、「老妓抄」が〝**いかに書かれているか**〟という観点からのテクスト分析もまた、重要な課題として残されている。

◉引用・参考文献

有吉佐和子「一冊の本（165）岡本かの子「生々流転」」（『朝日新聞』朝刊、昭39・5・3）
小宮忠彦「解題」（『岡本かの子全集』第三巻、筑摩書房、平5）
吉本隆明「岡本かの子　華麗なる文学世界」（『マリ・クレール』平1・8）
林房雄「日本文学の復活――（岡本かの子論その一）――」（『文學界』昭13・6）

川端康成「「女体開顕」について」（『日本評論』昭15・2）
亀井勝一郎「解説」（岡本かの子『老妓抄』新潮文庫、昭25）
松下英麿『去年の人　回想の作家たち』（中央公論社、昭52）
松本佳純「岡本かの子「老妓抄」における恋愛と〈母〉――「渾沌未分」「花は勁し」「金魚撩乱」との比較から」（『ゲストハウス』平27・4）
川端康成「文芸時評（2）女性作家に就て」（『東京朝日新聞』朝刊、昭13・11・4）
高見順「文芸時評（2）岡本かの子論」（『都新聞』朝刊、昭14・3・28）
伊藤整「文芸時評（4）女性作家の見方」（『信濃毎日新聞』朝刊、昭13・11・8）
森山啓「文芸時評【4】農民作家と婦人作家の短編」（『国民新聞』朝刊、昭13・11・2）
武田麟太郎「小説「土と兵隊」――文芸時評」（『文藝春秋』昭13・12）
水田宗子「〈老い〉の風景――岡本かの子『老妓抄』と林芙美子『晩菊』」（『物語と反物語の風景』田畑書店、平5）
菅聡子「妾――尾崎紅葉『三人妻』岡本かの子『老妓抄』」（『國文學』平13・2）
倉田容子「『老妓抄』と『晩菊』――尊厳の所在」（『語る老女語られる老女　日本近現代文学にみる女の老い』学芸書林、平22）
外村彰「「老妓抄」――発明と家出の意味するもの」（『岡本かの子　短歌と小説――主我と没我と』おうふう、平23）
野田直恵「岡本かの子「老妓抄」論――それぞれのパッション」（『国語国文』平25・12）
松本和也「岡本かの子の軌跡――現役小説家時代の評価から没後追悼言説まで」（『日中戦争開戦後の文学場　報告／芸術／戦場』神奈川大学出版会、平30）

第13章

老妓の物語から「作者」の物語へ

岡本かの子「老妓抄」Ⅱ

語りの水準
自由間接話法

円熟期を迎えたかの子一流の「老妓抄」の小説表現は、これまでも注目されてきた。〈「老妓抄」が自他ともに許す彼女の代表作とされるのは、その完成度において〉だとする文体論研究者の原子朗は、〈文体論的立場からは、やはり一に短篇であるという拘束、二に作者の分身である老妓との距離、三にやはり技法の成熟ということを考えるべき〉だと述べている。逆に、かの子作品群のうち『生々流転』『女体開顕』といった長編二作を絶賛し、〈短篇小説をおおむね好まない〉という丸谷才一は、しかし〈岡本かの子は生涯にただ一度、短篇小説の傑作を書いた〉として「老妓抄」を挙げ、〈ここには間然するところのない形式美がある〉と、やはりその小説表現を絶賛している。以下、テクストの一行空きに従って、それぞれを場面1〜9と称した上で、具体的なテクスト分析を展開していこう。

1　語り手と語りの水準

平出園子というのが老妓《ろうぎ》の本名だが、これは歌舞伎俳優の戸籍名のように当人の感じになずまないところがある。そうかといって職業上の名の小そのとだけでは、だんだん素人《しろうと》の素朴な気持ちに還《かえ》ろうとしている今日の彼女の気品にそぐわない。

ここではただ何となく老妓といって置く方がよかろうと思う。

右に引いた「老妓抄」冒頭部では、「平出園子／小その／老妓」と三つの**呼称**が示された上で、「老妓」と呼ぶことが選択される。つまり、老妓とは語り手によって語られる存在なのだ。こうした語り手の存在感は、「この物語を書き記す作者のもとへは、下町のある知人の紹介で和歌を学びに来た」、「作者は一年ほどこの母ほども年上の老女の技能を試みたが、和歌は無い素質ではなかった」（場面2）という記述によって強調されていく。だから、平出園子を「老女」と呼ぶ語り手とは、登場人物であると同時に「この物語」（＝「老妓抄」）を「書き記す作者」（以下「作者」と略記）なのである。このように語り手が「作者」として姿を見せていること自体が、「老妓抄」というテクストの特徴でもある。

こうしたテクストの構造は、語りの水準として整理できる。ジュネットによれば、〈ある物語言説によって語られるどんな出来事も、その物語言説を生産する語り行為が位置している水準に対して、そのすぐうえの物語世界の水準にある〉（二六七頁／傍点原文）のであり、つまり**語りの水準**とは、物語言説とそれを生み出す物語行為（語り手）のレベルを腑分けするものである。「老妓抄」においては、語りの水準（と人物配置）は次のようになる。

物語世界外の水準…………装置としての語り手（「この物語を書き記す作者」を言表）
物語世界内の出来事………語り手としての「この物語を書き記す作者」
メタ物語的世界の出来事……登場人物たち（平出園子、柚木、みち子などにくわえ、登場人物としての「この物語を書き記す作者」も含む）

こうした語りの水準をふまえ、以下「作者」に注目して「老妓抄」を読み解いていこう。

2 「作者」の自在な語り方

では、「作者」は、いかなる能力をもって、どのように登場人物たちが織りなす「物語」を書き記していくのだろうか。場面1、遠景から老妓を捉えた一節を読んでみよう。

目立たない洋髪に結び、市楽《いちらく》の着物を堅気風《かたぎ》につけ、小女一人連れて、憂鬱な顔をして店内を歩き廻る。（中略）彼女は真昼の寂しさ以外、何も意識していない。
こうやって自分を真昼の寂しさに憩《いこ》わしている、そのことさえも意識していない。

ここに書かれているのは、一応は、老妓に**内的焦点化**［↓第4章］した語りだといえる。ただし、目に見える髪型や服装、行動ばかりではなく、老妓が感じている「真昼の寂しさ」にくわえ、老妓本人すら自覚していない無意識（傍線部）までもが書かれていく。

一見、単純な客観描写に思われる、柚木の登場を書いた場面2の一節もみておこう。

　女だけの家では男手の欲しい出来事がしばしばあった。それで、この方面の支弁も兼ねて蒔田が出入りしていたが、あるとき、蒔田は一人の青年を伴って来て、これから電気の方のことはこの男にやらせると云った。名前は柚木《ゆき》といった。快活で事もなげな青年で、家の中を見廻しながら「芸者屋にしちゃあ、三味線がないなあ」などと云った。度々《たびたび》来ているうち、その事もなげな様子と、それから人の気先《きさき》を撥《は》ね返す颯爽《さつそう》とした若い気分が、いつの間にか老妓の手頃な言葉仇《がたき》となった。

ここでは、傍線部の時間指標を転換点として**括復法**→**単起法**→**括復法**［↓第5章］と展開し、それに連動して、常態（蒔田が出入りする）→例外（蒔田が柚木を連れてくる）→例外の常態化（柚木が出入りする）といった経緯が、手短に書かれる。それでいて、柚木が「言葉仇《がたき》」になった時期は、「いつの間にか」と曖昧に書かれる。また、**間接話法**（蒔田）と**直接話法**（柚木）［↓第4章］が書きわけられ、しかも「作者」による地の文には「快活で事もなげな」、「颯爽とした若い気分」などといった人物評・判断も入り混じる。

このように「作者」は、登場人物たちに多彩なアプローチをする。場面3からみておく。

　①柚木は遊び事には気が乗らなかった。②興味が弾《はず》まないままみち子は来るのが途《と》絶《だ》えて、久しくしてからまたのっそりと来る。③自分の家で世話をしている人間に若い男が一人いる、遊びに行かなくちゃ

損だというくらいの気持ちだった。④老母が縁もゆかりもない人間を拾って来て、不服らしいところもあった。

〔丸囲み数字は引用者による、以下同〕

ここで①は柚木に内的焦点化、②も「来る」とあるので、柚木の立場からみち子の来訪頻度が書かれている。それが、③・④になるとみち子に内的焦点化され、しかしその内面については「くらい」、「らしい」という大ざっぱな編み目で捉え、書くにとどめている。あるいは、場面5において、柚木にみち子が迫る場面を分析してみよう。

みち子はというと何か非常に動揺させられているように見えた。はじめは軽蔑した超然とした態度で、一人離れて、携帯のライカで景色など撮《うつ》していたが、にわかに柚木に慣れ慣れしくして、柚木の歓心を得ることにかけて、芸妓たちに勝越そうとする態度を露骨に見せたりした。

そういう場合、未成熟《なま》の娘の心身から、利かん気を僅かに絞り出す、病鶏《やみどり》のささ身ほどの肉感的な匂いが、柚木には妙に感覚にこたえて、思わず肺の底へ息を吸わした。だが、それは刹那《せつな》的のものだった。心に打ち込むものはなかった。

そもそも、右の一節を「作者」は実際に見てはいない。その上で、まずは、みち子について「ように見えた」、「見せたりした」と、目に見える事柄を中心に**外的焦点化**〔↓第4章〕によって書き、また、その内面も大ざっぱな編み目から書いていく。「そういう場合」以降は、柚木に内的焦点化し、その内面をクリアに書き記していく。つまり、「作者」は同じ内的焦点化でも、みち子には距離をとりつつ、柚木についてはふみこむなど、異なる介入度・距離によって書きわけているのだ。また、みち子の印象は、柚木のボキャブラリーをこえた修辞的表現が用いられており、ここにも「作者」の関与が想定できる。

3　自由間接話法――「作者」と柚木－老妓

こうした、「老妓抄」を書き記している「作者」（語り手）と、登場人物たちの声が重ねられた箇所は、**自由間接話法**として捉えることができる。自由間接話法とは、ジュネットによれば〈語り手が作中人物の言説を引き受ける、というかむしろ、作中人物が語り手の声によって話すのであって、かくしてこれら二つの審級は、渾然一体と化す〉（二〇三頁）ものである。つまり、語り手による地の文でもあり、登場人物の声でもあるように読める文体を指す。もっとも、フランス文学者の芳川泰久が指摘するように、〈「自由間接話法」に相当するものが厳密には日本語文法にはない〉のだけれど、「老妓抄」では、近しい文体が成立しているので、ここでは自由間接話法として扱い、分析例を示したい。

このことに関して、「老妓抄」を論じる宮内淳子に次のような指摘がある。

> 基本的に会話の部分は括弧で括ってあるが、老妓や柚木の発言或いは内的独語には括弧を外してあるところも多い。まとめて簡略に述べるための手法とも取れるが、括弧を外すことで発語する主体のありかが曖昧になり、語り手の声と混じり合うことにもなる。（中略）柚木の場合は、逆に内的独語の括弧の使

い方が注目される。

まずは柚木について、老妓が経済的援助を申し出た、場面3の一節をみてみよう。

①だが蒔田の家には子供が多いし、こまこました仕事は次から次とあるし、辟易していた矢先だったのですぐに老妓の後援を受け入れた。②しかし、彼はたいして有難いとは思わなかった。③散々あぶく銭を男たちから絞って、好き放題なことをした商売女が、年老いて良心への償いのため、誰でもこんなことはしたいのだろう。④こっちから恩恵を施してやるのだという太々しい考《かんがえ》は持たないまでも、老妓の好意を負担には感じられなかった。

この場面は、一応は柚木に内的焦点化した語りと捉えられる。ただし、最後の一文には、「こっち」とあり、柚木の立場に即した語りであると確認できるけれど、同時に柚木が考えなかったことまでが書かれており、この認識を全て柚木のものと捉えるには無理がある。つまり、ここでは柚木の声に「作者」の声が重ねられ、まじりあっているのだ。

もう一例、柚木が老妓の思惑を忖度する場面8の一節をみてみよう。

老妓の意志はかなり判って来た。それは彼女に出来なかったことを自分にさせようとしているのだ。しかし、彼女が彼女に出来なくて自分にさせようとしていることなぞは、彼女とて自分とて、またいかに運の籤のよきものを抽《ひ》いた人間とて、現実では出来ない相談のものなのではあるまいか。

ここでは、「彼」と表記されていた柚木のことが「自分」と表記されている。宗晴美は〈「自分」が何度も用いられているために、語り手は徐々に柚木と一体化し、そうして次第に柚木自身の語りになる〉と論じている。逆に言えば、「彼」と呼んでいた柚木のことを「自分」と呼ぶことで「作者」は柚木との距離を縮め、両者の声を重ねていくのだ。

ならば、内面が書かれることが少ない老妓についてはどうだろう。そこでも、「作者」の声と重ねて、老妓の内面が書かれているように見える。場面7から引いておこう。

「この頃、うちのみち子がしょっちゅう来るようだが、なに、それについて、とやかく云うんじゃないがね」

①若い者同志のことだから、もしやということも彼女は云った。

「そのもしやもだね」

②本当に性が合って、心の底から惚《ほ》れ合うというのなら、それは自分も大賛成なのである。

「けれども、もし、お互いが切れっぱしだけの惚れ合い方で、ただ何かの拍子で出来合うということでもあるなら、そんなことは世間にはいくらもあるし、つまらない。必ずしもみち子を相手取るにも当るまい。私自身も永い一生そんなことばかりで苦労して来た。それなら何度やっても同じことなのだ」

③仕事であれ、男女の間柄であれ、湿り気のない没頭した一途《いちず》な姿を見たいと思う。

④私はそういうものを身近に見て、素直に死に度いと思う。

「何も急いだり、焦《あせ》ったりすることはいらないから、仕事なり恋なり、無駄をせず、一揆《いっき》で心残りないものを射止めて欲しい」と云った。

ここで注目したいのは、直接話法を示すカギ括弧の有無、さらに言えば、直接話法に挟まれた①〜④の四つの文である。①は、老妓の発話に基づく間接話法と捉えて、特に問題はない。②も同様に扱えそうだけれど、自称が「彼女」から「自分」へと変化している。また、直後の直接話法の冒頭に「けれども」とあることの対応から考えれば、②も、この場面において実際に発話されたものだと言える。問題となるのは、③・④である。

まず、④の指示語「そうしたもの」が、③にいう「一途な姿」を指していることから、この二つの文は、つながったものとして捉えることができる。また、前後の直接話法は、老妓によるものとみて間違いない。ならば、④の「私」とは一体誰なのだろう。前後の状況からすれば、老妓のようだけれど、「作者」のようでもある。この場面について、宮内淳子は〈括弧を外された部分は発語者の限定が取れてしまうので、柚木に向けて発せられていた老妓の声は、地の文に溶けだして語り手の声に混じってしまう〉と論じている。つまり、ここにも老妓の声に「作者」の声を重ねた、自由間接話法が確認できるのだ。

4　老妓の内面の書き方

場面8になると、「たいへんな老女がいたものだ」と驚く柚木が出奔を繰り返すようになる。興味深いのは、その報を受けてのみち子と老妓の反応、そしてその書き方である。

「おっかさんまた柚木さんが逃げ出してよ」

①運動服を着た養女のみち子が、蔵の入口に立ってそう云った。②自分の感情はそっちのけに、養母が動揺するのを気味よしとする皮肉なところがあった。「ゆんべもおととい の晩も自分の家へ帰って来ませんとさ」

③新日本音楽の先生の帰ったあと、稽古場にしている土蔵の中の畳敷の小ぢんまりした部屋になおひとり残って、復習直し《さらい》をしていた老妓は、三味線をすぐ下に置くと、内心口惜しさが漲《みなぎ》りかけるのを気にも見せず、けろりとした顔を養女に向けた。

①は「作者」による外的焦点化、②はみち子に内的焦点化した語りで、その内面について「作者」は「皮肉なところ」と突き放した批評をくわえてもいる。複雑で細やかな展開を見せているのは③で、外的焦点化によって老妓の様子を書いた後、老妓の内面（「内心」）を内的焦点化によって書いた上で、再び外的焦点化に戻っては老妓の外見を示していく。

みち子が出かけた後で、「老妓は電気器具屋に電話をかけ、いつもの通り蒔田に柚木の探索を依頼」する。その際、「老妓抄」においては珍しく、老妓の内面が書かれる。

遠慮のない相手に向って放つその声には自分が世話をしている青年の手前勝手を詰《なじ》る激しい鋭さが、発声口から聴話器を握っている自分の手に伝わるまでに響いたが、彼女の心の中は不安な脅えがやや情緒的に醗酵《はっこう》して寂しさの微醺《ほろよい》のようなものになって、精神を活潑にしていた。

「作者」により、老妓に内的焦点化して「自分」の感覚が書かれていくが、「彼女の心の中」以降は、老妓自身すら自覚していない内面までも、「作者」は巧みな比喩を用いて書いていく。ここにも、老妓と「作者」の声が重ねられた自由間接話法が用いられている。

5 和歌からのテクスト理解

「老妓抄」のテクスト分析に際して、場面9は決定的に重要である。

真夏の頃、すでに××女に紹介して俳句を習っている筈の老妓からこの物語の作者に珍らしく、和歌の添削《てんさく》の詠草が届いた。（中略）その中に最近の老妓の心境が窺《うかが》える一首があるので紹介する。もっとも原作に多少の改削を加えたのは、師弟の作法というより、読む人への意味の疏通をより良くするために外ならない。それは僅に修辞上の箇所にとどまって、内容は原作を傷けないことを保証する。

年々にわが悲しみは深くして
　いよよ華やぐいのちなりけり

これまでも、結末の和歌は注目を集めてきた。たとえば、河野裕子は〈女のいのちの艶な花やぎは、年をとるに従って濃くなるものだ、といい切ったところ、かの子の生の総量を担いえて、躍如たるものがある〉と、かの子と老妓を重ねあわせて意味づけている。

まず、「作者」が複数届いた和歌から、「老妓の心境が窺《うかが》える」と判断した一首を選び、かつ「多少の改削」さえ施しているということを確認しておこう。つまり、この和歌もまた、元々は老妓が書いたものでありながら、「作者」のメッセージが重ねられてもいたのだ。いわば、自由間接話法の変奏として、老妓の和歌に重ねて、「作者」が自身の心境を吐露しているのだ。裏返せば、「作者」は、自身の心境をよりよく表現するために、自由間接話法を含めた複雑な話法によって「この物語」を書き記してきたということになる。

　そうであれば、この和歌は「老妓抄」に添えられたのではなく、長大な詞書《ことばが》き》を従えて配置された二行のみの本編なのかもしれない。図式的に言えば〝主＝小説／従＝和歌〟と理解しがちな「老妓抄」とは、その実、〝従＝小説／主＝和歌〟なのかもしれず、少なくとも、「老妓抄」はそうした主従関係の反転可能性を孕んだテクストと言えそうである。

　このテクストの反転可能性は、〝主＝老妓／従＝「作者」〟と捉えがちな「老妓抄」を、〝従＝老妓／主＝「作者」〟へと捉え直すことにもつながる。さらに、柚木、みち子、老妓の声に、「作者」の声が重ねられていたことを思い起こせば、前者が主だと読みがちなストーリーでさえ、後者こそが主だったという、テクスト全体の読み直しにもつながる。

　まとめると、**「老妓抄」とは、老妓について語るテクストというよりも、老妓を語ることを通じて「作者」が自己を語るテクストなのだ。**そして、それこそが自由間接話法をはじめ、「作者」のさまざまな工夫によって、テクストに託されたエッセンスだったのだ。

◉引用・参考文献

原子朗「岡本かの子」（『國文學』昭44・1臨時増刊）

丸谷才一「解説」（『日本の文学』46、中央公論社、昭44）
芳川泰久『『ボヴァリー夫人』をごく私的に読む——自由間接話法とテクスト契約』（せりか書房、平27）
宮内淳子「「広がる声」——『老妓抄』——」（『増補版　岡本かの子論』EDI、平13）
宗晴美「届かない声——『老妓抄』について——」（『文芸論叢（大谷大学）』平8・3）
河野裕子「いのちを見つめる——母性を中心として——」（『短歌』昭54・5）

太宰治「桜桃」

第14章 死を予見し、死を悼む

第15章 語れないことを読む——テクスト分析の先へ

第14章
死を予見し、死を悼む
太宰治「桜桃」I

◉作家紹介

太宰治（一九〇九〜一九四八、本名・津島修治）は、青森県北津軽郡金木村で、父源右衛門、母タ子（たね）の第一〇子六男として生まれる。津島家は県内屈指の大地主であり、父は衆議院議員、貴族院議員もつとめた。幼い太宰を育てたのは、叔母キヱと子守のタケで、幼少期の教育にはタケの存在が大きく関わっている。

一九二三（大正一二）年に青森中学校に入学、井伏鱒二や芥川龍之介、菊池寛などを読み文学熱は高まるが、弘前高等学校に入学後、芥川の死に衝撃を受けて生活が激変、芸妓・紅子（小山初代）とも親しくなった。

一九三〇（昭和五）年に東京帝国大学仏文科に入学、井伏鱒二に師事する一方で共産党の活動にも関係、さらに銀座のカフェーの女給田辺あつみと鎌倉腰越海岸で心中を企て、あつみだけが死亡するなど生活は荒んでいく。同年、小山初代との仮祝言後も党活動を続け、一九三二（昭和七）年に離脱。徐々に創作の場を広げたが、波乱に満ちた生活は続き、一九三五（昭和一〇）年三月に鎌倉山中で自殺未遂、翌月には急性盲腸炎で入院、併発した腹膜炎の鎮静に用いたパビナールの中毒となる。同年八月、「逆行」(『文藝』昭10・2)が第一回芥川賞の候補となるも落選、銓衡委員の川端康成に「川端康成へ」(『文藝通信』昭10・10)と題した反論を発表した。その後、第一創作集『晩年』(砂子屋書房、昭11)を刊行するも、パビナール中毒によって二度入院している。入院中の初代の姦通を知って、二人は群馬県水上村谷川温泉で心中を図るが未遂に終わり、初代と離別した。

一九三八(昭和一三)年、井伏鱒二の勧めで山梨県御坂峠の天下茶屋に滞在、石原美知子と結婚する。結婚後は「富嶽百景」(『文體』昭14・2、3)や川端康成から激賞された「女生徒」(『文學界』同・4)などを発表し職業作家としての自信をつけた。一九三九(昭和一四)年九月に東京府三鷹に転居してからは長女園子、長男正樹が誕生。創作意欲は衰えず、「走れメロス」(『新潮』昭15・5)などを発表する傍ら、『新ハムレット』(文藝春秋社、昭16)、『正義と微笑』(錦城出版社、昭17)、『右大臣実朝』(錦城出版社、昭18)などの書き下ろしも刊行した。胸部疾患のため徴用を免除された太宰は戦中も創作を続け、一九四五(昭和二〇)年四月に甲府の石原家へ、七月には青森の生家へ疎開し、終戦を迎えた。

一九四六(昭和二一)年に三鷹へ戻ると、翌年二月には太田静子の住む下曽我に五日間滞在し、彼女の日記をもとに「斜陽」(『新潮』昭22・7~10)を発表した。同年に山崎富栄と出会い、妻との間に次女里子が誕生する一方で、太田静子が治子を出産。度重なる喀血で疲労の色が濃くなる中、一九四八(昭和二三)年六月一三日に山崎富栄と玉川上水へ入水、一九日に遺体が発見される。前出の「斜陽」や「ヴィヨンの妻」(『展望』昭22・3)、「人間失格」(『展望』昭23・6~8)など、代表作と呼ばれる小説をのこした。

◉作品の成立事情

「桜桃」の成立は、『太宰治集』（上、新潮社）の「解説」で井伏鱒二が、〈秋ごろ（一九四七（昭和二二）年）から、何度も何度も岩波雄二郎氏が三鷹まで催促にお見えになりました〉という〈美知子夫人の手記〉を引用しながら、〈おそらく「桜桃」もこの部屋（仕事部屋としていた山崎富栄の部屋）で執筆された〉と推測している。当時、売れっ子作家として多忙を極めた太宰のもとには多くの編集者が訪れたというが、「桜桃」もまた、そうした中で書かれたものである。なお、津島美知子はその後、『太宰治全集』（15、創芸社）の「後記」で〈この年（一九四八（昭和二三）年）の一、二月の間に、相前後して書かれたもの〉と説明している。

なお、「桜桃」には草稿断片が残されている。その中に〈おれだつて、／お前に負けず、／子供の事は考へてゐる、／自分の家庭は大事／だと思つてゐる、／しかし、手がまはらないのだ、／子供の事まで／書いて、露命を／つながなければ／ならぬ〉（『太宰治全集』13、筑摩書房）という一節があるが、このうち〈子供の事まで／書いて、露命を／つながなければ／ならぬ〉という呟きは初出時には用いられていない。使われなかったこの呟きに、テクスト冒頭と末尾で響き合う「子供よりも親が大事」と「虚勢みたいに呟く言葉」の裏側で「私」が抱えこんだ弱音が見えるようである。

◉引用・参考文献

井伏鱒二「解説」（『太宰治集』上、新潮社、昭24）
津島美知子「後記」（『太宰治全集』15、創芸社、昭27）
『太宰治全集』（13、筑摩書房、平11）
三好行雄編『別冊國文學7　太宰治必携』（昭55・9）
相馬正一編『新潮日本文学アルバム19　太宰治』（新潮社、昭58）
東郷克美編『太宰治事典』（『別冊國文學』改装版、學燈社、平7）
神谷忠孝・安藤宏編『太宰治全作品研究事典』（勉誠社、平7）
山口俊雄編『太宰治をおもしろく読む方法』（風媒社、平18）
山内祥史『太宰治の年譜』（大修館書店、平24）

1　戦後の活躍と作家神話の生成

かつては、太宰治を愛読していると口にすることさえ、気恥ずかしく憚《はばか》られたという。けれども最近は、太宰と同業者である作家たちが、太宰文学へ惜しみない賛辞を贈るようになった。直木賞作家の角田光代は、太宰の「人間失格」（『展望』昭23・6〜8）との出会いを振り返りつつ次のように語っている。

本当に読むようになったのは中学から高校生にかけて。先生に勧められて「人間失格」を読んだのがきっかけでした。当時自分が思っていたもやもやした感じがすごく的確に書かれていてびっくりしました。それから手当たり次第に読みました（中略）／思春期には強烈な自意識と照れの感情が芽生えますよね。私は中学から女子校で、小学校時代より人間関係も複雑になって、嫌われないように他人に合わせていました。でもそういう自分を内心ではバカみたいと思っている。その自虐的な感じと太宰の言葉がぴったりと合うんです。

もう一人、のちに（二〇一五（平成二七）年）芥川賞作家となる又吉直樹も、角田と同様に「人間失格」への思いを語っている。

そんな時〔中学校時代〕に、数少ない友達の一人から「お前にぴったりの本がある」と薦められたのが『人間失格』だった。衝撃を受けた。世界が変わったといっても過言ではない。そこには誰にも言ったことがない世界対僕の戦い方の秘密が書かれていた。自分の精神とは裏腹に道化として周囲に愛想を振りまく主人公の姿が幼い頃の自分と重なった。深刻な内容の物語だったけれど共感できる部分が多く面白く読むことができ、散らかった自分の気持ちを整理する手掛かりになった。（中略）／以来、太宰治という作家に強烈に惹かれたことは言うまでもない。太宰の諸作品は自分の中にある曖昧模糊とした感情を明確に言語化し共感させてくれる。

二人が太宰の魅力として挙げるのは、〈自分が思っていたもやもやした感じがすごく的確に書かれて〉いること、〈自分の中にある曖昧模糊とした感情を明確に言語化〉していることというように、他人と接する自分が、その心の中で抱えるナイーブな思いである。もちろん二人とも、〈非常に計算して書いている〉、〈自分のことを書いているように見えて、案外ものすごいフィクション〉（角田）、〈あくまでも小説〉（又吉）と太宰の小説が計算の上で成り立っていると述べているのだが、計算とわかっていても自虐的でナイーブな心の襞を描いた太宰の小説は、時代を越えて多くの人々の心をとらえて離さない。

そうした弱さを計算ずくでさらけ出す太宰の小説は、新潮文庫や角川文庫、ちくま文庫等を通して今なお出版され、読まれ続けている。さらに小説のみならず、太宰がいまだ放ち続ける力は、没後六〇年にあたる二〇〇八（平成二〇）年から生誕一〇〇年にあたる二〇〇九（平成二一）年、そしてその翌年にかけて、さまざまな媒体が太宰治に注目したことからも明らかである。たとえば、「斜陽」（監督・秋原正俊、脚本・落合雪恵、出演・佐藤江梨子、配給・カエルカフェ、平21・5・9公開）、「パンドラの匣」（監督脚本・冨永昌敬、出演・染谷将太、配給・東京テアトル、平21・10・10公開）、「ヴィヨンの妻～桜桃とタンポポ～」（監督・根岸吉太郎、脚本・田中陽造、出演・松たか子、配給・東宝、平21・10・10公開）、「人間失格」（監督・荒戸源次郎、脚本・浦沢義雄・鈴木棟也、出演・

生田斗真、配給・角川映画、平22・2・20公開）といった四作の映画が公開され、男性ファッション誌『MEN'S NON-NO』（平20・6）が「人物研究」欄において「絶望するな。では、失敬。太宰治」と題して太宰を取り上げた（なお、「ヴィヨンの妻～桜桃とタンポポ～」は「桜桃」の内容もふまえて作られている）。さらに古屋兎丸によるコミック『人間失格』一巻～三巻（新潮社、平21～23）も刊行され、太宰治がその作家イメージも含めていまだ需要があることは明らかである。

こうした太宰治の現在にまで続く人気の礎を作ったのは、戦後の活躍とその活躍の最中の死によるところが大きい。ここで戦後の著作数を山内祥史による「著作年表」をもとに挙げてみれば、一九四六（昭二一）年には、前年一〇月から『河北新報』に連載中の「パンドラの匣」、戯曲「冬の花火」（『展望』昭21・6）、「春の枯葉」（『人間』昭21・9）を含む二四編、一九四七（昭和二二）年には「ヴィヨンの妻」（『展望』昭22・3）、「斜陽」（『新潮』昭22・7～10）を含む二三編、さらに一九四八（昭和二三）年には、「如是我聞」（『新潮』昭23・3、5～7）、「人間失格」（『展望』昭23・6～8）を含む二三編を発表している。

もちろん、これらの小説にはさまざまな評価が与えられているが、たとえば堤重久は、〈日本の所謂文化人にたいする痛烈な抗議であり、嘲笑であり、救ひがたい悪徳の深疵をごまかしごまかし生きて行くうちに、いよいよ悖徳の泥沼に沈んでゆく、敗戦前後の日本人の絶望的な悲歌である〉と述べ、評論家の臼井吉見もまた〈己の文学的資質を敗戦の「痕跡」のなかに新しく生かし或は生かさうとした作家〉（「展望」）として太宰の名を挙げている。つまり、太宰は敗戦後の日本が抱えるひずみを描いた作家として評価され、臼井が言うところの〈おびただしい仕事〉（「太宰治論」）に対峙した作家となるのだ。こうして一躍戦後メディアの中心的存在に躍り出た太宰は、文学史において同時期に活躍した石川淳・坂口安吾・織田作之助らとともに無頼派と呼ばれているが、注意したいのは無頼派という用語で括られることで太宰の作家神話も補強される可能性があるということである。松本和也は無頼派の起源を辿りながら次のように指摘する。

四作家を括っていく戦後メディアの力学が、一九四六年発表の作品群と一九四八年の太宰の死を契機に形成され、水面下で後の〈無頼派〉が準備されていたに留まるのだ。だから、《そうした機運（ジャーナリズムの活気／引用者注）に乗っていちはやく登場したのが新戯作派あるいは無頼派と呼ばれる人々でした》〔『詳解　日本文学史　新訂版』桐原書店、平2〕といった語り方は、事後的に手に入れた文学史用語／概念の過去遡及的な誤用に他ならず、その時、〈無頼派〉を含め、戦後文学の歴史的な様相をも見誤る危険性は高い。

ここで松本は、現在文学史の中で用いられる無頼派という用語は後づけであること、太宰らが活躍していた敗戦直後に自明のものとしてメディアに流通していたわけではないことを指摘する。それは、戦後の活躍を無頼派という用語で括ってしまうことで生じる作家イメージ――分かりやすい例で言えば、酒と女に囲まれて破天荒に生きつつもナイーブ過ぎる心を持ち、その果てに破滅的な死を選ぶ作家――そのイメージが小説の主人公や登場人物に投影されてしまうことに警鐘を鳴らすものであろう。そうした作家神話から解き放たれた読みが、「桜桃」にも期待されている。

2　「桜桃」という鍵語

さて、この「桜桃」という言葉は、小説「桜桃」のみならず、太宰治にとっても特別な意味を持っている。先の「戦後の活躍と作家神話の生成」でも「活躍の最中の死」と述べた通り、太宰は一九四八（昭和二三）年六月一三日、山崎富栄とともに玉川上水へ入水、二人の遺体は同月一九日に発見された（奇しくも、六月一九日は太宰の誕生日でもある）。そして毎年六月一九日は桜桃忌と呼ばれ、東京・三鷹にある禅林寺では太宰を偲ぶ集いが催されている。中には、小説は読んだことはなくとも、〝桜桃忌〟という言葉は知っている、聞いたことがある、という人もいるだろう。この桜桃忌の起源を遡ってみると、太宰の友人の今官一が次のように提唱したことに始まる。

　桜、花、花、一年――と呟やいて、ぼくは、その実を、思ひ出す。ぼくは、太宰の命日を〈桜桃忌〉と、呼ばう。〈蔓を糸でつないで、首にかけると、桜桃は、珊瑚の首飾のやうに見えるだらう〉と、太宰は、去年、それを書いた。

ここで今がいう〈〈蔓を糸でつないで、首にかけると、桜桃は、珊瑚の首飾のやうに見えるだらう〉と、太宰は、去年、それを書いた〉とは、言うまでもなく小説「桜桃」を指している。つまり桜桃忌は「桜桃」にちなんで命名されたのである。こうした桜桃忌の様子については、評論家の奥野健男が「この二十年の桜桃忌」の中で〈昭和三十年、太宰治の完全全集が筑摩書房から刊行された頃から、研究家や愛読者――主に太宰治を卒業論文に選んだ男女の大学生たちの参加が目立ちはじめた〉といい、初めは遠慮がちだった若者たちだが、年を追うごとにその数は増え、横山政男が述べるように〈お寺に毎年若いファンがつめかけ、まるでお祭りのように、大変なにぎわい〉となっていた。

右に挙げた桜桃忌の様子は、なにも遠い昔の話ではない。今もなお、桜桃忌には多くのファンが集まっている。太宰の没後六〇年にあたる二〇〇八（平成二〇）年には〈例年の5〜6倍にあたる約500人が墓前で手を合わせた〉（「没後60年、桜桃忌に500人」）といらし、実際に二〇一五（平成二七）年に桜桃忌に参加した小説家の山崎ナオコーラは、その様子を次のように記している。

墓地の方へ行くと、人だかりができていた。大雨なので少ないだろうという予想は外れ、四、五十人が集っている。「二時から、お坊さんがお経をあげるらしいです」というMさんの事前情報によって私たちはやって来たのだが、みんなそうであるようだ。私は墓には近づけず、遠くから墓のありそうな方向に手を合わせる。（中略）／墓参の人々は、お経が終わると自然に列を作り、順にお供えをし、手を合わせていった。私も並び、順番が来ると、駅前で買った花と、家から持ってきたさくらんぼを供えた。

〈大雨なので少ないだろうという予想は外れ、四、五十人が集っ〉た桜桃忌。作家の命日を、夏目漱石の漱石忌、芥川龍之介の河童忌、三島由紀夫の憂国忌のように〇〇忌と称する文学忌は数多くある。その中でも桜桃忌は、ここまで述べてきた通り、特権的なイベントと言えよう。「桜桃」という鍵語は、作家の死を悼む意味合いを含みつつ、彼の名を広く流通させていったのだ。

3　作品評価史

最後に、これまで「桜桃」に与えられた評価を振り返ってみたい。「桜桃」は短編小説ながらも多くの先行研究があり、近年はさまざまな読み方が提示されているのだが、発表当初は「桜桃」の家庭＝太宰の家庭として読まれた傾向が強い。新潮社で太宰担当の編集者であった野平健一は、原稿段階の「桜桃」を読んだときのことを次のように回想している。

日を隔てて、稿料を届けに行つた私の前に、黙つてぽいと、一とぢの原稿が投げられた。桜桃（世界五月号）である。読み終つた私は、茫然、涙ぐみ、じつと、太宰さんの顔を見上げるだけで、いつものことではあるが、このときは殊に当惑を極め、狼狽を感じた。（中略）／「どおれ、私にみせて。」／「へつ、何でも眼を通さうと思つてやがる。小説なんてわからねえくせに。」と太宰さんは女に向つて言ひ、さらに私に向ひ、／「なあノヒラ、見せたらいけないな。見せないはうがいいだらう。」（中略）／私は太宰さんを、自宅まで送りとゞけねば、気が安まらなかつた。（中略）／「ノヒラ君、だれか手伝ひの、おばあさんでもないかしら。みつけてくれないか。……駄目かも知れないなア。誰が来たつて、女房は直ぐに帰してしまふんだから。」

〈殊に当惑を極め、狼狽を感じた〉内容、それはつまり、「桜桃」が太宰の家庭そのものとして読まれたことを意味する。さらに、太宰が野平に向かって依頼する〈手伝ひの、おばあさん〉の一節は、「桜桃」の

「私」(父)が母に向かって言う「誰か、ひとを雇いなさい」、「捜せば、きっと見つかりますよ。来てくれるひとが無いんじゃ無い、いてくれるひとが無いんじゃないかな?」という台詞を想起させ、「桜桃」と太宰の家庭とを結びつけた末に、「もう、仕事どころではない。自殺の事ばかり考えている」という「私」の呟きが太宰の死と結びつけられていくのだ。

太宰と同じく、いわゆる無頼派と呼ばれる作家のひとり、石川淳もまた、太宰の死の前年に歓談したことを思い出しつつ、〈太宰君はこの席上でもやはり「家庭に在る時ばかりでなく、私は人に接する時でも、心がどんなにつらくても、からだがどんなに苦しくても、ほとんど必死で、楽しい雰囲気を創る事に努力」してゐたのであらうか。そして、われわれと別れたのち、「私は疲労によろめき、お金の事、道徳の事、自殺の事を考へ」たのであらうか〉と、「桜桃」の「私」と太宰自身を重ね合わせて読んでいる。そうした「私」が考える「自殺」が、実際の太宰の死と結びつけられていく読みは、太宰文学に大きく貢献する奥野健男に引き継がれていった。奥野は、〈自殺寸前のぎりぎりの心境が描かれている私小説的短篇であり、文学的遺書と言ってもよい。技法的にも(中略)完璧な傑作である〉(『太宰治論〈決定版〉』)と述べ、〈「父」「ヴィヨンの妻」「おさん」「女類」「家庭の幸福」「桜桃」これらは、彼の傷から流された、血をもって書かれた作品です〉(同前)と高く評価している。このように、「桜桃」は長らく太宰が自らの死を予見し、死を賭した小説――いわば、太宰の実生活を参照して読む小説として評価されてきたのである。

その後、従来の評価からの脱却が図られ、一九八九(平成一)年六月に刊行された雑誌『太宰治』では、「特集「桜桃」」と銘打って五人の研究者が「桜桃」を論じている。その中で曽根博義は〈「子供よりも親が大事」という結びの言葉は、(中略)妻に当てつけた自暴自棄の居直り〉と読み、関谷一郎は〈「私」とその妻との争い〉に〈観念と現実との相剋〉を見ている。こうして徐々に作品内部を読むことに比重が置かれるようになり、〈〈私〉とは、理念的な共同性を目指しつつ、その理念的な共同性の完結性に違和を覚える人物〉というように「私」を分析する勝原晴希の論や、《他者》としての〈母・妻〉を指摘する鶴谷憲三の論も見逃せない。さらに、「桜桃」に登場する長男についての「私」の思いを、現代の日本が抱える問題から照らし出した佐藤泉の論も注目されよう。いま「桜桃」はさまざまな切り口で読みひらくことが求められているのだ。

◉引用・参考文献

「太宰治に浸った思春期　生誕100年、角田光代さんが語る魅力」（『日本経済新聞』朝刊、平21・1・1、元旦第三部）

又吉直樹「どうにもならない犠牲たち」（太宰治『桜桃』ハルキ文庫、平23）

山内祥史「著作年表」（『太宰治全集』13、筑摩書房、平11）

堤重久「冬の花火（戯曲）太宰治」（『東西』昭21・8）

臼井吉見「展望」（『展望』昭21・8）

臼井吉見「太宰治論」（『展望』昭23・8）

松本和也「戦後メディアにおける〈無頼派〉の形成――織田作之助・坂口安吾・太宰治・石川淳」（『太宰治スタディーズ』平20・6）

今官一「〈桜桃忌〉提唱――太宰治の一週《ママ》忌に」（『文藝時代』昭24・7）

奥野健男「この二十年の桜桃忌」（『婦人公論』昭43・7）

横山政男「30回を迎えた桜桃忌　生きていれば69歳・いまだにもてる太宰治ってなに？」（『週刊朝日』昭53・6・23）
「没後60年、桜桃忌に５００人」（『朝日新聞』朝刊、平20・6・20）
山崎ナオコーラ「墓参記　第七回　太宰治（禅林寺）」（『文學界』平27・9）
野平健一「如是我聞と太宰治」（『新潮』昭23・6）
石川淳「太宰治昇天」（『新潮』昭23・7）
奥野健男『太宰治論〈決定版〉』（春秋社、昭41）
曽根博義「「桜桃」鑑賞」（『太宰治』平1・6）
関谷一郎「「桜桃」試読」（『太宰治』平1・6）
勝原晴希「非在の〈山〉に向かって――太宰治「桜桃」の姿勢」（『日本近代文学』平4・5）
鶴谷憲三「妻・母という〈女〉――「桜桃」試論」（『日本文学研究』平8・1）
佐藤泉「より強くアナクロニズムを――「男女同権」と「桜桃」」（『ユリイカ』平20・9）

第15章

語れないことを読む——テクスト分析の先へ

太宰治「桜桃」II

語り手
メタフィクション
エピグラフ

1 私小説風の小説

「桜桃」(『世界』昭23・5)は一見いかにも無頼派らしいテクストである。家族を放置し、仕事と言っておきながら酒場に行き、自殺を考える男。その姿は、世に知られている太宰治のイメージにぴったりと合う。しかもこの「私」という男の名前は「太宰」らしい。太宰治は「桜桃」が発表された翌月に、愛人との心中という形で亡くなった。そのため小説の内と外との垣根が低く感じられやすい。読者によっては、作家を投影せずに「桜桃」を読もうとすることは、不自然な気さえするのではないだろうか。

先行研究においても、ある時期までは〈自殺寸前のぎりぎりの心境が描かれている〉(奥野健男)と肯定するにせよ、〈弁解がましくなっている〉(福田恆存《つねあり》)と否定するにせよ、「私」と太宰を直接的に結びつけて読まれることが多かった。それは必ずしも読解方法が未熟だったからだとは言えまい。太宰の人生だと思って読むメリットもあるからだ。この小説の「私」は、ともすれば「お金の事、道徳の事、自殺の事」を考えがちで、終盤になるとますます「自殺の事ばかり考える」ようになる。ただ、そこまで思い詰める原因は少し曖昧である。そこで作家を代入してみる。すると、原因ははっきりしないままでも、「自殺」への想いそのものは迫真性を帯びて受け取られるようになるのである。

しかし、改めて「桜桃」の言葉を丁寧にたどってゆくと、作家のある日の姿をそのまま語ったにしては、作り物めいた感じを受けないだろうか。たとえば「子供より親が大事、と思いたい」と始まり、終盤に「子供より親が大事、と思いたい。子供よりも、その親のほうが弱いのだ」と述べられて、さらに「そうして心の中で虚勢みたいに呟く言葉は、子供よりも親が大事」と終わること。特に最初と最後に同じ言葉が使われているために、くるりと円環ができているようにも見える。こうした整った形が偶然できたとは思いにくい。つまり、この無頼派らしい話は、作家の体験と無関係ではないにせよ、ありのままの生活の反映ではない。

いや、むしろ無頼派的なイメージも、まさに「桜桃」のような小説を通じて、作家がコントロールしていた面があるだろう。井伏鱒二が参照した〈美知子夫人の手記〉には、〈桜桃は皮がお腹にわるいからと申しまして、太宰はきらひで、子供たちにも食べさせないやうにしてゐました〉とある。しかし、子どもの体調を気遣って桜桃を食べさせなかったという、作家のイメージにふさわしくない父親の姿は、テクストには描かれていない。「桜桃」はあくまで、あるテーマに沿った、読者の興味を惹きやすい小説として作られているはずなのである。

2 「桜桃」の語りの構造

「桜桃」には、ある夏の夕食時が描かれている。物語は「三畳間」と「酒を飲む場所」で展開する。「三畳間」には「私」と妻と三人の子どもがいる。酒場には「私」と店の女らしき話し相手がいる。短篇とはいえ、ここにはごく限られた世界しか写し取られていないように見える。しかし語りの構造を意識すると、あたかも外からは判別できない中二階や屋根裏が見つかるように、テクストが内包する世界は決して小さくないことがわかってくる。

「桜桃」は**一人称**で語られている。そのため、まずは**物語内容**上の「私」と、**物語行為**に携わる「私」とを区別して考える必要がある［↓第1章］。しかしそれだけでは十分ではない。この作品には次のような部分がある。

> はっきり言おう。くどくどと、あちこち持ってまわった書き方をしたが、実はこの小説、夫婦喧嘩《げんか》の小説なのである。

夫婦の会話が重くなってゆく前に「夫婦喧嘩」の話だとあらかじめ告げる**先説法**が用いられている部分だが、いま注目したいのは、まさにここにある小説の書かれ方について、小説の中に言及があることだ。「三畳間」を語るのでも、その場を離れた自分や妻子のことを語るのでもなく、まさに書かれつつあるこの小説について言及する。**語りの水準**が、**メタ物語世界の出来事**でも、**物語世界内の出来事**でもなく、**物語世界外の水準**へ移っている［↓第13章］。このような移動を備えている点で、「桜桃」は一種のメタフィクションと見なすことができる。メタフィクションであることは、この小説が創作であることを、より鮮明に読者に伝える役目を果たす。

過去の物語上の「私」と、それを語る現在の「私」と、その現在の語り方を意識する「私」と。「桜桃」

は、少なくともこの三つのレベルを意識して読む必要がある。

もちろん、さらに細分化して捉えることもできる。吉岡真緒は〈四つの位相の物語が「桜桃」を成立させている〉と考えている。

①〈三畳間物語―三畳間を主な舞台とし〈父〉と「母」が直接やりとりする物語〉

②〈メタ三畳間物語―三畳間物語について三畳間を離れた場からメタレベルの解説をする物語〉

③〈「私」物語―「私」と名乗る主体が「私」について語る物語〉

④〈「書き手」―小説「桜桃」の書き手として物語に造形されている主体。小説の署名者「太宰治」。書く行為に言及し、小説全体を相対化し得る〉

以上の四つである。ただし吉岡論でも〈截然と切り離すことは不可能〉であり、〈融合〉している部分が認められているように、厳密に区分できるようにしつらえられてはいない。むしろ、少なくとも上記の三層には分けられるにもかかわらず、ゆるやかに連続しているようにも受け取られるところに、「桜桃」の特徴がありそうだ。

一例として「涙の谷」に着目しよう。この言葉は、「母」が「この、お乳とお乳のあいだに、……涙の谷、……」と述べることに始まり、この短い小説で実に六度も出てくる。**反復法**［→第5章］によって、いかに「私」にとってこの言葉が重かったのかが一目瞭然となっているのだ。しかし「涙の谷」の重みを感じ取っているのは、いつの「私」だろうか。妻の発言を耳にした時点？　この晩のことを思い出して語っている今？　どちらとしても読めるのではないだろうか。

「涙の谷」は、**エピグラフ**（後述）と同じく、聖書の「詩篇」から引用された言葉である。詩篇第八四篇六節に〈かれらは涙の谷をすぐれども其処をおほくの泉あるところとなす〉とある。ここでの「お乳とお乳のあいだ」を流れる汗は、幼い子どもたちを育てる苦難を示しているのだろう。育児に幸福の源泉があることも確かなのであろうが、いま妻は苦難の方を強調している。そして「私」には自分がその苦難の片棒を担いでしまっていることがわかったから、返答に窮してしまう。「涙の谷」が「夫婦喧嘩」の「導火線」だと言われるゆえんである。

ただ、六回出てくる「涙の谷」のうち、三度はこの言葉だけで一行となっている。この特別な書き表し方は、当時の彼だけでなく、現在の彼の内面をにじませているように思われる。そもそも語り手は、「三畳間」の描写から語り出して「涙の谷」という妻の言葉を耳にした場面でいったん話を切り、一行空けて、「私は家庭に在っては、いつも冗談を言っている」と**括復法**［↓第5章］を用いて、異なる時間を挿入していた（**錯時法**［↓第7章］）。さらに先に述べたように、テクストにはこの小説の作られ方を意識させる文章があった。そのため現在の「私」が何度もくり返すことで、その時の状況を思いだし、この言葉を噛みしめるように話を語り進めていっているようにも見えるのである。

「私」がだぶって見えること。大國眞希はそれを〈「夫婦喧嘩をしている場面の「私」とそれを「夫婦喧嘩の小説」として語る「私」が存在しているにも関わらず、そのような構造が曖昧化され、すべてを「太宰というふ作家」の自己同一性の問題と考えさせるような語りをしている〉と説明している。

だから、ややこしい話は抜きにして「結局どれも太宰でしょう？」と既知の作家像を強引に重ねて読むという手もないわけではない。そうすれば「私」の重層性は見えにくくなる。一編は無頼派作家のありがちな一日として読める。「桜桃」はそういう楽しみ方も味わえるように書かれている。

だが、ここではもう少し語り口とその仕組みに立ち止まってみたい。山の登り方はひとつではない。テクストの微細な肌触りを確かめるようなアプローチを取ることで、見えてくる風景もあるはずである。

3　主人公のゆらぎ・語り手のゆらぎ

なぜ複数の語りの水準を行ったり来たりする語りが用いられたのか。ここで改めて先行研究に目を配りたい。すると、テクストを丁寧に読み解こうとした過去の「桜桃」論が、必ずと言っていいほど「私」の微細な心情のゆらぎをくみ取っていたことに気づく。

同時代において花田清輝は、太宰は〈絶えずかれの視線を内部にむかって走らせており、その容易にとらえがたい、始終、動揺しつづけているものの姿を、あるがままに、できるだけ正確に具体化しようと努めていた〉と指摘していた。この読みは長谷川泉に受け継がれる。長谷川は、最後の「虚勢みたいに呟」かれる「子供より親が大事」という発言が〈一見、倨傲のようであって、含羞の心理を含んでいる〉と、相反する二つの感情を読み取っている。近年の研究においても、〈「私」という一人称ではなく、三人称で「父」と呼ぶ時に設定する自己の存在との距離感〉に代表される〈流動する「私」の在り方〉（関谷一郎）や、〈作者と語り手の「私」と登場人物の「私」が共謀して話をはぐらかしていく面白さ〉（曽根博義）が指摘されている。

語りのゆらぎや流動性が語られるとき、しばしば関係づけられてきたのが、主人公としての「私」の自己同一性のゆらぎである。彼の自我の不安定さは、呼称の多様性からうかがわれる。この小説で「私」は様々な呼ばれ方をしている。「父」「お父さん」「太宰という作家」「通人」「夫」「おれ」などである。それらの呼称は、彼の社会的役割に応じたものである。「私」はあるときは「父」、あるときは「夫」、またあるときは「作家」であることを求められる。複数の役割を、時と場合に応じて、適切にふるまうことが要請される。それは人が社会生活を営む以上、自然なことである。しかし彼にはその要請が、自分を束縛しているように感じられる。だから「生きるという事は、たいへんな事だ。あちこちから鎖がからまっていて、少しでも動くと、血が噴き出す」と述べるのである。

4 空所としての家族

語り手は、当時の「私」の心情を**内的焦点化**［↓第4章］してつづる。そのため彼の心の内はよくわかる。一般にそのような語り方は、「私」への共感や同情を促すと考えられる。しかし「家事には全然、無能」だと開き直り、「たたけばたたくほど、いくらでもホコリの出そうな男」を自称する「桜桃」の「私」の内面は、反発を誘う可能性も少なくない。

「私」に不審の目を向け始めると、そのぶん妻が存在感を持ってくると思われる。たしかに「桜桃」では、彼女の内面は明示されない。「母も精一ぱいの努力で生きているのであろうが」などと「私」に推測される程度で、ほとんど**空所**［↓第5章］としてある。妻の内面という空所は、「私」を相対化する手がかりになる。鶴谷憲三は、「私」にとって妻は〈他者〉であるとして、〈冷たい自信〉に満ち、不動の巌のような〈他者〉の前に表面的には黙し、内面でただ〈私〉はひたすら流動し、揺れ続けるのみである〉と述べている。妻は「私」の前に立ちはだかり、その内面のゆれを際立たせる対立的な存在だというわけだ。

いや、妻ばかりではない。「三畳間」には「子供」たちもいた。語り手は「子供」たちの「ご機嫌」を「常に」うかがっている一方で、長男については「しばしば発作的に、この子を抱いて川に飛び込み死んでしまいたく思う」と共に**括復法**を用いて述べる。しかし、語り手はそうした自分の心の動きを見つめることには熱心だが、当の「子供」たちの反応には無関心である。四歳の長男と一歳の次女はともかく、七歳の長女には、「夫婦喧嘩」や父の外出について思うところがあったにちがいない。にもかかわらず素通りされてしまう彼女の心情も、「私」を離れて見直す助けになる。

もっとも、この小説の「私」にとって、妻は「子供」たちに対する「親」として、大切なパートナーでもある。夫婦／親として言及される際には、「母が胸をあけると、涙の谷、父の寝汗も、いよいよひどく、夫婦は互いに相手の苦痛を知っているのだが、それに、さわらないように努めて」というように、彼女にも**内的焦点化**される。

そして内海紀子が〈父―夫―私と小刻みに変転する呼称はそれぞれ母―妻―女房をすぐ後に伴い、いわば両者がきまじめに対を構成している〉と指摘しているように、彼女も「母」であり「妻」であり「おれ」に対する「お前」であり、「妹」に対する〈姉〉であり、家事を預かる〈主婦〉でもある。だとすれば、彼女だけでなく、彼女の内面もゆれていたり、言いたいことを言えないでいたりする可能性を考えてみるべきではなかろうか。

「仕事部屋のほうへ、出かけたいんだけど。」
「これからですか？」
「そう。どうしても、今夜のうちに書上げなければならない仕事があるんだ。」
それは、嘘でなかった。しかし、家の中の憂鬱から、のがれたい気もあったのである。
「今夜は、私、妹のところへ行って来たいと思っているのですけど。」

二人の発言は、共に文末に「けど」を伴う。相手に配慮して、自分の主張をやわらげながら伝えようとする表現を、二人はお互いに使っているのである。

そのように思いを巡らせてみたとき、「私」が抱えている問題は、彼個人に留まらない広がりを持つはずである。では、「私」が抱えている問題とは何か。

5　エピグラフ・口ごもること

妻の「涙の谷」という言葉に対して、「三畳間」にいる「私」は「黙して、食事をつづけた」。もっとも「桜桃」の「私」は日頃から何かと「沈黙」しがちだという。「冗談を言って切りかえそうと思っても、とっさにうまい言葉が浮ばず、黙しつづける」「そうして私は沈黙する」「父はまた黙した」「黙って立って」など、彼はこの短い小説で何度も黙りこむ。

なるほど普段の彼はむしろ饒舌である。「家庭に在っては、いつも冗談を言っている」という彼は、「家庭に於いても、絶えず冗談を言い、薄氷を踏む思いで冗談を言い」「父が冗談を言えば」「馬鹿げた冗談ばかり言っている」などと、**反復法**に**括復法**を組みこんで、ふざけた発言をしていることを強調する。ただしここでの「冗談」は、核心に煙幕を張るようなふるまいである。ごまかしが許されない領域に入ってきたときには力を失う。

そして「冗談」と「沈黙」の間には「呟き」がある。「ひとりぶつぶつ不平を言い出す」ことに始まり、「母の機嫌を損じないように、おっかなびっくり、ひとりごとのように呟く」が、不調に終わったので「父は、そう心の中で呟」くように、すなわち実際には発話できないようになり、最後も「心の中で虚勢みたいに呟く」ことになる。

ふり返ってみれば、「子供より親が大事」という言葉は、決まって「と思いたい」「虚勢みたい」といった留保を伴って発せられていた。議論において「相手の確信の強さ、自己肯定のすさまじさに圧倒せられる」ばかりであるという「私」は、言葉を強く、大声で発することができない。

口ごもりつつ言葉を発しようとすること。物語中の「私」だけではなく、語り手も同じ態度をとっている。語り手も「あちこち持ってまわった書き方」をしてきたのである。はっきりと語らない。それは、わかりやすい言葉に翻訳されるとたちまち実態にそぐわなくなってしまう、繊細なものを意識しているからだ。「涙の谷」が反復されることも、そのような観点から見直されるべきであろう。「涙の谷」は、当初は妻が自らの苦難を強調する言葉としてあった。しかし語り手が地の文でくり返してゆくことで、異なる意味を帯びてゆく。その意味は十分に説明されていない。が、「涙の谷」をめぐる夫婦の葛藤を描くことそのものが、語り手にとってやはり苦難ではあるものの、〈おほくの泉あるところ〉へたどり着く方法だと考えられている。そのように見直す価値はあるはずである。

エピグラフにも触れておこう。**エピグラフ**とは、タイトルに添えて書かれた語句を指す。「桜桃」では「われ、山にむかひて、目を挙ぐ。――詩篇、第百二十一。」がそれに当たる。エピグラフにはさまざまな機能がある。ジェラール・ジュネットは、その機能をさしあたり四つに分類している。(1)〈タイトルを解明し、ゆえにまた説明する機能〉、(2)〈テクストの注釈という機能〉つまり〈間接的に、テクストの意味を明確にしたり強調したりする〉機能、(3)〈語る内容〉よりも〈その原作者〉によって〈保証〉を得る機能、(4)〈その著述の時代、ジャンル、あるいは傾向を如実にあらわす〉という〈知性の合言葉〉としての機能、という四つである。「桜桃」のエピグラフは(2)の意味合いが強いだろう。

聖書において、「われ、山にむかひて、目を挙ぐ」の次には、「わが扶助はいづこよりきたるや」という言葉が続く。曽根博義は、〈何処からかの「扶助」を求めている〉と指摘している。が、むしろ、その希求が言葉にされていないことに「桜桃」の特色が見られないだろうか。とはいえ、それを〈救いを拒否する太宰の厳しい心情〉(奥野健男)と読むことも単純に過ぎよう。「扶助」は欲しい。だがそれを言葉にすることは、虫が良すぎるようでためらわれる。だから口ごもる。

父は、大皿に盛られた桜桃を、極めてまずそうに食べては種を吐き、食べては種を吐き、食べては種を吐き、そうして心の中で虚勢みたいに呟く言葉は、子供よりも親が大事。

桜桃の皮に触れる。実を噛む。種を含む。吐く。「私」の口は実に忙しく動いている。しかし言葉は音声にならない。ただ、語り手はそうした様子そのものは丹念に描く。胸中をかけめぐる言葉を発する手前でためらった「私」を描く。それが「桜桃」という名のテクストとして紡がれ、差し出される。それは、小説の作られ方を意識する「私」が、あわてて言葉を発しない態度に価値を見出しているからだ。

この「桜桃」の「私」の姿勢は、本書を読み進めて来た読者にも、少なからぬ示唆を与えると思われる。ここまでテクストを分析する手法を身につけることに努めてきた。それらの分析手法によって、字面を追うだけではわからなかった新しい光景が見えることもわかった。ただ、それらの手法をもってしても、テクストの形式や構造をすぐに把握しきれない場合はあるだろう。

しかし、きれいに分析できないことは失敗ではない。なぜうまく整理できないのか、その原因を、時間をかけて探したり、誰かと議論したりして欲しい。そのさい、結論を出すのを急がないこと。割り切れないことを割り切れないままに、考え考えしながら言葉を発すること。そうすることで、テクストから得られる実りはより豊かなものになるだろう。

◉引用・参考文献

奥野健男「解説」(『定本太宰治全集』第九巻、筑摩書房、昭36)
福田恆存「解説」(『太宰治作品集』6、創元社、昭26)
井伏鱒二「解説」(『太宰治集』上、新潮社、昭24)
吉岡真緒「太宰治「桜桃」論――「父」になること「母」がいること」(『活水日文』平14・12)
大國眞希「「桜桃」」(『虹と水平線――太宰文学における透視図法と色彩』おうふう、平21)
花田清輝「『桜桃』について」(『二つの世界』月曜書房、昭24)
長谷川泉「含羞と倨傲」(『解釈と鑑賞』昭49・12)
関谷一郎「「桜桃」試読」(『太宰治』平1・6)
曽根博義「「桜桃」鑑賞」(『太宰治』平1・6)
鶴谷憲三「妻・母という〈女〉――「桜桃」試論」(『日本文学研究』平8・1)
内海紀子「「桜桃」論――占領下の〈革命〉」(『太宰治研究』19、和泉書院、平23)
ジェラール・ジュネット/和泉涼一訳『スイユ　テクストから書物へ』(水声社、平13)

小説

夏目漱石『夢十夜』「第一夜」
森鷗外「高瀬舟」
芥川龍之介「南京の基督」
川端康成「伊豆の踊子」
岡本かの子「老妓抄」
太宰治「桜桃」

夢十夜

夏目漱石

第一夜

こんな夢を見た。

腕組《うでぐみ》をして枕元《まくらもと》に坐っていると、仰向《あおむき》に寝《ね》た女が、静かな声でもう死にますと云う。女は長い髪《かみ》を枕に敷《し》いて、輪廓《りんかく》の柔《やわ》らかな瓜実《うりざね》顔《がお》をその中に横たえている。真白《まつしろ》な頬《ほお》の底に温かい血の色が程《ほど》よく差して、唇《くちびる》の色は無論赤い。到底《とうてい》死にそうには見えない。然し女は静かな声で、もう死にますと判然《はつきり》云った。自分も確《たしか》にこれは死ぬなと思った。そこで、そうかね、もう死ぬのかね、と上から覗《のぞ》き込《こ》む様にして聞いてみた。死にますとも、と云いながら、女はぱっちりと眼を開けた。大きな潤《うるおい》のある眼で、長い睫《まつげ》に包まれた中は、只《ただ》一面に真黒であった。その真黒な眸《ひとみ》の奥《おく》に、自分の姿が鮮《あざやか》に浮《う》かんでいる。

自分は透《す》き徹《とお》る程深く見えるこの黒眼の色沢《つや》を眺《なが》めて、これでも死ぬのかと思った。それで、ねんごろに枕の傍《そば》へ口を付けて、死ぬんじゃなかろうね、大丈夫《だいじょうぶ》だろうね、と又聞き返した。すると女は黒い眼を眠《ねむ》そうに睜《みはっ》たまま、やっぱり静かな声で、でも、死ぬんですもの、仕方がないわと云った。

じゃ、私の顔が見えるかいと一心に聞くと、見えるかいって、そら、そこに、写ってるじゃありませんかと、にこりと笑って見せた。自分は黙《だま》って、顔を枕から離《はな》した。腕組をしながら、どうしても死ぬのかなと思った。

しばらくして、女が又こう云った。

「死んだら、埋《う》めて下さい。大きな真珠貝《しんじゅがい》で穴を掘《ほ》って。そうして天から落ちて来る星の破片《かけ》を墓標《はかじるし》に置いて下さい。そうして墓の傍に待っていて下さい。又《また》逢《あ》いに来ますから」

自分は、何時《いつ》逢いに来るかねと聞いた。

「日が出るでしょう。それから日が沈《しず》むでしょう。それから又出るでしょう、そうして又沈むでしょう。——赤い日が東から西へ、東から西へと落ちて行くうちに、——あなた、待っていられますか」

自分は黙って首肯《うなずい》た。女は静かな調子を一段張り上げて、

「百年待っていて下さい」と思い切た声で云った。

「百年、私《わたくし》の墓の傍に坐って待っていて下さい。きっと逢いに来ますから」

自分は只待っていると答えた。すると、黒い眸《ひとみ》のなかに鮮に見えた自分の姿が、ぼうっと崩《くず》れて来た。静かな水が動いて写る影《かげ》を乱した様に、流れ出したと思ったら、女の眼がぱちりと閉じた。長い睫の間から涙《なみだ》が頬へ垂れた。——もう死んでいた。

自分はそれから庭へ下りて、真珠貝で穴を掘った。真珠貝は大きな滑《なめら》かな縁《ふち》の鋭《する》どい貝であった。土をすくう度に、貝の裏に月の光が差してきらきらした。湿《しめ》った土の匂《におい》もした。穴はしばらくして掘れた。女をその中に入れた。そうして柔らかい土を、上からそっと掛《か》けた。掛ける毎《たび》に真珠貝の裏に月の光が差した。

それから星の破片《かけ》の落ちたのを拾って来て、かろく土の上へ乗せた。星の破片《かけ》は丸かった。長い間大空を落ちている間に、角が取れて滑かになったんだろうと思った。抱《だ》き上げて土の上へ置くうちに、自分の胸と手が少し暖くなった。

自分は苔《こけ》の上に坐った。これから百年の間こうして待っているんだなと考えながら、腕組をして、丸い墓石を眺めていた。そのうちに、女の云った通り日が東から出た。大きな赤い日であった。それが又女の云った通り、やがて西へ落ちた。赤いまんまでのっと落ちて行った。一つと自分は勘定《かんじょう》した。

しばらくすると又唐紅《からくれない》の天道《てんとう》がのそりと

上《のぼ》って来た。そうして黙って沈んでしまった。二つと又勘定した。

自分はこう云う風に一つ二つと勘定して行くうちに、赤い日をいくつ見たか分らない。勘定しても、勘定しても、しつくせない程赤い日が頭の上を通り越《こ》して行った。それでも百年がまだ来ない。しまいには、苔の生えた丸い石を眺めて、自分は女に欺《だま》されたのではなかろうかと思い出した。

すると石の下から斜《はす》に自分の方へ向いて青い茎《くき》が伸《の》びて来た。見る間に長くなって丁度自分の胸のあたりまで来て留まった。と思うと、すらりと揺《ゆら》ぐ茎の頂《いただき》に、心持首を傾《かたぶ》けていた細長い一輪の蕾《つぼみ》が、ふっくらと瓣《はなびら》を開いた。真白な百合《ゆり》が鼻の先で骨に徹《こた》える程匂った。そこへ遥《はるか》の上から、ぽたりと露《つゆ》が落ちたので、花は自分の重みでふらふらと動いた。自分は首を前へ出して冷たい露の滴《したた》る、白い花瓣《はなびら》に接吻《せっぷん》した。自分が百合から顔を離す拍子に思わず、遠い空を見たら、暁《あかつき》の星がたった一つ瞬《またた》いていた。

「百年はもう来ていたんだな」とこの時始めて気が付いた。

『文鳥・夢十夜』
（新潮文庫）所収

高瀬舟

森鷗外

高瀬舟は京都の高瀬川を上下する小舟である。徳川時代に京都の罪人が遠島を申し渡されると、本人の親類が牢屋敷《ろうやしき》へ呼び出されて、そこで暇乞《いとまごい》をすることを許された。それから罪人は高瀬舟に載せられて、大阪へ廻されることであった。それを護送するのは、京都町《まち》奉行《ぶぎょう》の配下にいる同心《どうしん》で、この同心は罪人の親類の中《うち》で、主立《おもだ》った一人《いちにん》を、大阪まで同船させることを許す慣例であった。これは上《かみ》へ通った事ではないが、所謂《いわゆる》大目に見るのであった黙許であった。

当時遠島を申し渡された罪人は、勿論《もちろん》重い科《とが》を犯したものと認められた人ではあるが、決して盗《ぬすみ》をするために、人を殺し火を放ったと云《い》うような、獰悪《どうあく》な人物が多数を占めていたわけではない。高瀬舟に乗る罪人の過半は、所謂心得違《こころえちがい》のために、想《おも》わぬ科を犯した人であった。有り触れた例を挙げて見れば、当時相対死《あいたいし》と云った情死を謀《はか》って、相手の女を殺して、自分だけ活《い》き残った男と云うような類《たぐい》である。

そう云う罪人を載せて、入相《いりあい》の鐘の鳴る頃に漕《こ》ぎ出された高瀬舟は、黒ずんだ京都の町の家々を両岸に見つつ、東へ走って、加茂川《かもがわ》を横ぎって下るのであった。この舟の中で、罪人とその親類の者とは夜どおし身の上を語り合う。いつもいつも悔やんでも還《かえ》らぬ繰言《くりごと》である。護送の役をする同心は、傍《そば》でそれを聞いて、罪人を出した親戚眷族《しんせきけんぞく》の悲惨な境遇を細かに知ることが出来た。所詮《しょせん》町奉行所の白洲《しらす》で、表向《おもてむき》の口供《こうきょう》を聞いたり、役所の机の上で、口書《くちがき》を読んだりする役人の夢にも窺《うかが》うことの出来ぬ境遇である。

同心を勤める人にも、種々《いろいろ》の性質があるから、この時只《ただ》うるさいと思って、耳を掩《おお》いたく思う冷淡な同心があるかと思えば、又しみじみと人の哀《あわれ》を身に引き受けて、役柄ゆえ気《け》色《しき》には見せぬながら、無言の中《うち》に私《ひそ》かに胸を痛める同心もあった。場合によって非常に悲惨な境遇に陥った罪人とその親類とを、特に心弱い、涙脆《もろ》い同心が宰領して行くことになると、その同心は不覚の涙を禁じ得ぬのであった。

そこで高瀬舟の護送は、町奉行所の同心仲間で、不快な職務として嫌われていた。

いつの頃であったか。多分江戸で白河楽翁《しらかわらくおう》侯が政柄《せいへい》を執っていた寛政の頃ででもあっただろう。智恩院《ちおんいん》の桜が入相の鐘に散る春の夕《ゆうべ》に、これまで類のない、珍らしい罪人が高瀬舟に載せられた。

それは名を喜助《きすけ》と云って、三十歳ばかりになる、住所不定《ふじょう》の男である。固《もと》より牢屋敷に呼び出されるような親類はないので、舟にも只一人で乗った。

護送を命ぜられて、一しょに舟に乗り込んだ同心羽田庄兵衛《はねだしょうべえ》は、只喜助が弟殺しの罪人だと云うことだけを聞いていた。さて牢屋敷から桟橋まで連れて来る間、この痩肉《やせじし》の、色の蒼白《あおじろ》い喜助の様子を見るに、いかにも神妙《しんびょう》に、いかにもおとなしく、自分をば公儀の役人として敬って、何事につけても逆《さから》わぬようにしている。しかもそれが、罪人の間に往々見受けるような、温順を装《よそお》って権勢に媚《こ》びる態度ではない。

庄兵衛は不思議に思った。そして舟に乗ってからも、単に役目の表で見張っているばかりでなく、絶えず喜助の挙動に、細かい注意をしていた。

その日は暮方から風が歇《や》んで、空一面を蔽《おお》った薄い雲が、月の輪廓《りんかく》をかすませ、ようよう近寄って来る夏の温さが、両岸の土からも、川床《かわどこ》の土からも、靄《もや》になって立ち昇るかと思われる夜であった。下京《しもきょう》の町を離れて、加茂川を横ぎった頃からは、あたりがひっそりとして、只舳《へさき》に割《さ》かれる水のささやきを聞くのみである。

夜舟で寝ることは、罪人にも許されているのに、喜助は横になろうともせず、雲の濃淡に従って、光の増したり減じたりする月を仰いで、黙っている。その額は晴れやかで、目には微《かす》かなかがやきがある。

庄兵衛はまともには見ていぬが、始終喜助の顔から目を離さずにいる。そして不思議だ、不思議だと、心の内で繰り返している。それは喜助の顔が縦から見ても、横から見ても、いかにも楽しそうで、若《も》し役人に対する気兼《きがね》がなかったなら、口笛を吹きはじめるとか、鼻歌を歌い出すとかしそうに思われたからである。

庄兵衛は心の内に思った。これまでこの高瀬舟の宰領をしたことは幾度《いくたび》だか知れない。しかし載せて行く罪人は、いつも殆《ほとん》ど同じように、目も当てられぬ気の毒な様子をしていた。それにこの男はどうしたのだろう。遊山《ゆさん》船《ぶね》にでも乗ったような顔をしている。罪は弟を殺したのだそうだが、よしやその弟が悪い奴《やつ》で、それをどんな行掛りになって殺したにせよ、人の情として好《い》い心持はせぬ筈《はず》である。この色の蒼い痩男《やせおとこ》が、その人の情と云うものが全く欠けている程の、世にも稀《まれ》な悪人であろうか。どうもそうは思われない。ひょっと気でも狂っているのではあるまいか。いやいや。それにしては何一つ辻褄《つじつま》の合わぬ言語《ことば》や挙動がない。この男はどうしたのだろう。庄兵衛がためには喜助の態度が考えれば考える程わからなくなるのである。

暫《しばら》くして、庄兵衛はこらえ切れなくなって呼び掛けた。「喜助。お前何を思っているのか」

「はい」と云ってあたりを見廻した喜助は、何事をかお役人に見咎《みとが》められたのではないかと気遣うらしく、居ずまいを直して庄兵衛の気色《けしき》を伺った。

庄兵衛は自分が突然問いを発した動機を明《あか》して、役目を離れた応対を求める分疏《いいわけ》をしなくてはならぬように感じた。そこでこう云った。「いや。別にわけがあって聞いたのではない。実はな、己《おれ》は先刻《さっき》からお前の島へ往《ゆ》く心持が聞いて見たかったのだ。己はこれまでこの舟で大勢の人を島へ送った。それは随分いろいろな身の上の人だったが、どれもどれも島へ往くのを悲しがって、見送りに来て、一しょに舟に乗る親類のものと、夜どおし泣くに極《き》まっていた。それにお前の様子を見れば、どうも島へ往くのを苦にしてはいないようだ。一体お前はどう思っているのだい」

喜助はにっこり笑った。「御親切に仰《おっし》ゃって下すって、難有《ありがと》うございます。なる程島へ往くということは、外の人には悲しい事でございましょう。その心持はわたくしにも思い遣《や》って見ることが出来ます。しかしそれは世間で楽をしていた人だからでございます。京都は結構な土地ではございますが、その結構な土地で、これまでわたくしのいたして参ったような苦みは、どこへ参ってもなかろうと存じます。お上《かみ》のお慈悲で、命を助けて島へ遣って下さいます。島はよしやつらい所でも、鬼の栖《す》む所ではございますまい。わたくしはこれまで、どこと云って自分のいて好《い》い所と云うものがございませんでした。こん度お上で島にいろと仰ゃって下さいます。そのいろと仰ゃる所に、落ち著《つ》いていることが出来ますのが、先《ま》ず何よりも難有《ありがた》い事でございます。それにわたくしはこんなにかよわい体ではございますが、ついぞ病気をいたしたことはございませんから、島へ往《い》ってから、どんなつらい為事《しごと》をしたって、体を痛めるようなことはあるまいと存じます。それからこん度島へお遣下さるに付きまして、二百文の鳥目《ちょうもく》を戴《いただ》きました。それをここに持っております」こう云い掛けて、喜助は胸に手を当てた。遠島を仰《おお》せ附けられるものには、鳥目二百銅を遣《つかわ》すと云うのは、当時の掟《おきて》であった。

喜助は語《ことば》を続《つ》いだ。「お恥かしい事を申し上げなくてはなりませぬが、わたくしは今日《こんにち》まで二百文と云うお足《あし》を、こうして懐《ふところ》に入れて持っていたことはございませぬ。どこかで為事に取り附きたいと思って、為事を尋ねて歩きまして、それが見附かり次第、骨を惜まずに働きました。そして貰《もら》った銭は、いつも右から左へ人手に渡さなくてはなりませなんだ。それも現金で物が買って食べられる時は、わたくしの工面《くめん》の好《い》い時で、大抵は借りたものを返して、又跡《あと》を借りたのでございます。それがお牢に這入《はい》ってからは、為事をせずに食べさせて戴きます。わたくしはそればかりでも、お上に対して済まない事をいたしているようでなりませぬ。それにお牢を出る時に、この二百文を戴きましたのでございます。こうして相変わらずお上の物を食べていて見ますれば、この二百文はわたくしが使わずに持っていることが出来ます。お足を自分の物にして持っていると云うことは、わたくしに取っては、これが始《はじめ》でございます。島へ往って見ますまでは、どんな為事が出来るかわかりませんが、わたくしはこの二百文を島でする為事の本手《もとで》にしようと楽しんでおります」こう云って、喜助は口を噤《つぐ》んだ。

庄兵衛は「うん、そうかい」とは云ったが、聞く事毎《ことごと》に余り意表に出たので、これも暫く何も云うことが出来ずに、考え込んで黙っていた。

庄兵衛はかれこれ初老に手の届く年になっていて、もう女房に子供を四人生ませている。それに老母が生きているので、家は七人暮らしである。平生《へいぜい》人には吝嗇《りんしょく》と云われる程の、倹約な生活をしていて、衣類は自分が役目のために著《き》るものの外、寝巻しか拵《こしら》えぬ位にしている。しかし不幸な事には、妻を好《い》い身代の商人の家から迎えた。そこで女房は夫の貰う扶持米《ふちまい》で暮しを立てて行こうとする善意はあるが、裕《ゆたか》な家に可哀がられて育った癖があるので、夫が満足する程手元を引き締めて暮して行くことが出来ない。動《やや》もすれば月末になって勘定が足りなくなる。すると女房が内証で里から金を持って来て帳尻《ちょうじり》を合わせる。それは夫が借財と云うものを毛虫のように嫌うからである。そう云う事は所詮夫に知れずにはいない。庄兵衛は五節句だと云っては、里方から物を貰い、子供の七五三の祝だと云っては、里方から子供に衣類を貰うのでさえ、心苦しく思っているのだから、暮しの穴を塡《う》めて貰ったのに気が附いては、好い顔はしない。格別平和を破るような事のない羽田の家に、折々波風の起るのは、これが原因である。

庄兵衛は今喜助の話を聞いて、喜助の身の上をわが身の上に引き比べて見た。喜助は為事をして給料を取っても、右から左へ人手に渡して亡《な》くしてしまうと云った。いかにも哀な、気の毒な境界《きょうがい》である。しかし一転して我身の上を顧みれば、彼と我との間に、果してどれ程の差があるか。自分も上から貰う扶持米を、右から左へ人手に渡して暮しているに過ぎぬではないか。彼と我との相違は、謂《い》わば十露盤《そろばん》の桁《けた》が違っているだけで、喜助の難有がる二百文に相当する貯蓄だに、こっちはないのである。

さて桁を違えて考えて見れば、鳥目二百文をでも、喜助がそれを貯蓄と見て喜んでいるのに無理はない。その心持はこっちから察して遣ることが出来る。しかしいかに桁を違えて考えて見ても、不思議なのは喜助の慾《よく》のないこと、足ることを知っていることである。

喜助は世間で為事を見附けるのに苦んだ。それを見附けさえすれば、骨を惜まずに働いて、ようよう口を糊《のり》することの出来るだけで満足した。そこで牢に入《い》ってからは、今まで得難かった食が、殆ど天から授けられるように、働かずに得られるのに驚いて、生れてから知らぬ満足を覚えたのである。

庄兵衛はいかに桁を違えて考えて見ても、ここに彼と我との間に、大いなる懸隔のあることを知った。自分の扶持米で立てて行く暮しは、折々足らぬことがあるにしても、大抵出納《すいとう》が合っている。手一ぱいの生活である。然《しか》るにそこに満足を覚えたことは殆ど無い。常は幸《さいわい》とも不幸とも感ぜずに過している。しかし心の奥には、こうして暮していて、ふいとお役が御免になったらどうしよう、大病にでもなったらどうしようと云う疑懼《ぎく》が潜んでいて、折々妻が里方から金を取り出して来て穴塡《あなうめ》をしたことなどがわかると、この疑懼が意識の閾《しきい》の上に頭を擡《もた》げて来るのである。

一体この懸隔はどうして生じて来るだろう。只上辺《うわべ》だけを見て、それは喜助には身に係累《けいるい》がないのに、こっちにはあるからだと云ってしまえばそれまでである。しかしそれは譃《うそ》である。よしや自分が一人者であったとしても、どうも喜助のような心持にはなられそうにない。この根柢《こんてい》はもっと深い処《ところ》にあるようだと、庄兵衛は思った。

庄兵衛は只漠然と、人の一生というような事を思って見た。人は身に病《やまい》があると、この病がなかったらと思う。その日その日の食がないと、食って行かれたらと思う。万一の時に備える蓄《たくわえ》がないと、少しでも蓄があったらと思う。蓄があっても、又その蓄がもっと多かったらと思う。かくの如《ごと》くに先から先へと考えて見れば、人はどこまで往って踏み止《と》まることが出来るものやら分からない。それを今目の前で踏み止まって見せてくれるのがこの喜助だと、庄兵衛は気が附いた。

庄兵衛は今さらのように驚異の目を睜《みは》って喜助を見た。この時庄兵衛は空を仰いでいる喜助の頭から毫光《ごうこう》がさすように思った。

庄兵衛は喜助の顔をまもりつつ又、「喜助さん」と呼び掛けた。今度は「さん」と云ったが、これは十分の意識を以《もっ》て称呼を改めたわけではない。その声が我口から出て我耳に入るや否《いな》や、庄兵衛はこの称呼の不穏当なのに気が附いたが、今さら既に出た詞《ことば》を取り返すことも出来なかった。

「はい」と答えた喜助も、「さん」と呼ばれたのを不審に思うらしく、おそるおそる庄兵衛の気色を覗《うかが》った。

庄兵衛は少し間の悪いのをこらえて云った。「色々の事を聞くようだが、お前が今度島へ遣られるのは、人をあやめたからだと云う事だ。己に序《ついで》にそのわけを話して聞せてくれぬか」

喜助はひどく恐れ入った様子で、「かしこまりました」と云って、小声で話し出した。「どうも飛んだ心得違いで、恐ろしい事をいたしまして、なんとも申し上げようがございませぬ。跡で思って見ますと、どうしてあんな事が出来たかと、自分ながら不思議でなりませぬ。全く夢中でいたしましたのでございます。わたくしは小さい時に二親《ふたおや》が時疫《じえき》で亡くなりまして、弟と二人跡に残りました。初《はじめ》は丁度軒下に生れた狗《いぬ》の子にふびんを掛けるように町内の人達がお恵《めぐみ》下さいますので、近所中の走使《はしりづかい》などをいたして、飢え凍えもせずに、育ちました。次第に大きくなりまして職を捜しますにも、なるたけ二人が離れないようにいたして、一しょにいて、助け合って働きました。去年の秋の事でございます。わたくしは弟と一しょに、西陣《にしじん》の織場《おりば》に這入りまして、空引《そらびき》と云うことをいたすことになりました。そのうち弟が病気で働けなくなったのでございます。その頃わたくし共は北山の掘《ほっ》立《たて》小屋同様の所に寝起《ねおき》をいたして、紙屋川《かみやがわ》の橋を渡って織場へ通っておりましたが、わたくしが暮れてから、食物などを買って帰ると、弟は待ち受けていて、わたくしを一人で稼がせては済まない済まないと申しておりました。或《あ》る日いつものように何心なく帰って見ますと、弟は布団《ふとん》の上に突っ伏していまして、周囲《まわり》は血だらけなのでございます。わたくしはびっくりいたして、手に持っていた竹の皮包や何かを、そこへおっぽり出して、傍《そば》へ往って『どうしたどうした』と申しました。すると弟は真蒼《まっさお》な顔の、両方の頬から腮《あご》へ掛けて血に染ったのを挙げて、わたくしを見ましたが、物を言うことが出来ませぬ。息をいたす度に、創口《きずぐち》でひゅうひゅうと云う音がいたすだけでございます。わたくしにはどうも様子がわかりませんので、『どうしたのだい、血を吐いたのかい』と云って、傍へ寄ろうといたすと、弟は右の手を床《とこ》に衝《つ》いて、少し体を起しました。左の手はしっかり腮の下の所を押えていますが、その指の間から黒血の固まりがはみ出しています。弟は目でわたくしの傍へ寄るのを留めるようにして口を利《き》きました。ようよう物が言えるようになったのでございます。『済まない。どうぞ堪忍《かんにん》してくれ。どうせなおりそうにもない病気だから、早く死んで少しでも兄きに楽がさせたいと思ったのだ。笛を切ったら、すぐ死ねるだろうと思ったが息がそこから漏れるだけで死ねない。深く深くと思って、力一ぱい押し込むと、横へすべってしまった。刃は翻《こぼ》れはしなかったようだ。これを旨《うま》く抜いてくれたら己《おれ》は死ねるだろうと思っている。物を言うのがせつなくって可《い》けない。どうぞ手を借《か》して抜いてくれ』と云うのでございます。弟が左の手を弛《ゆる》めるとそこから又息が漏ります。わたくしはなんと云おうにも、声が出ませんので、黙って弟の喉《のど》の創を覗《のぞ》いて見ますと、なんでも右の手に剃刀《かみそり》を持って、横に笛を切ったが、それでは死に切れなかったので、そのまま剃刀を、剔《えぐ》るように深く突っ込んだものと見えます。柄《え》がやっと二寸ばかり創口から出ています。わたくしはそれだけの事を見て、どうしようと云う思案も附かずに、弟の顔を見ました。弟はじっとわたくしを見詰めています。わたくしはやっとの事で、『待っていてくれ、お医者を呼んで来るから』と申しました。弟は怨《うら》めしそうな目附をいたしましたが、又左の手で喉をしっかり押えて、『医者がなんになる、ああ苦しい、早く抜いてくれ、頼む』と云うのでございます。わたくしは途方に暮れたような心持になって、只弟の顔ばかり見ております。こんな時は、不思議なもので、目が物を言います。弟の目は『早くしろ、早くしろ』と云って、さも怨めしそうにわたくしを見ています。わたくしの頭の中では、なんだかこう車の輪のような物がぐるぐる廻っているようでございましたが、弟の目は恐ろしい催促を罷《や》めません。それにその目の怨めしそうなのが段々険しくなって来て、とうとう敵《かたき》の顔をでも睨《にら》むような、憎々しい目になってしまいます。それを見ていて、わたくしはとうとう、これは弟の言った通にして遣《や》らなくてはならないと思いました。わたくしは『しかたがない、抜いて遣るぞ』と申しました。すると弟の目の色がからりと変って、晴やかに、さも嬉《うれ》しそうになりました。わたくしはなんでも一と思にしなくてはと思って膝《ひざ》を撞《つ》くようにして体を前へ乗り出しました。弟は衝いていた右の手を放して、今まで喉を押えていた手の肘《ひじ》を床《とこ》に衝いて、横になりました。わたくしは剃刀の柄をしっかり握って、ずっと引きました。この時わたくしの内から締めて置いた表口の戸をあけて、近所の婆《ばあ》さんが這入って来ました。留守の間《ま》、弟に薬を飲ませたり何かしてくれるように、わたくしの頼んで置いた婆あさんなのでございます。もうだいぶ内のなかが暗くなっていましたから、わたくしには婆あさんがどれだけの事を見たのだかわかりませんでしたが、婆あさんはあっと云ったきり、表口をあけ放しにして置いて駆け出してしまいました。わたくしは剃刀を抜く時、手早く抜こう、真直《まっすぐ》に抜こうと云うだけの用心はいたしましたが、どうも抜いた時の手応《てごたえ》は、今まで切れていなかった所を切ったように思われました。刃が外の方へ向いていましたから、外の方が切れたのでございましょう。わたくしは剃刀を握ったまま、婆あさんの這入って来て又駆け出して行ったのを、ぼんやりして見ておりました。婆あさんが行ってしまってから、気が附いて弟を見ますと、弟はもう息が切れておりました。創口からは大そうな血が出ておりました。それから年寄衆がお出《いで》になって、役場へ連れて行かれますまで、わたくしは剃刀を傍に置いて、目を半分あいたまま死んでいる弟の顔を見詰めていたのでございます」

少し俯向《うつむ》き加減になって庄兵衛の顔を下から見上げて話していた喜助は、こう云ってしまって視線を膝の上に落した。

喜助の話は好く条理が立っている。殆《ほとん》ど条理が立ち過ぎていると云っても好《い》い位である。これは半年程の間、当時の事を幾度《いくたび》も思い浮べて見たのと、役場で問われ、町奉行所で調べられるその度毎に、注意に注意を加えて浚《さら》って見させられたのとのためである。

庄兵衛はその場の様子を目《ま》のあたり見るような思いをして聞いていたが、これが果して弟殺しと云うものだろうか、人殺しと云うものだろうかと云う疑《うたがい》が、話を半分聞いた時から起って来て、聞いてしまっても、その疑を解くことが出来なかった。弟は剃刀を抜いてくれたら死なれるだろうから、抜いてくれと云った。それを抜いて遣って死なせたのだ、殺したのだとは云われる。しかしそのままにして置いても、どうせ死ななくてはならぬ弟であったらしい。それが早く死にたいと云ったのは、苦しさに耐えなかったからである。喜助はその苦を見ているに忍びなかった。苦から救って遣ろうと思って命を絶った。それが罪であろうか。殺したのは罪に相違ない。しかしそれが苦から救うためであったと思うと、そこに疑が生じて、どうしても解けぬのである。

庄兵衛の心の中《うち》には、いろいろに考えて見た末に、自分より上のものの判断に任す外ないと云う念、オオトリテエに従う外ないと云う念が生じた。庄兵衛はお奉行様の判断を、そのまま自分の判断にしようと思ったのである。そうは思っても、庄兵衛はまだどこやらに腑《ふ》に落ちぬものが残っているので、なんだかお奉行様に聞いて見たくてならなかった。

次第に更《ふ》けて行く朧夜《おぼろよ》に、沈黙の人二人を載せた高瀬舟は、黒い水の面《おもて》をすべって行った。


『山椒大夫・高瀬舟　改版』

（新潮文庫）所収

南京《ナンキン》の基督《キリスト》

芥川龍之介

一

ある秋の夜半《やはん》であった。南京《ナンキン》奇望街《きぼうがい》のある家の一間《ひとま》には、色の蒼《あお》ざめた支那《しな》の少女が一人、古びた卓《テーブル》の上に頬杖《ほおづえ》をついて、盆に入れた西瓜《すいか》の種を退屈そうに噛《か》み破っていた。

卓の上には置きランプが、うす暗い光を放っていた。その光は部屋《へや》の中を明るくするというよりも、むしろ一層陰鬱《いんうつ》な効果を与えるのに力があった。壁紙の剝《は》げかかった部屋の隅《すみ》には、毛布のはみ出した籐《とう》の寝台《ねだい》が、埃臭《ほこりくさ》そうな帷《とばり》を垂らしていた。それから卓の向うには、これも古びた椅子《いす》が一脚、まるで忘れられたように置き捨ててあった。が、そのほかはどこを見ても、装飾らしい家具の類なぞは何一つ見当たらなかった。

少女はそれにもかかわらず、西瓜の種を噛みやめては、時々涼しい眼《め》を挙げて、卓の一方に面した壁をじっと眺めやることがあった。見るとなるほどその壁には、すぐ鼻の先の折れ釘《くぎ》に、小さな真鍮《しんちゅう》の十字架がつつましやかに懸《か》かっていた。そうしてその十字架の上には、稚拙な受難の基督《キリスト》が、高々と両腕をひろげながら、手ずれた浮き彫《ぼ》りの輪廓《りんかく》を影のようにぼんやり浮かべていた。少女の眼はこの耶《や》蘇《そ》を見るごとに、長い睫毛《まつげ》の後ろの寂しい色が、一瞬間どこかへ見えなくなって、その代りに無邪気な希望の光が、生き生きとよみがえっているらしかった。が、すぐにまた視線が移ると、彼女は必ず吐息を洩《も》らして、光沢《つや》のない黒繻子《くろじゅす》の上衣《うわぎ》の肩を所在なさそうに落としながら、もう一度盆の西瓜の種をぽつりぽつり噛み出すのであった。

少女の名は宋金花《そうきんか》といって、貧しい家計を助けるために、夜な夜なその部屋に客を迎える、当年十五歳の私窩子《しかし》であった。秦淮《しんわい》に多い私窩子の中には、金花ほどの容貌《ようぼう》の持ち主なら、何人でもいるのに違いなかった。が、金花ほど気立ての優しい少女が、二人とこの土地にいるかどうか、それは少なくとも疑問であった。彼女は朋輩《ほうばい》の売笑婦と違って、嘘《うそ》もつかなければ我儘《わがまま》も張らず、夜ごとに愉快そうな微笑を浮かべて、この陰鬱な部屋を訪れる、さまざまな客と戯れていた。そうして彼らの払って行く金が、稀《まれ》に約束の額より多かった時は、たった一人の父親を、一杯でもよけい好きな酒に飽かせてやることを楽しみにしていた。

こういう金花の行状は、勿論《もちろん》彼女が生まれつきにも、拠《よ》っているのに違いなかった。しかしまだそのほかに何か理由があるとしたら、それは金花が子供の時から、壁の上の十字架が示す通り、歿《な》くなった母親に教えられた、羅馬加特力教《ローマカトリックきょう》の信仰をずっと持ち続けているからであった。

――そう言えば今年《ことし》の春、上海《シャンハイ》の競馬を見物かたがた、南部支那の風光を探りに来た、若い日本の旅行家が、金花の部屋《へや》に物好きな一夜を明かしたことがあった。その時彼は葉巻を啣《くわ》えて、洋服の膝《ひざ》に軽々と小さな金花を抱いていたが、ふと壁の上の十字架を見ると、不審らしい顔をしながら、

「お前は耶蘇《やそ》教徒かい。」と、覚束《おぼつか》ない支那語で話しかけた。

「ええ、五つの時に洗礼を受けました。」

「そうしてこんな商売をしているのかい。」

彼の声にはこの瞬間、皮肉な調子が交じったようであった。が、金花は彼の腕に、鴉髻《あけい》の頭《かしら》を凭《もた》せながら、いつもの通り晴れ晴れと、糸切り歯の見える笑いを洩《も》らした。

「この商売をしなければ、阿父様《おとうさん》も私も飢《う》え死《じに》をしてしまいますから。」

「お前の父親は老人なのかい。」

「ええ――もう腰も立たないのです。」

「しかしだね、――しかしこんな稼業《かぎょう》をしていたのでは、天国に行かれないと思やしないか。」

「いいえ。」

金花はちょいと十字架を眺めながら、考え深そうな眼つきになった。

「天国にいらっしゃる基督様は、きっと私の心もちを汲《く》みとって下さると思いますから。――それでなければ基督様は姚家巷《ようかこう》の警察署のお役人も同じことですもの。」

若い日本の旅行家は微笑した。そうして上衣《うわぎ》の隠しを探ると、翡翠《ひすい》の耳環《みみわ》を一双《いっそう》出して、手ずから彼女の耳へ下げてやった。

「これはさっき日本へ土産《みやげ》に買った耳環だが、今夜の記念にお前にやるよ。」――

金花は始めて客をとった夜から、実際こういう確信に自ら安んじていたのであった。

ところがかれこれ一月《ひとつき》ばかり前から、この敬虔《けいけん》な私窩子《しかし》は不幸にも、悪性の楊梅瘡《ようばいそう》を病む体《からだ》になった。これを聞いた朋輩《ほうばい》の陳山茶《ちんさんさ》は、痛みを止めるのにいいと言って、鴉片酒《あへんしゅ》を飲むことを教えてくれた。その後《ご》またやはり朋輩の毛迎春《もうげいしゅん》は、彼女自身が服用した汞藍丸《こうらんがん》や迦路米《かろまい》の残りを、親切にもわざわざ持って来てくれた。が、金花の病はどうしたものか、客をとらずに引き籠《こ》もっていても、一向快方には向かわなかった。

するとある日陳山茶が、金花の部屋へ遊びに来た時に、こんな迷信じみた療法をもっともらしく話して聞かせた。

「あなたの病気はお客から移ったのだから、早くだれかに移し返しておしまいなさいよ。そうすればきっと二三日中に、よくなってしまうのに違いないわ。」

金花は頬杖《ほおづえ》をついたまま、浮かない顔色を改めなかった。が、山茶の言葉には多少の好奇心を動かしたと見えて、

「ほんとう?」と、軽く聞き返した。

「ええ、ほんとうだわ。私《わたし》の姉《ねえ》さんもあなたのように、どうしても病気が癒《なお》らなかったのよ。それでもお客に移し返したら、じきによくなってしまったわ。」

「そのお客はどうして?」

「お客はそれは可哀《かわい》そうよ。おかげで目までつぶれたっていうわ。」

山茶が部屋を去った後、金花は独《ひと》り壁に懸《か》けた十字架の前に跪《ひざまず》いて、受難の基督を仰ぎながら、熱心にこういう祈祷《きとう》を捧《ささ》げた。

「天国にいらっしゃる基督様。私《わたくし》は阿父様《おとうさま》を養うために、賤《いや》しい商売を致《いた》しております。しかし私の商売は、私一人を汚すほかには、だれにも迷惑はかけておりません。ですから私はこのまま死んでも、必ず天国に行かれると思っておりました。けれどもただ今の私は、お客にこの病を移さない限り、今までのような商売を致して参ることは出来ません。してみればたとい餓《う》え死《じに》をしても、――そうすればこの病も、癒るそうでございますが、――お客と一つ寝台《ねだい》に寝ないように、心がけねばなるまいと存じます。さもなければ私は、私どもの仕合せのために、怨《うら》みもない他人を不仕合せに致すことになりますから。しかしなんと申しましても、私は女でございます。いつなんどきどんな誘惑に陥らないものでもございません。天国にいらっしゃる基督様。どうか私をお守り下さいまし。私はあなたお一人のほかに、たよるもののない女でございますから。」

こう決心した宋金花は、その後山茶や迎春にいくら商売を勧められても、剛情に客をとらずにいた。また時々彼女の部屋へ、なじみの客が遊びに来ても、一しょに煙草《たばこ》でも吸い合うほかに、決して客の意に従わなかった。

「私《わたし》は恐ろしい病気を持っているのです。側《そば》へいらっしゃると、あなたにも移りますよ。」

それでも客が酔ってでもいて、無理に彼女を自由にしようとすると、金花はいつもこう言って、実際彼女の病んでいる証拠を示すことさえはばからなかった。だから客は彼女の部屋には、おいおい遊びに来ないようになった。と同時にまた彼女の家計も、一日ごとに

苦しくなって行った。……

今夜も彼女はこの卓《テーブル》に倚《よ》って、長い間ぼんやり坐《すわ》っていた。が、相変らず彼女の部屋へは、客の来るけはいも見えなかった。そのうちに夜は遠慮なく更《ふ》け渡って、彼女の耳にはいる音といっては、ただどこかで鳴いている蟋蟀《こおろぎ》の声ばかりになった。のみならず火の気のない部屋の寒さは、床に敷きつめた石の上から、次第に彼女の鼠繻子《ねずみしゅす》の靴を、その靴の中の華奢《きゃしゃ》な足を、水のように襲って来るのであった。

金花はうす暗いランプの火に、さっきからうっとり見入っていたが、やがて身震いを一つすると翡翠の輪の下がった耳を掻《か》いて、小さな欠伸《あくび》を嚙《か》み殺した。するとほとんどその途端に、ペンキ塗りの戸が勢いよく開いて、見慣れない一人の外国人が、よろめくように外からはいって来た。その勢いが烈《はげ》しかったからであろう。卓《テーブル》の上のランプの火は、ひとしきりぱっと燃え上がって、妙に赤々と煤《すす》けた光を狭い部屋《へや》の中に漲《みなぎ》らせた。客はその光をまともに浴びて、一度は卓の方へのめりかかったが、すぐにまた立ち直ると、今度は後ろへたじろいで、今し方しまったペンキ塗りの戸へ、どしりと背を凭《もた》せてしまった。

金花は思わず立ち上がって、この見慣れない外国人の姿へ、呆気《あっけ》にとられた視線を投げた。客の年ごろは三十五六でもあろうか。縞《しま》目《め》のあるらしい茶の背広に、同じ巾地《きれじ》の鳥打帽をかぶった、眼の大きい、顋髯《あごひげ》のある、頬《ほお》の日に焼けた男であった。が、ただ一つ合点《がてん》の行かないことには、外国人には違いないにしても、西洋人か東洋人か、奇体にその見分けがつかなかった。それが黒い髪の毛を帽の下からはみ出させて、火の消えたパイプを啣《くわ》えながら、戸口に立ち塞《ふさ》がっている有様は、どう見ても泥酔《でいすい》した通行人が戸まどいでもしたらしく思われるのであった。

「何か御用ですか。」

金花はやや無気味な感じに襲われながら、やはり卓の前に立ちすくんだまま、詰《なじ》るようにこう尋ねてみた。すると相手は首を振って、支那語はわからないという相図《あいず》をした。それから横啣《よこぐわ》えにしたパイプを離して、何やら意味のわからない滑《なめ》らかな外国語を一言《ひとこと》洩《も》らした。が、今度は金花の方が、卓の上のランプの光に、耳環《みみわ》の翡翠《ひすい》をちらつかせながら、首を振って見せるよりほかに仕方がなかった。

客は彼女が当惑らしく、美しい眉《まゆ》をひそめたのを見ると、突然大声に笑いながら、無造作に鳥打帽を脱ぎ離して、よろよろこちらへ歩み寄った。そうして卓の向うの椅子《いす》へ、腰が抜けたように尻《しり》を下ろした。金花はこの時この外国人の顔が、いつどこという記憶はないにしても、確かに見覚えがあるような、一種の親しみを感じ出した。客は無遠慮に盆の上の西瓜《すいか》の種をつまみながら、といってそれを嚙《か》むでもなく、じろじろ金花を眺《なが》めていたが、やがてまた妙な手真似《てまね》まじりに、何か外国語をしゃべり出した。その意味も彼女にはわからなかったが、ただこの外国人が彼女の商売に、多少の理解を持っていることは、朧《おぼろ》げながらも推測がついた。

支那語を知らない外国人と、長い一夜を明かすことも、金花には珍しいことではなかった。そこで彼女は椅子にかけると、ほとんど習慣になっている、愛想のいい微笑を見せながら、相手には全然通じない冗談などを言い始めた。が、客はその冗談がわかるのではないかと疑われるほど、一言二言《ひとことふたこと》しゃべっては、上機嫌《じょうきげん》の笑い声を挙《あ》げながら、前よりもさらに目まぐるしく、いろいろな手真似を使い出した。

客の吐く息は酒臭かった。しかしその陶然と赤くなった顔は、この索寞《さくばく》とした部屋の空気が、明るくなるかと思うほど、男らしい活力に溢《あふ》れていた。少なくともそれは金花にとっては、日ごろ見慣れている南京の同国人は言うまでもなく、今まで彼女が見たことのある、どんな東洋西洋の外国人よりも立派であった。が、それにもかかわらず、前にも一度この顔を見た覚えのあるという、さっきの感じだけはどうして、打ち消すことが出来なかった。金花は客の額に懸《か》かった、黒い捲《ま》き毛《げ》を眺めながら、気軽そうに愛嬌《あいきょう》を振り撒《ま》くうちにも、この顔に始めて遇《あ》った時の記憶を、一生懸命に喚《よ》び起こそうとした。

「この間肥《ふと》った奥さんと一しょに、画舫《がぼう》に乗っていた人かしら。いやいや、あの人は髪の色が、もっとずっと赤かった。では秦淮《しんわい》の孔子様の廟《びょう》へ、写真機を向けていた人かもしれない。しかしあの人はこのお客より、年をとっていたような心もちがする。そうそう、いつか利渉橋の側の飯館の前に、人だかりがしていると思ったら、ちょうどこのお客によく似た人が、太い籐《とう》の杖《つえ》を振り上げて、人力車夫の背中を打っていたっけ。ことによると、――が、どうもあの人の眼《め》は、もっと瞳《ひとみ》が青かったようだ。……」

　金花がこんなことを考えているうちに、相変らず愉快そうな外国人は、いつかパイプに煙草《たばこ》をつめて、匂《にお》いのいい煙を吐き出していた。それが急にまたなんとか言って、今度はおとなしくにやにや笑うと、片手の指を二本延べて、金花の眼の前へ突き出しながら、？という意味の身ぶりをした。指二本が二弗《ドル》という金額を示していることは、勿論《もちろん》だれの眼にも明らかであった。が、客を泊めない金花は、器用に西瓜の種を鳴らして、否《いや》という印《しるし》に二度ばかり、これも笑い顔を振って見せた。すると客は卓の上に横柄《おうへい》な両肘《りょうひじ》を凭《もた》せたまま、うす暗いランプの光の中に、近々と酔顔をさし延ばして、じっと彼女を見守ったが、やがてまた指を三本出して、答を待つような眼つきをした。

　金花はちょいと椅子をずらせて、西瓜の種を含んだまま、当惑らしい顔になった。客は確かに二弗の金では、彼女が体《からだ》を任せないと言ったように思っているらしかった。と言って言葉の通じない彼に、立ち入った仔細《しさい》をのみこませることは、到底出来そうにも思われなかった。そこで金花は今さらのように、彼女の軽率を後悔しながら、涼しい視線をほかへ転じて、仕方なくさらにきっぱりと、もう一度頭を振って見せた。

　ところが相手の外国人は、しばらくうす笑いを浮かべながら、ためらうような気色《けしき》を示した後、四本の指をさし延ばして、何かまた外国語をしゃべって聞かせた。途方に暮れた金花は頬《ほお》を抑《おさ》えて、微笑する気力もなくなっていたが、咄嗟《とっさ》にもうこうなった上は、いつまでも首を振り続けて、相手が思い切る時を待つほかはないと決心した。が、そう思ううちにも客の手は、何か眼に見えないものでも捉《とら》えるように、とうとう五指とも開いてしまった。

　それから二人は長い間、手真似と身ぶりとの入り交じった押し問答を続けていた。その間に客は根気よく、一本ずつ指の数を増した揚句、しまいには十弗の金を出しても、惜しくないという意気ごみを示すようになった。が、私窩子《しかし》には大金の十弗《ドル》も、金花の決心は動かせなかった。彼女はさっきから椅子《いす》を離れて、斜めに卓《テーブル》の前へ佇《たたず》んでいたが、相手が両手の指を見せると、苛立《いらだ》たしそうに足踏みして、何度も続けさまに頭を振った。その途端にどういう拍子か、釘《くぎ》に懸《か》かっていた十字架がはずれて、かすかな金属の音を立てながら、足もとの敷石の上に落ちた。

　彼女は慌《あわただ》しい手を延べて、大切な十字架を拾い上げた。その時何気なく十字架に彫られた、受難の基督の顔を見ると、不思議にもそれが卓の向うの、外国人の顔と生き写しであった。

「なんでもどこかで見たようだと思ったのは、この基督様のお顔だったのだ。」

　金花は黒繻子《くろじゅす》の上衣《うわぎ》の胸に、真鍮《しんちゅう》の十字架を押し当てたまま、卓を隔てた客の顔へ、思わず驚きの視線を投げた。客はやはりランプの光に、酒気を帯びた顔を火照《ほて》らせながら、時々パイプの煙を吐いては、意味ありげな微笑を浮かべていた。しかもその眼は彼女の姿へ、――恐らくは白い頸《くび》すじから、翡翠《ひすい》の環《わ》を下げた耳のあたりへ、絶えずさまよっているらしかった。しかしこういう客の容子《ようす》も、金花には優しい一種の威厳に、充《み》ち満ちているかのような心もちがした。

やがて客はパイプを止《や》めると、わざとらしく小首を傾けて、何やら笑い声の言葉をかけた。それが金花の心には、ほとんど巧妙な催眠術師が、被術者の耳に囁《ささや》き聞かせる、暗示のような作用を起こした。彼女はあの健気《けなげ》な決心も、全く忘れてしまったのか、そっとほほ笑《え》んだ眼を伏せて、真鍮の十字架を手まさぐりながら、この怪しい外国人の側《そば》へ、羞《は》ずかしそうに歩み寄った。

客はズボンの隠しを探って、じゃらじゃら銀の音をさせながら、依然とうす笑いを浮かべた眼に、しばらくは金花の立ち姿を好ましそうに眺めていた。が、その眼の中のうす笑いが、熱のあるような光に変わったと思うと、いきなり椅子から飛び上がって、酒の匂《にお》いのする背広の腕に、力一ぱい金花を抱きすくめた。金花はまるで喪心したように、翡翠の耳環の下がった頭をぐったりと後ろへ仰向けたまま、しかし蒼白《あおじろ》い頬《ほお》の底には、鮮《あざや》かな血の色を仄《ほの》めかせて、鼻の先に迫った彼の顔へ、恍惚《こうこつ》としたうす眼を注いでいた。この不思議な外国人に、彼女の体《からだ》を自由にさせるか、それとも病を移さないために、彼の接吻《せっぷん》を刎《は》ねつけるか、そんな思慮をめぐらす余裕は、勿《もち》論《ろん》どこにも見当たらなかった。金花は髯《ひげ》だらけな客の口に、彼女の口を任せながら、ただ燃えるような恋愛の歓喜が、始めて知った恋愛の歓喜が、激しく彼女の胸《むな》もとへ、突き上げて来るのを知るばかりであった。……………

二

数時間の後、ランプの消えた部屋《へや》の中には、ただかすかな蟋蟀《こおろぎ》の声が、寝台《ねだい》を洩《も》れる二人の寝息に、寂しい秋意を加えていた。しかしその間《ま》に金花の夢は、埃《ほこり》じみた寝台の帷《とばり》から、屋根の上にある星月夜へ、煙のように高高《たかだか》と昇《のぼ》って行った。

× × ×

――金花は紫檀《したん》の椅子に坐《すわ》って、卓の上に並んでいる、さまざまな料理に箸《はし》をつけていた。燕《つばめ》の巣、鮫《さめ》の鰭《ひれ》、蒸した卵、燻《いぶ》した鯉《こい》、豚の丸煮、海参《なまこ》の羹《あつもの》、――料理はいくら数えても、到底数え尽くされなかった。しかもその食器がことごとく、べた一面に青い蓮華《れんげ》や金の鳳凰《ほうおう》を描《か》き立てた、立派な皿《さら》小鉢《こばち》ばかりであった。

彼女の椅子の後ろには、絳紗《こうしゃ》の帷を垂《た》れた窓があって、そのまた窓の外には川があるのか、静かな水の音や櫂《かい》の音が、絶えずここまで聞こえて来た。それがどうも彼女には、幼少の時から見慣れている、秦淮《しんわい》らしい心もちがした。しかし彼女が今いる所は、確かに天国の町にある、基督の家に違いなかった。

金花は時々箸を止めて、卓の周囲を眺めまわした。が、広い部屋の中には、龍《りゅう》の彫刻のある柱だの、大輪の菊の鉢《はち》植えだのが、料理の湯気に仄《ほの》めいているほかは、一人も人影は見えなかった。

それにもかかわらず卓の上には、食器が一つからになると、たちまちどこからか新しい料理が、暖かな香気を漲《みなぎ》らせて、彼女の眼の前へ運ばれて来た。と思うとまた箸をつけないうちに、丸焼きの雉《きじ》なぞが羽搏《はばた》きをして、紹興酒《しょうこうしゅ》の瓶《びん》を倒しながら、部屋の天井へばたばたと、舞い上がってしまうこともあった。

そのうちに金花はだれか一人、音もなく彼女の椅子の後ろへ、歩み寄ったのに心づいた。そこで箸を持ったまま、そっと後ろを振り返って見た。するとそこにはどういうわけか、あると思った窓がなくて、緞子《どんす》の蒲団《ふとん》を敷いた紫檀《したん》の椅子に、見慣れない一人の外国人が、真鍮《しんちゅう》の水煙管《みずぎせる》を啣《くわ》えながら、悠悠《ゆうゆう》と腰を下ろしていた。

金花はその男を一目《ひとめ》見ると、それが今夜彼女の部屋へ、泊りに来た男だということがわかった。が、ただ一つ彼と違うことには、ちょうど三日月のような光の環《わ》が、この外国人の頭の上、一尺ばかりの空《くう》に懸《か》かっていた。

その時また金花の眼の前には、なんだか湯気の立つ大皿が一つ、まるで卓から湧《わ》いたように、突然うまそうな料理を運んで来た。彼女はすぐに箸を挙《あ》げて、皿の中の珍味を挟《はさ》もうとしたが、ふと彼女の後ろにいる外国人のことを思い出して、肩越しに彼を見返りながら、

「あなたもここへいらっしゃいませんか。」

と遠慮がましい声をかけた。

「まあ、お前だけお食べ。それを食べるとお前の病気が、今夜のうちによくなるから。」

円光を頂《いただ》いた外国人は、やはり水煙管を啣えたまま、無限の愛を含んだ微笑を洩《も》らした。

「ではあなたは召し上がらないのでございますか。」

「私かい。私は支那料理は嫌《きら》いだよ。お前はまだ私を知らないのかい。耶蘇基督《やそキリスト》はまだ一度も、支那料理を食べたことはないのだよ。」

南京の基督はこう言ったと思うと、おもむろに紫檀《したん》の椅子《いす》を離れて、呆気《あっけ》にとられた金花の頬《ほお》へ、後ろから優しい接吻《せっぷん》を与えた。

×　　×　　×

天国の夢がさめたのは、すでに秋の明け方の光が、狭い部屋中にうすら寒く拡《ひろ》がり出したころであった。が、埃臭《ほこりくさ》い帷《とばり》を垂《た》れた、小《しょう》舸《か》のような寝台《ねだい》の中には、さすがにまだ生暖かい仄《ほの》かな闇《やみ》が残っていた。そのうす暗がりに浮んでいる、半ば仰向いた金花の顔は、色もわからない古毛布に、円《まる》い括《くく》り顋《あご》を隠したまま、いまだに眠い眼《め》を開かなかった。しかも血色の悪い頬には、昨夜《ゆうべ》の汗にくっついたのか、べったり油じみた髪が乱れて、心もち明いた脣《くちびる》の隙《すき》にも、糯米《もちごめ》のように細い歯が、かすかに白々と覗《のぞ》いていた。

金花は眠りがさめた今でも、菊の花や、水の音や、雉《きじ》の丸焼きや、耶蘇基督や、そのほかいろいろな夢の記憶に、うとうと心をさまよわせていた。が、そのうちに寝台の中が、だんだん明るくなって来ると、彼女の快い夢見心にも、傍若無人《ぼうじゃくぶじん》な現実が、昨夜不思議な外国人と一しょに、この籐《とう》の寝台へ上がったことが、はっきりと意識に踏みこんで来た。

「もしあの人に病気でも移したら、――」

金花はそう考えると、急に心が暗くなって、今朝《けさ》はふたたび彼の顔を見るに堪えないような心もちがした。が、一度眼がさめた以上、なつかしい彼の日に焼けた顔をいつまでも見ずにいることは、なおさら彼女には堪えられなかった。そこでしばらくためらった後、彼女は怯《お》ず怯《お》ず眼を開いて、今はもう明るくなった寝台の中を見まわした。しかしそこには思いもよらず、毛布に蔽《おお》われた彼女のほかは、十字架の耶蘇に似た彼は勿論《もちろん》、人の影さえも見えなかった。

「ではあれも夢だったのかしら。」

垢《あか》じみた毛布を刎《は》ねのけるが早いか、金花は寝台の上に起き直った。そうして両手に眼を擦《こす》ってから、重そうに下がった帷《とばり》を掲げて、まだ渋い視線を部屋の中へ投げた。

部屋は冷やかな朝の空気に、残酷なくらい歴々と、あらゆる物の輪廓《りんかく》を描いていた。古びた卓《テーブル》、火の消えたランプ、それから一脚は床に倒れ、一脚は壁に向かっている椅子、――すべてが昨夜のままであった。そればかりか現に卓の上には、西瓜《すいか》の種の散らばった中に、小さな真鍮《しんちゅう》の十字架さえ、鈍い光を放っていた。金花は眩《まばゆ》い眼をしばたたいて、茫《ぼう》然《ぜん》とあたりを見まわしながら、しばらくは取り乱した寝台の上に、寒そうな横坐《よこずわ》りを改めなかった。

「やっぱり夢ではなかったのだ。」

金花はこう呟《つぶや》きながら、さまざまにあの外国人の不可解な行《ゆ》く方《え》を思いやった。勿論考えるまでもなく、彼は彼女が眠っている暇に、そっと部屋を抜け出して、帰ったかもしれないという気はあった。しかしあれほど彼女を愛撫《あいぶ》した彼が、一言《ひとこと》も別れを惜しまずに、行ってしまったということは、信じられないと

いうよりも、むしろ信じるに忍びなかった。その上彼女はあの怪しい外国人から、まだ約束の十弗《ドル》の金さえ、貰《もら》うことを忘れていたのであった。

「それとも本当に帰ったのかしら。」

彼女は重い胸を抱《いだ》きながら、毛布の上に脱ぎ捨てた、黒繻子《くろじゅす》の上衣《うわぎ》をひっかけようとした。が、突然その手を止めると、彼女の顔には見る見るうちに、生き生きした血の色が拡がり始めた。それはペンキ塗りの戸の向うに、あの怪しい外国人の足音でも聞えたためであろうか。あるいはまた枕《まくら》や毛布にしみた、酒臭い彼の移《うつ》り香《が》が、偶然恥ずかしい昨夜の記憶を喚《よ》びさましたためであろうか。いや、金花はこの瞬間、彼女の体《からだ》に起こった奇蹟《きせき》が、一夜のうちに跡方もなく、悪性をきわめた楊《よう》梅瘡《ばいそう》を癒《いや》したことに気づいたのであった。

「ではあの人が基督様だったのだ。」

彼女は思わず襯衣《したぎ》のまま、転《まろ》ぶように寝台を這《は》い下《お》りると、冷たい敷き石の上に跪《ひざまず》いて、再生の主《しゅ》と言葉を交《か》わした、美しいマグダラのマリアのように、熱心な祈祷《きとう》を捧《ささ》げ出した。……

三

翌年の春のある夜、宋金花を訪れた、若い日本の旅行家は、ふたたびうす暗いランプの下《もと》に、彼女と卓を挟《はさ》んでいた。

「まだ十字架がかけてあるじゃないか。」

その夜彼が何かの拍子に、ひやかすようにこういうと、金花は急に真面目《まじめ》になって、一夜南京に降《くだ》った基督が、彼女の病を癒したという、不思議な話を聞かせ始めた。

その話を聞きながら、若い日本の旅行家は、こんなことを独《ひと》り考えていた。——

「おれはその外国人を知っている。あいつは日本人と亜米利加《アメリカ》人との混血児だ。名前は確かGeorge Murryとかいったっけ。あいつはおれの知り合いの路透《ロイテル》電報局の通信員に、基督教を信じている、南京の私窩子《しかし》を一晩買って、その女がすやすや眠っている間《ま》に、そっと逃げて来たという話を得意らしく話したそうだ。おれがこの前に来た時には、ちょうどあいつもおれと同じ上海のホテルに泊っていたから、顔だけは今でも覚えている。なんでもやはり英字新聞の通信員だと称していたが、男振りに似合わない、人の悪るそうな人間だった。あいつがその後《ご》悪性な梅毒から、とうとう発狂してしまったのは、ことによるとこの女の病気が伝染したのかもしれない。しかしこの女は今になっても、ああいう無頼《ぶらい》な混血児を耶蘇基督だと思っている。おれは一体この女のために、蒙《もう》を啓《ひら》いてやるべきであろうか。それとも黙って永久に、昔の西洋の伝説のような夢を見させておくべきだろうか……。」

金花の話が終わった時、彼は思い出したように燐寸《マッチ》を擦《す》って、匂《にお》いの高い葉巻をふかし出した。そうしてわざと熱心そうに、こんな窮した質問をした。

「そうかい。それは不思議だな。だが、——だがお前は、その後一度も煩わないかい。」

「ええ、一度も。」

金花は西瓜《すいか》の種を噛《か》じりながら、晴れ晴れと顔を輝かせて、少しもためらわずに返事をした。

本篇《ほんぺん》を草するに当たり、谷崎《たにざき》潤一郎氏作「秦淮の一夜」に負うところ尠《すくな》からず。附記して感謝の意を表す。

（大正九年六月二十二日）

『羅生門　蜘蛛の糸　杜子春　外十八篇』
（文春文庫）所収

伊豆の踊子

川端康成

一

道がつづら折りになって、いよいよ天城《あまぎ》峠《とうげ》に近づいたと思う頃《ころ》、雨脚《あまあし》が杉《すぎ》の密林を白く染めながら、すさまじい早さで麓《ふもと》から私を追って来た。

私は二十歳《さい》、高等学校の制帽《せいぼう》をかぶり、紺《こん》飛白《がすり》の着物に袴《はかま》をはき、学生カバンを肩《かた》にかけていた。一人伊豆の旅に出てから四日目のことだった。修善寺《しゅぜんじ》温泉に一夜泊《とま》り、湯ヶ島温泉に二夜泊り、そして朴歯《ほおば》の高下駄《たかげた》で天城を登って来たのだった。重なり合った山々や原生林や深い渓谷《けいこく》の秋に見惚《みと》れながらも、私は一つの期待に胸をときめかして道を急いでいるのだった。そのうちに大粒《おおつぶ》の雨が私を打ち始めた。折れ曲った急な坂道を駈《か》け登った。ようやく峠の北口の茶屋に辿《たど》りついてほっとすると同時に、私はその入口で立ちすくんでしまった。余りに期待がみごとに的中したからである。そこで旅芸人の一行が休んでいたのだ。

突っ立っている私を見た踊子《おどりこ》が直ぐに自分の座蒲団《ざぶとん》を外して、裏返しに傍《そば》へ置いた。

「ええ……。」とだけ言って、私はその上に腰《こし》を下した。坂道を走った息切れと驚《おどろ》きとで、「ありがとう」という言葉が咽《のど》にひっかかって出なかったのだ。

踊子と真近に向い合ったので、私はあわてて袂《たもと》から煙草《たばこ》を取り出した。踊子がまた連れの女の前の煙草盆《ぼん》を引き寄せて私に近くしてくれた。やっぱり私は黙《だま》っていた。

踊子は十七くらいに見えた。私には分らない古風の不思議な形に大きく髪《かみ》を結《ゆ》っていた。それが卵形の凛々《りり》しい顔を非常に小さく見せながらも、美しく調和していた。髪を豊かに誇張《こちょう》して描いた、稗史《はいし》的な娘《むすめ》の絵姿のような感じだった。踊子の連れは四十代の女が一人、若い女が二人、ほかに長岡温泉の宿屋の印半《しるしばん》纏《てん》を着た二十五六の男がいた。

私はそれまでにこの踊子たちを二度見ているのだった。最初は私が湯ヶ島へ来る途中《とちゅう》、修善寺へ行く彼女たちと湯川橋の近くで出会った。その時は若い女が三人だったが、踊子は太鼓《たいこ》を提《さ》げていた。私は振《ふ》り返り振り返り眺《なが》めて、旅情が自分の身についたと思った。それから、湯ヶ島の二日目の夜、宿屋へ流して来た。踊子が玄関《げんかん》の板敷《いたじき》で踊るのを、私は梯子《はしご》段の中途に腰を下して一心に見ていた。——あの日が修善寺で今夜が湯ヶ島なら、明日は天城を南に越えて湯ヶ野温泉へ行くのだろう。天城七里の山道できっと追いつけるだろう。そう空想して道を急いで来たのだったが、雨宿りの茶屋でぴったり落ち合ったものだから、私はどぎまぎしてしまったのだ。

間もなく、茶店の婆《ばあ》さんが私を別の部屋へ案内してくれた。平常用はないらしく戸障子がなかった。下を覗《のぞ》くと美しい谷が目の届かない程《ほど》深かった。私は肌《はだ》に粟粒《あわつぶ》を拵《こしら》え、かちかちと歯を鳴らして身顫《みぶる》いした。茶を入れに来た婆さんに、寒いと言うと、

「おや、旦那《だんな》様お濡《ぬ》れになってるじゃございませんか。こちらで暫《しばら》くおあたりなさいまし、さあ、お召物《めしもの》をお乾《かわ》かしなさいまし」と、手を取るようにして、自分たちの居間へ誘《さそ》ってくれた。

その部屋は炉《ろ》が切ってあって、障子を明けると強い火気が流れて来た。私は敷居際《ぎわ》に立って躊躇《ちゅうちょ》した。水死人のように全身蒼《あお》ぶくれの爺《じい》さんが炉端《ろばた》にあぐらをかいているのだ。瞳《ひとみ》まで黄色く腐《くさ》ったような眼を物憂《ものう》げに私の方へ向けた。身の周りに古手紙や紙袋《かみぶくろ》の山を築いて、その紙屑《かみくず》のなかに埋《う》もれていると言ってもよかった。到底生物《とうていいきもの》と思えない山の怪《かい》奇《き》を眺めたまま、私は棒立ちになっていた。

「こんなお恥《はず》かしい姿をお見せいたしまして……。でも、うちのじじいでございますから御心配なさいますな。お見苦しくても、動けないのでございますから、このままで堪忍《かんにん》してやって下さいまし」

　そう断わってから、婆さんが話したところによると、爺さんは長年中風を患《わずら》って、全身が不随《ふずい》になってしまっているのだそうだ。紙の山は、諸国から中風の養生を教えて来た手紙や、諸国から取り寄せた中風の薬の袋なのである。爺さんは峠を越《こ》える旅人から聞いたり、新聞の広告を見たりすると、その一つをも洩《も》らさずに、全国から中風の療法《りょうほう》を聞き、売薬を求めたのだそうだ。そして、それらの手紙や紙袋を一つも捨てずに身の周りに置いて眺めながら暮して来たのだそうだ。長年の間にそれが古ぼけた反古《ほご》の山を築いたのだそうだ。

　私は婆さんに答える言葉もなく、囲炉裏《いろり》の上にうつむいていた。山を越える自動車が家を揺《ゆ》すぶった。秋でもこんなに寒い、そして間もなく雪に染まる峠を、なぜこの爺さんは下りないのだろうと考えていた。私の着物から湯気が立って、頭が痛む程火が強かった。婆さんは店に出て旅芸人の女と話していた。

「そうかねえ。この前連れていた子がもうこんなになったのかい。いい娘《あんこ》になって、お前さんも結構だよ。こんなに綺麗《きれい》になったのかねえ。女の子は早いもんだよ」

　小一時間経《た》つと、旅芸人たちが出立《いでた》つらしい物音が聞えて来た。私も落着いている場合ではないのだが、胸騒《むなさわ》ぎするばかりで立ち上る勇気が出なかった。旅馴《な》れたと言っても女の足だから、十町や二十町後《おく》れたって一走りに追いつけると思いながら、炉の傍でいらいらしていた。しかし踊子たちが傍にいなくなると、却《かえ》って私の空想は解き放たれたように生き生きと踊り始めた。彼等を送り出して来た婆さんに聞いた。

「あの芸人は今夜どこで泊るんでしょう」

「あんな者、どこで泊るやら分るものでございますか、旦那様。お客があればあり次第、どこにだって泊るんでございますよ。今夜の宿のあてなんぞございますものか」

　甚《はなは》だしい軽蔑《けいべつ》を含《ふく》んだ婆さんの言葉が、それならば、踊子を今夜は私の部屋に泊らせるのだ、と思った程私を煽《あお》り立てた。

　雨脚が細くなって、峰《みね》が明るんで来た。もう十分も待てば綺麗《きれい》に晴れ上ると、しきりに引き止められたけれども、じっと坐《すわ》っていられなかった。

「お爺さん、お大事になさいよ。寒くなりますからね」と、私は心から言って立ち上った。爺さんは黄色い眼を重そうに動かして微《かす》かにうなずいた。

「旦那さま、旦那さま」と叫《さけ》びながら婆さんが追っかけて来た。

「こんなに戴《いただ》いては勿体《もったい》のうございます。申訳ございません」

　そして私のカバンを抱《だ》きかかえて渡《わた》そうとせずに、幾《いく》ら断わってもその辺まで送ると言って承知しなかった。一町ばかりもちょこちょこついて来て、同じことを繰《く》り返していた。

「勿体のうございます。お粗末《そまつ》いたしました。お顔をよく覚えて居ります。今度お通りの時にお礼をいたします。この次もきっとお立ち寄り下さいまし。お忘れはいたしません」

　私は五十銭銀貨を一枚置いただけだったので、痛く驚いて涙《なみだ》がこぼれそうに感じているのだったが、踊子に早く追いつきたいものだから、婆さんのよろよろした足取りが迷惑《めいわく》でもあった。とうとう峠のトンネルまで来てしまった。

「どうも有難《ありがと》う。お爺さんが一人だから帰って上げて下さい」と私が言うと、婆さんはやっとのことでカバンを離《はな》した。

　暗いトンネルに入ると、冷たい雫《しずく》がぽたぽた落ちていた。南伊豆への出口が前方に小さく明るんでいた。

二

トンネルの出口から白塗《しろぬ》りの柵《さく》に片側を縫《ぬ》われた峠道が稲妻《いなずま》のように流れていた。この模型のような展望の裾《すそ》の方に芸人達の姿が見えた。六町と行かないうちに私は彼等の一行に追いついた。しかし急に歩調を緩《ゆる》めることも出来ないので、私は冷淡《れいたん》な風に女達を追い越してしまった。十間程先きに一人歩いていた男が私を見ると立ち止った。

「お足が早いですね。——いい塩梅《あんばい》に晴れました」

私はほっとして男と並んで歩き始めた。男は次ぎ次ぎにいろんなことを私に聞いた。二人が話し出したのを見て、うしろから女たちがばたばた走り寄って来た。

男は大きい柳行李《やなぎごうり》を背負っていた。四十女は小犬を抱いていた。上の娘が風呂敷包、中の娘が柳行李、それぞれ大きい荷物を持っていた。踊子は太鼓とその枠《わく》を負うていた。四十女もぽつぽつ私に話しかけた。

「高等学校の学生さんよ」と、上の娘が踊子に囁《ささや》いた。私が振り返ると笑いながら言った。

「そうでしょう。それくらいのことは知っています。島へ学生さんが来ますもの」

一行は大島の波浮《はぶ》の港の人達だった。春に島を出てから旅を続けているのだが、寒くなるし、冬の用意はして来ないので、下田に十日程いて伊東温泉から島へ帰るのだと言った。大島と聞くと私は一層詩を感じて、また踊子の美しい髪を眺めた。大島のことをいろいろ訊《たず》ねた。

「学生さんが沢山《たくさん》泳ぎに来るね」と踊子が連れの女に言った。

「夏でしょう」と、私が振り向くと、踊子はどぎまぎして、

「冬でも……」と、小声で答えたように思われた。

「冬でも？」

踊子はやはり連れの女を見て笑った。

「冬でも泳げるんですか」と、私がもう一度言うと、踊子は赤くなって、非常に真面目《まじめ》な顔をしながら軽くうなずいた。

「馬鹿だ。この子は」と、四十女が笑った。

湯ヶ野までは河津川の渓谷に沿うて三里余りの下りだった。峠を越えてからは、山や空の色までが南国らしく感じられた。私と男とは絶えず話し続けて、すっかり親しくなった。荻乗《おぎのり》や梨本なぞの小さい村里を過ぎて、湯ヶ野の藁《わら》屋根が麓に見えるようになった頃、私は下田まで一緒《いっしょ》に旅をしたいと思い切って言った。彼は大変喜んだ。

湯ヶ野の木賃宿の前で四十女が、ではお別れ、という顔をした時に、彼は言ってくれた。

「この方はお連れになりたいとおっしゃるんだよ」

「それは、それは。旅は道連れ、世は情。私たちのようなつまらない者でも、御退屈《たいくつ》しのぎにはなりますよ。まあ上ってお休みなさいまし」と無造作に答えた。娘達は一時《いちどき》に私を見たが、至極なんでもないという顔で黙って、少し羞《はず》かしそうに私を眺めていた。

皆と一緒に宿屋の二階へ上って荷物を下した。畳や襖《ふすま》も古びて汚《きた》なかった。踊子が下から茶を運んで来た。私の前に坐ると、真紅《まっか》になりながら手をぶるぶる顫わせるので茶碗《ちゃわん》が茶托《ちゃたく》から落ちかかり、落すまいと畳《たたみ》に置く拍《ひょう》子《し》に茶をこぼしてしまった。余りにひどいはにかみようなので、私はあっけにとられた。

「まあ！ 厭《いや》らしい。この子は色気づいたんだよ。あれあれ……」と、四十女が呆《あき》れ果てたという風に眉《まゆ》をひそめて手拭《てぬぐい》を投げた。踊子はそれを拾って、窮屈《きゅうくつ》そうに畳を拭《ふ》いた。

この意外な言葉で、私はふと自分を省《かえり》みた。峠の婆さんに煽り立てられた空想がぽきんと折れるのを感じた。

そのうちに突然《とつぜん》四十女が、

「書生さんの紺飛白はほんとにいいねえ」と言って、しげしげ私を眺めた。

「この方の飛白は民次と同じ柄《がら》だね。ね、そ

うだね。同じ柄じゃないかね」傍の女に幾度も駄目を押してから私に言った。

「国に学校行きの子供を残してあるんですが、その子を今思い出しましてね。その子の飛白と同じなんですもの。この節は紺飛白もお高くてほんとに困ってしまう」

「どこの学校です」

「尋常《じんじょう》五年なんです」

「へえ、尋常五年とはどうも……」

「甲府の学校へ行ってるんでございますよ。長く大島に居りますけれど、国は甲斐《かい》の甲府でございましてね」

一時間程休んでから、男が私を別の温泉宿へ案内してくれた。それまでは私も芸人達と同じ木賃宿に泊ることとばかり思っていたのだった。私達は街道から石ころ路《みち》や石段を一町ばかり下りて、小川のほとりにある共同湯の横の橋を渡った。橋の向うは温泉宿の庭だった。

そこの内湯につかっていると、後から男がはいって来た。自分が二十四になることや、女房《にょうぼう》が二度とも流産と早産とで子供を死なせたことなぞを話した。彼は長岡温泉の印半纏《しるしばんてん》を着ているので、長岡の人間だと私は思っていたのだった。また顔付も話振りも相当知識的なところから、物好きか芸人の娘に惚《ほ》れたかで、荷物を持ってやりながらついて来ているのだと想像していた。

湯から上ると私は直ぐに昼飯を食べた。湯ヶ島を朝の八時に出たのだったが、その時はまだ三時前だった。

男が帰りがけに、庭から私を見上げて挨拶《あいさつ》をした。

「これで柿でもおあがりなさい。二階から失礼」と言って、私は金包みを投げた。男は断わって行き過ぎようとしたが、庭に紙包みが落ちたままなので、引き返してそれを拾うと、

「こんなことをなさっちゃいけません」と抛《ほう》り上げた。それが藁屋根の上に落ちた。私がもう一度投げると、男は持って帰った。

夕暮からひどい雨になった。山々の姿が遠近を失って白く染まり、前の小川が見る見る黄色く濁《にご》って音を高めた。こんな雨では踊子達が流して来ることもあるまいと思いながら、私はじっと坐っていられないので二度も三度も湯にはいってみたりしていた。部屋は薄暗《うすぐら》かった。隣室《りんしつ》との間の襖を四角く切り抜《ぬ》いたところに鴨居《かもい》から電燈が下っていて、一つの明りが二室兼用《けんよう》になっているのだった。

とんとんとんとん、激しい雨の音の遠くに太鼓の響《ひび》きが微かに生れた。私は搔《か》き破るように雨戸を明けて体を乗り出した。太鼓の音が近づいて来るようだ。雨風が私の頭を叩《たた》いた。私は眼を閉じて耳を澄《す》ましながら、太鼓がどこをどう歩いてここへ来るかを知ろうとした。間もなく三味線《しゃみせん》の音が聞えた。女の長い叫び声が聞えた。賑《にぎや》かな笑い声が聞えた。そして芸人達は木賃宿と向い合った料理屋のお座敷に呼ばれているのだと分った。二三人の女の声と三四人の男の声とが聞き分けられた。そこがすめばこちらへ流して来るのだろうと待っていた。しかしその酒宴《しゅえん》は陽気を越えて馬鹿騒ぎになって行くらしい。女の金切声が時々稲妻のように闇夜《やみよ》に鋭《するど》く通った。私は神経を尖《とが》らせて、いつまでも戸を明けたままじっと坐っていた。太鼓の音が聞える度《たび》に胸がほうと明るんだ。

「ああ、踊子《おどりこ》はまだ宴席に坐っていたのだ。坐って太鼓を打っているのだ」

太鼓が止《や》むとたまらなかった。雨の音の底に私は沈《しず》み込《こ》んでしまった。

やがて、皆が追っかけっこをしているのか、踊り廻っているのか、乱れた足音が暫《しばら》く続いた。そして、ぴたと静まり返ってしまった。私は眼を光らせた。この静けさが何であるかを闇を通して見ようとした。踊子の今夜が汚れるのであろうかと悩《なや》ましかった。

雨戸を閉じて床《とこ》にはいっても胸が苦しかった。また湯にはいった。湯を荒々《あらあら》しく搔き廻《まわ》した。雨が上って、月が出た。雨に洗われた

秋の夜が冴《さ》え冴《ざ》えと明るんだ。跣《はだし》で湯殿《ゆどの》を抜け出して行ったって、どうとも出来ないのだと思った。二時を過ぎていた。

三

翌《あく》る朝の九時過ぎに、もう男が私の宿に訪ねて来た。起きたばかりの私は彼を誘《さそ》って湯に行った。美しく晴れ渡《わた》った南伊豆の小春日《び》和《より》で、水かさの増した小川が湯殿の下に暖かく日を受けていた。自分にも昨夜の悩ましさが夢のように感じられるのだったが、私は男に言ってみた。

「昨夜は大分遅《おそ》くまで賑かでしたね」

「なあに。聞えましたか」

「聞えましたとも」

「この土地の人なんですよ。土地の人は馬鹿騒ぎをするばかりで、どうも面白くありません」

彼が余りに何げない風なので、私は黙《だま》ってしまった。

「向うのお湯にあいつらが来ています。――ほれ、こちらを見つけたと見えて笑っていやがる」

彼に指ざされて、私は川向うの共同湯の方を見た。湯気の中に七八人の裸体《らたい》がぼんやり浮《うか》んでいた。

仄暗《ほのぐら》い湯殿の奥《おく》から、突然裸《はだか》の女が走り出して来たかと思うと、脱衣場《だついじょう》の突鼻《とっぱな》に川岸へ飛び下りそうな恰好《かっこう》で立ち、両手を一ぱいに伸《のば》して何か叫んでいる。手拭もない真裸だ。それが踊子だった。若桐《わかぎり》のように足のよく伸びた白い裸身を眺《なが》めて、私は心に清水を感じ、ほうっと深い息を吐いてから、ことこと笑った。子供なんだ。私達を見つけた喜びで真裸のまま日の光の中に飛び出し、爪先《つまさ》きで背一ぱいに伸び上る程《ほど》に子供なんだ。私は朗《ほが》らかな喜びでことことと笑い続けた。頭が拭われたように澄んで来た。微笑《びしょう》がいつまでもとまらなかった。

踊子の髪《かみ》が豊か過ぎるので、十七八に見えていたのだ。その上娘盛《ざか》りのように装《よそお》わせてあるので、私はとんでもない思い違《ちが》いをしていたのだ。

男と一緒に私の部屋に帰っていると、間もなく上の娘が宿の庭へ来て菊畑を見ていた。踊子が橋を半分程渡っていた。四十女が共同湯を出て二人の方を見た。踊子はきゅっと肩《かた》をつぼめながら、叱られるから帰ります、という風に笑って見せて急ぎ足に引き返した。四十女が橋まで来て声を掛けた。

「お遊びにいらっしゃいまし」

「お遊びにいらっしゃいまし」

上の娘も同じことを言って、女達は帰って行った。男はとうとう夕方まで坐《すわ》り込んでいた。

夜、紙類を卸《おろ》して廻る行商人と碁《ご》を打っていると、宿の庭に突然太鼓《たいこ》の音が聞えた。私は立ち上ろうとした。

「流しが来ました」

「ううん、つまらない、あんなもの。さ、さ、あなたの手ですよ。私ここへ打ちました」と、碁盤《ごばん》を突《つ》つきながら紙屋は勝負に夢中だった。私はそわそわしているうちに芸人達はもう帰り路らしく、男が庭から、

「今晩は」と声を掛けた。

私は廊下《ろうか》に出て手招きした。芸人達は庭で一寸《ちょっと》囁《ささや》き合ってから玄関《げんかん》へ廻った。男の後から娘《むすめ》が三人順々に、

「今晩は」と、廊下に手を突いて芸者のようにお辞儀《じぎ》をした。碁盤の上では急に私の負色が見え出した。

「これじゃ仕方がありません。投げですよ」

「そんなことがあるもんですか。私の方が悪いでしょう。どっちにしても細かいです」

紙屋は芸人の方を見向きもせずに、碁盤の目を一つ一つ数えてから、増々注意深く打って行った。女達は太鼓や三味線を部屋の隅《すみ》に片づけると、将棋《しょうぎ》盤の上で五目並べを始めた。そのうちに私は勝っていた碁を負けてしまったのだが、紙屋は、

「いかがですもう一石、もう一石願いましょう」と、しつっこくせがんだ。しかし私が意味もなく笑っているばかりなので紙屋はあきらめて立ち上った。

娘たちが碁盤の近くへ出て来た。

「今夜はまだこれからどこかへ廻るんですか」

「廻るんですが」と、男は娘達の方を見た。

「どうしよう。今夜はもう止《よ》しにして遊ばせていただくか」

「嬉《うれ》しいね。嬉しいね」

「叱られやしませんか」

「なあに、それに歩いたってどうせお客がないんです」

そして五目並べなぞをしながら、十二時過ぎまで遊んで行った。

踊子が帰った後は、とても眠《ねむ》れそうもなく頭が冴え冴えしているので、私は廊下に出て呼んでみた。

「紙屋さん、紙屋さん」

「よう……」と、六十近い爺《じい》さんが部屋から飛び出し、勇み立って言った。

「今晩は徹夜《てつや》ですぞ。打ち明すんですぞ」

私もまた非常に好戦的な気持だった。

四

その次の朝八時が湯ヶ野出立《しゅったつ》の約束だった。私は共同湯の横で買った鳥打帽《とりうちぼう》をかぶり、高等学校の制帽をカバンの奥に押《お》し込んでしまって、街道《かいどう》沿いの木賃宿へ行った。二階の戸障子がすっかり明け放たれているので、なんの気なしに上って行くと、芸人達はまだ床の中にいるのだった。私は面喰《めんくら》って廊下に突っ立っていた。

私の足もとの寝床で、踊子が真赤になりながら両の掌ではたと顔を抑《おさ》えてしまった。彼女は中の娘と一つの床に寝《ね》ていた。昨夜の濃《こ》い化粧《けしょう》が残っていた。唇と眦《まなじり》の紅が少しにじんでいた。この情緒《じょうちょ》的な寝姿が私の胸を染めた。彼女は眩《まぶ》しそうにくるりと寝返りして、掌で顔を隠《かく》したまま蒲団《ふとん》を辷《すべ》り出ると、廊下に坐り、

「昨晩はありがとうございました」と、綺麗《きれい》なお辞儀をして、立ったままの私をまごつかせた。

男は上の娘と同じ床に寝ていた。それを見るまで私は、二人が夫婦であることをちっとも知らなかったのだった。

「大変すみませんのですよ。今日立つつもりでしたけれど、今晩お座敷《ざしき》がありそうでございますから、私達は一日延ばしてみることにいたしました。どうしても今日お立ちになるなら、また下田でお目にかかりますわ。私達は甲州屋という宿屋にきめて居りますから、直ぐお分りになります」と四十女が寝床から半ば起き上って言った。私は突っ放されたように感じた。

「明日にしていただけませんか。おふくろが一日延ばすって承知しないもんですからね。道連れのある方がよろしいですよ。明日一緒に参りましょう」と男が言うと、四十女も附け加えた。

「そうなさいましよ。折角お連れになっていただいて、こんな我儘《わがまま》を申しちゃすみませんけれど——。明日は槍《やり》が降っても立ちます。明後日が旅で死んだ赤坊の四十九日でございましてね、四十九日には心ばかりのことを、下田でしてやりたいと前々から思って、その日までに下田へ行けるように旅を急いだのでございますよ。そんなこと申しちゃ失礼ですけれど、不思議な御縁《ごえん》ですもの、明後日はちょっと拝んでやって下さいましな」

そこで私は出立を延ばすことにして階下へ下りた。皆が起きて来るのを待ちながら、汚《きたな》い帳場で宿の者と話していると、男が散歩に誘った。街道を少し南へ行くと綺麗な橋があった。橋の欄干《らんかん》によりかかって、彼はまた身

上話を始めた。東京である新派役者の群に暫く加わっていたとのことだった。今でも時々大島の港で芝居《しばい》をするのだそうだ。彼等の荷物の風呂敷から刀の鞘《さや》が足のように食《は》み出していたのだったが、お座敷でも芝居の真似《まね》をして見せるのだと言った。柳行李《やなぎごうり》の中はその衣裳《いしょう》や鍋《なべ》茶碗なぞの世帯道具なのである。

「私は身を誤った果てに落ちぶれてしまいましたが、兄が甲府で立派に家の後目を立てていてくれます。だから私はまあいらない体なんです」

「私はあなたが長岡温泉の人だとばかり思っていましたよ」

「そうでしたか。あの上の娘が女房《にょうぼう》ですよ。あなたより一つ下、十九でしてね、旅の空で二度目の子供を早産しちまって、子供は一週間ほどして息が絶えるし、女房はまだ体がしっかりしないんです。あの婆《ばあ》さんは女房の実のおふくろなんです。踊子は私の実の妹ですが」

「へえ。十四になる妹があるっていうのは……」

「あいつですよ。妹にだけはこんなことをさせたくないと思いつめていますが、そこにはまたいろんな事情がありましてね」

　それから、自分が栄吉、女房が千代子、妹が薫《かおる》ということなぞを教えてくれた。もう一人の百合子《ゆりこ》という十七の娘だけが大島生れで雇《やと》いだとのことだった。栄吉はひどく感傷的になって泣き出しそうな顔をしながら河瀬を見つめていた。

　引き返して来ると、白粉《おしろい》を洗い落した踊子が路《みち》ばたにうずくまって犬の頭を撫《な》でていた。私は自分の宿に帰ろうとして言った。

「遊びにいらっしゃい」

「ええ。でも一人では……」

「だから兄さんと」

「直ぐに行きます」

　間もなく栄吉が私の宿へ来た。

「皆は？」

「女どもはおふくろがやかましいので」

　しかし、二人が暫《しばら》く五目並べをやっていると、女たちが橋を渡ってどんどん二階へ上って来た。いつものように丁寧《ていねい》なお辞儀をして廊下に坐ったままためらっていたが、一番に千代子が立ち上った。

「これは私の部屋よ。さあどうぞ御遠慮《えんりょ》なしにお通り下さい」

　一時間程遊んで芸人達はこの宿の内湯へ行った。一緒《いっしょ》にはいろうとしきりに誘われたが、若い女が三人もいるので、私は後から行くとごまかしてしまった。すると踊子が一人直ぐに上って来た。

「肩を流してあげますからいらっしゃいませって、姉さんが」と、千代子の言葉を伝えた。

　湯には行かずに、私は踊子と五目を並べた。彼女は不思議に強かった。勝継《かちつぎ》をやると、栄吉や他の女は造作なく負けるのだった。五目では大抵の人に勝つ私が力一杯《いっぱい》だった。わざと甘《あま》い石を打ってやらなくともいいのが気持よかった。二人きりだから、初めのうち彼女は遠くの方から手を伸して石を下していたが、だんだん我を忘れて一心に碁盤の上へ覆《おお》いかぶさって来た。不自然な程美しい黒髪が私の胸に触《ふ》れそうになった。突然《とつぜん》、ぱっと紅《あか》くなって、

「御免《ごめん》なさい。叱られる」と石を投げ出したまま飛び出して行った。共同湯の前におふくろが立っていたのである。千代子と百合子もあわてて湯から上ると、二階へは上って来ずに逃《に》げて帰った。

　この日も、栄吉は朝から夕方まで私の宿に遊んでいた。純朴《じゅんぼく》で親切らしい宿のおかみさんが、あんな者に御飯を出すのは勿体《もったい》ないと言って、私に忠告した。

　夜、私が木賃宿に出向いて行くと、踊子《おどりこ》はおふくろに三味線を習っているところだった。私を見ると止《や》めてしまったが、おふくろの言葉でまた三味線を抱《だ》き上げた。歌う声が少し高くなる度に、おふくろが言った。

「声を出しちゃいけないって言うのに」

　栄吉は向い側の料理屋の二階座敷に呼ばれ

て何か唸《うな》っているのが、こちらから見えた。

「あれはなんです」

「あれ――謡《うたい》ですよ」

「謡は変だな」

「八百屋だから何をやり出すか分りゃしません」

そこへこの木賃宿の間を借りて鳥屋をしているという四十前後の男が襖《ふすま》を明けて、御馳《ご ち》走《そう》をすると娘達を呼んだ。踊子は百合子と一緒に箸《はし》を持って隣《とな》りの間へ行き、鳥屋が食べ荒《あら》した後の鳥鍋をつついていた。こちらの部屋へ一緒に立って来る途中《とちゅう》で、鳥屋が踊子の肩を軽く叩《たた》いた。おふくろが恐《おそ》ろしい顔をした。

「こら。この子に触《さわ》っておくれでないよ。生《き》娘《むすめ》なんだからね」

踊子はおじさんおじさんと言いながら、鳥屋に「水戸黄門漫遊記《まんゆうき》」を読んでくれと頼《たの》んだ。しかし鳥屋はすぐに立って行った。続きを読んでくれと私に直接言えないので、おふくろから頼んで欲《ほ》しいようなことを、踊子がしきりに言った。私は一つの期待を持って講談本を取り上げた。果して踊子がするすると近寄って来た。私が読み出すと、彼女は私の肩《かた》に触る程《ほど》に顔を寄せて真剣《しんけん》な表情をしながら、眼をきらきら輝《かがや》かせて一心に私の額をみつめ、瞬《またた》き一つしなかった。これは彼女が本を読んで貰《もら》う時の癖《くせ》らしかった。さっきも鳥屋と殆《ほとん》ど顔を重ねていた。私はそれを見ていたのだった。この美しく光る黒眼がちの大きい眼は踊子の一番美しい持ちものだった。二重瞼《ふたえまぶた》の線が言いようなく綺麗だった。それから彼女は花のように笑うのだった。花のように笑うと言う言葉が彼女にはほんとうだった。

間もなく、料理屋の女中が踊子を迎《むか》えに来た。踊子は衣裳をつけて私に言った。

「直《す》ぐ戻《もど》って来ますから、待っていて続きを読んで下さいね」

それから廊下に出て手を突《つ》いた。

「行って参ります」

「決して歌うんじゃないよ」とおふくろが言うと、彼女は太鼓《たいこ》を提《さ》げて軽くうなずいた。おふくろは私を振《ふ》り向いた。

「今ちょうど声変りなんですから……」

踊子は料理屋の二階にきちんと坐《すわ》って太鼓を打っていた。その後姿が隣り座敷のことのように見えた。太鼓の音は私の心を晴れやかに踊らせた。

「太鼓がはいると御座敷が浮《う》き立ちますね」とおふくろも向うを見た。

千代子も百合子も同じ座敷へ行った。

一時間ほどすると四人一緒に帰って来た。

「これだけ……」と、踊子は握《にぎ》り拳《こぶし》からおふくろの掌《てのひら》へ五十銭銀貨をざらざら落した。私はまた暫く「水戸黄門漫遊記」を口読した。彼等はまた旅で死んだ子供の話をした。水のように透《す》き通った赤坊が生れたのだそうである。泣く力もなかったが、それでも一週間息があったそうである。

好奇心《こうきしん》もなく、軽蔑《けいべつ》も含《ふく》まない、彼等が旅芸人という種類の人間であることを忘れてしまったような、私の尋常《じんじょう》な好意は、彼等の胸にも沁《し》み込《こ》んで行くらしかった。私はいつの間にか大島の彼等の家へ行くことにきまってしまっていた。

「爺さんのいる家ならいいね。あすこなら広いし、爺さんを追い出しとけば静かだから、いつまでいなさってもいいし、勉強もお出来なさるし」なぞと彼等同士で話し合っては私に言った。

「小さい家を二つ持って居りましてね、山の方の家は明いているようなものですもの」

また正月には私が手伝ってやって、波浮の港で皆が芝居をすることになっていた。

彼等の旅心は、最初私が考えていた程世智《せち》辛《がら》いものでなく、野の匂《にお》いを失わないのんきなものであることも、私に分って来た。親子兄弟であるだけに、それぞれ肉親らしい愛情で繋《つな》がり合っていることも感じられた。雇女の百合子だけは、はにかみ盛《ざか》りだからでもあるが、いつも私の前でむっつりしていた。

夜半を過ぎてから私は木賃宿を出た。娘《むすめ》達が送って出た。踊子が下駄《げた》を直してくれた。踊子は門口《かどぐち》から首を出して、明るい空を眺《なが》めた。

「ああ、お月さま。――明日は下田、嬉《うれ》しいな。赤坊の四十九日をして、おっかさんに櫛《くし》を買って貰って、それからいろんなことがありますのよ。活動へ連れて行って下さいましね」

下田の港は、伊豆相模《さがみ》の温泉場なぞを流して歩く旅芸人が、旅の空での故郷として懐《なつか》しがるような空気の漂《ただよ》った町なのである。

五

芸人達はそれぞれに天城を越《こ》えた時と同じ荷物を持った。おふくろの腕《うで》の輪に小犬が前足を載《の》せて旅馴《たびな》れた顔をしていた。湯ヶ野を出外れると、また山にはいった。海の上の朝日が山の腹を温めていた。私達は朝日の方を眺めた。河津川の行手に河津の浜が明るく開けていた。

「あれが大島なんですね」

「あんなに大きく見えるんですもの、いらっしゃいましね」と踊子が言った。

秋空が晴れ過ぎたためか、日に近い海は春のように霞《かす》んでいた。ここから下田まで五里歩くのだった。暫《しばら》くの間海が見え隠《かく》れしていた。千代子はのんびりと歌を歌い出した。

途中で少し険しいが二十町ばかり近い山越えの間道を行くか、楽な本街道《かいどう》を行くかと言われた時に、私は勿論近路《もちろんちかみち》を選んだ。

落葉で辷《すべ》りそうな胸突《むなつ》き上りの木下路《このしたみち》だった。息が苦しいものだから、却《かえ》ってやけ半分に私は膝頭《ひざがしら》を掌《たなごころ》で突き伸《の》ばすようにして足を早めた。見る見るうちに一行は後《おく》れてしまって、話し声だけが木の中から聞えるようになった。踊子が一人裾《すそ》を高く掲《かか》げて、とっとっと私について来るのだった。一間《けん》程うしろを歩いて、その間隔《かんかく》を縮めようとも伸そうともしなかった。私が振り返って話しかけると、驚《おどろ》いたように微笑《ほほえ》みながら立ち止って返事をする。踊子が話しかけた時に、追いつかせるつもりで待っていると、彼女はやはり足を停めてしまって、私が歩き出すまで歩かない。路が折れ曲って一層険しくなるあたりから益々《ますます》足を急がせると、踊子は相変らず一間うしろを一心に登って来る。山は静かだった。ほかの者たちはずっと後れて話し声も聞えなくなっていた。

「東京のどこに家があります」

「いいや、学校の寄宿舎にいるんです」

「私も東京は知ってます、お花見時分に踊りに行って――。小さい時でなんにも覚えていません」

それからまた踊子は、

「お父さんありますか」とか、

「甲府へ行ったことありますか」とか、ぽつりぽつりいろんなことを聞いた。下田へ着けば活動を見ることや、死んだ赤坊のことなぞを話した。

山の頂上へ出た。踊子は枯草の中の腰掛《こしか》けに太鼓を下すと手巾《ハンカチ》で汗を拭《ふ》いた。そして自分の足の埃《ほこり》を払《はら》おうとしたが、ふと私の足もとにしゃがんで袴《はかま》の裾を払ってくれた。私が急に身を引いたものだから、踊子はこつんと膝を落した。屈《かが》んだまま私の身の周りをはたいて廻《めぐ》ってから、掲げていた裾を下して、大きい息をして立っている私に、

「お掛けなさいまし」と言った。

腰掛けの直ぐ横へ小鳥の群が渡《わた》って来た。鳥がとまる枝の枯葉《かれは》がかさかさ鳴る程静かだった。

「どうしてあんなに早くお歩きになりますの」

踊子は暑そうだった。私が指でべんべんと太鼓を叩くと小鳥が飛び立った。

「ああ水が飲みたい」

「見て来ましょうね」

しかし、踊子は間もなく黄ばんだ雑木の間

から空しく帰って来た。

「大島にいる時は何をしているんです」

すると踊子は唐突《とうとつ》に女の名前を二つ三つあげて、私に見当のつかない話を始めた。大島ではなくて甲府の話らしかった。尋常二年まで通った小学校の友達のことらしかった。それを思い出すままに話すのだった。

十分程待つと若い三人が頂上に辿《たど》りついた。おふくろはそれからまた十分後れて着いた。

下りは私と栄吉とがわざと後れてゆっくり話しながら出発した。二町ばかり歩くと、下から踊子が走って来た。

「この下に泉があるんです。大急ぎでいらして下さいって、飲まずに待っていますから」

水と聞いて私は走った。木蔭《こかげ》の岩の間から清水が湧《わ》いていた。泉のぐるりに女達が立っていた。

「さあお先きにお飲みなさいまし。手を入れると濁《にご》るし、女の後は汚《きたな》いだろうと思って」とおふくろが言った。

私は冷たい水を手に掬《すく》って飲んだ。女達は容易にそこを離《はな》れなかった。手拭《てぬぐい》をしぼって汗を落したりした。

その山を下りて下田街道に出ると、炭焼の煙《けむり》が幾《いく》つも見えた。路傍《ろぼう》の材木に腰を下して休んだ。踊子は道にしゃがみながら、桃色《ももいろ》の櫛で犬のむく毛を梳《す》いてやっていた。

「歯が折れるじゃないか」とおふくろがたしなめた。

「いいの。下田で新しいのを買うもの」

湯ヶ野にいる時から私は、この前髪に挿《さ》した櫛を貰って行くつもりだったので、犬の毛を梳くのはいけないと思った。

道の向う側に沢山《たくさん》ある篠竹《しのだけ》の束を見て、杖《つえ》に丁度いいなぞと話しながら、私と栄吉とは一足先きに立った。踊子が走って追っかけて来た。自分の背より長い太い竹を持っていた。

「どうするんだ」と栄吉が聞くと、ちょっとまごつきながら私に竹を突きつけた。

「杖に上げます。一番太いのを抜《ぬ》いて来た」

「駄目だよ。太いのは盗《ぬす》んだと直ぐに分って、見られると悪いじゃないか。返して来い」

踊子は竹束のところまで引き返すと、また走って来た。今度は中指くらいの太さの竹を私にくれた。そして、田の畦《あぜ》に背中を打ちつけるように倒《たお》れかかって、苦しそうな息をしながら女達を待っていた。

私と栄吉とは絶えず五六間先きを歩いていた。

「それは、抜いて金歯を入れさえすればなんでもないわ」と、踊子の声がふと私の耳にはいったので振り返ってみると、踊子は千代子と並んで歩き、おふくろと百合子とがそれに少し後れていた。私の振り返ったのを気づかないらしく千代子が言った。

「それはそう。そう知らしてあげたらどう」

私の噂《うわさ》らしい。千代子が私の歯並びの悪いことを言ったので、踊子が金歯を持ち出したのだろう。顔の話らしいが、それが苦にもならないし、聞耳を立てる気にもならない程に、私は親しい気持になっているのだった。暫く低い声が続いてから踊子の言うのが聞えた。

「いい人ね」

「それはそう、いい人らしい」

「ほんとにいい人ね。いい人はいいね」

この物言いは単純で明けっ放しな響《ひび》きを持っていた。感情の傾《かたむ》きをぽいと幼く投げ出して見せた声だった。私自身にも自分をいい人だと素直《すなお》に感じることが出来た。晴れ晴れと眼を上げて明るい山々を眺めた。瞼《まぶた》の裏が微《かす》かに痛んだ。二十歳《はたち》の私は自分の性質が孤児《こじ》根性《こんじょう》で歪《ゆが》んでいると厳しい反省を重ね、その息苦しい憂鬱《ゆううつ》に堪《た》え切れないで伊豆の旅に出て来ているのだった。だから、世間尋常の意味で自分がいい人に見えることは、言いようなく有難《ありがた》いのだった。山々の明るいのは下田の海が近づいたからだった。私はさっきの竹の杖を振り廻しながら秋草の頭を切った。

途中《とちゅう》、ところどころの村の入口に立札があった。

——物乞《ものご》い旅芸人村に入るべからず。

六

甲州屋という木賃宿は下田の北口をはいると直ぐだった。私は芸人達の後から屋根裏のような二階へ通った。天井《てんじょう》がなく、街道に向った窓際《まどぎわ》に坐《すわ》ると、屋根裏が頭につかえるのだった。

「肩《かた》は痛くないかい」と、おふくろは踊子《おどりこ》に幾度も駄目を押《お》していた。

「手は痛くないかい」

踊子は太鼓《たいこ》を打つ時の美しい手真似《てまね》をしてみた。

「痛くない。打てるね、打てるね」

「まあよかったね」

私は太鼓を提《さ》げてみた。

「おや、重いんだな」

「それはあなたの思っているより重いわ。あなたのカバンより重いわ」と踊子が笑った。

芸人達は同じ宿の人々と賑《にぎや》かに挨拶《あいさつ》を交していた。やはり芸人や香具師《やし》のような連中ばかりだった。下田の港はこんな渡り鳥の巣であるらしかった。踊子はちょこちょこ部屋へはいって来た宿の子供に銅貨をやっていた。私が甲州屋を出ようとすると、踊子が玄関《げんかん》に先廻りしていて下駄を揃《そろ》えてくれながら、

「活動につれて行って下さいね」と、またひとり言のように呟《つぶや》いた。

無頼漢《ぶらいかん》のような男に途中まで路を案内してもらって、私と栄吉とは前町長が主人だという宿屋へ行った。湯にはいって、栄吉と一緒《いっしょ》に新しい魚の昼飯を食った。

「これで明日の法事に花でも買って供えて下さい」

そう言って僅《わず》かばかりの包金を栄吉に持たせて帰した。私は明日の朝の船で東京に帰らなければならないのだった。旅費がもうなくなっているのだ。学校の都合があると言ったので芸人達も強《し》いて止めることは出来なかった。

昼飯から三時間と経《た》たないうちに夕飯をすませて、私は一人下田の北へ橋を渡った。下田富士に攀《よ》じ登って港を眺《なが》めた。帰りに甲州屋へ寄ってみると、芸人達は鳥鍋《とりなべ》で飯を食っているところだった。

「一口でも召《め》し上って下さいませんか。女が箸《はし》を入れて汚いけれども、笑い話の種になりますよ」と、おふくろは行李《こうり》から茶碗《ちゃわん》と箸を出して、百合子に洗って来させた。

明日が赤坊の四十九日だから、せめてもう一日だけ出立を延ばしてくれと、またしても皆が言ったが、私は学校を楯《たて》に取って承知しなかった。おふくろは繰《く》り返し言った。

「それじゃ冬休みには皆で船まで迎《むか》えに行きますよ。日を報《しら》せて下さいましね。お待ちして居りますよ。宿屋へなんぞいらしちゃ厭《いや》ですよ、船まで迎えに行きますよ」

部屋に千代子と百合子しかいなくなった時活動に誘《さそ》うと、千代子は腹を抑《おさ》えてみせて、

「体が悪いんですもの、あんなに歩くと弱ってしまって」と、蒼《あお》い顔でぐったりしていた。百合子は硬《かた》くなってうつむいてしまった。踊子は階下で宿の子供と遊んでいた。私を見るとおふくろに縋《すが》りついて活動に行かせてくれとせがんでいたが、顔を失ったようにぼんやり私のところに戻《もど》って下駄を直してくれた。

「なんだって。一人で連れて行って貰《もら》ったらいいじゃないか」と、栄吉が話し込《こ》んだけれども、おふくろが承知しないらしかった。なぜ一人ではいけないのか、私は実に不思議だった。玄関を出ようとすると踊子は犬の頭を撫《な》でていた。私が言葉を掛けかねた程《ほど》によそよそしい風だった。顔を上げて私を見る気力もなさそうだった。

私は一人で活動に行った。女弁士が豆洋燈《ランプ》で説明を読んでいた。直ぐに出て宿へ帰った。窓敷居に肘《ひじ》を突いて、いつまでも夜の町を眺めていた。暗い町だった。遠くから絶えず微かに太鼓の音が聞えて来るような気がした。わけもなく涙《なみだ》がぽたぽた落ちた。

七

出立の朝、七時に飯を食っていると、栄吉が道から私を呼んだ。黒紋附《くろもんつき》の羽織を着込んでいる。私を送るための礼装らしい。女達の姿が見えない。私は素早く寂《さび》しさを感じた。栄吉が部屋へ上って来て言った。

「皆もお送りしたいのですが、昨夜晩《おそ》く寝《ね》て起きられないので失礼させていただきました。冬はお待ちしているから是非と申して居りました」

町は秋の朝風が冷たかった。栄吉は途中で敷島《しきしま》四箱と柿とカオールという口中清涼剤《せいりょうざい》とを買ってくれた。

「妹の名が薫ですから」と、微かに笑いながら言った。

「船の中で蜜柑《みかん》はよくありませんが、柿は船酔いにいいくらいですから食べられます」

「これを上げましょうか」

私は鳥打帽《とりうちぼう》を脱《ぬ》いで栄吉の頭にかぶせてやった。そしてカバンの中から学校の制帽を出して皺《しわ》を伸《の》ばしながら、二人で笑った。

乗船場に近づくと、海際にうずくまっている踊子の姿が私の胸に飛び込んだ。傍《そば》に行くまで彼女はじっとしていた。黙《だま》って頭を下げた。昨夜のままの化粧《けしょう》が私を一層感情的にした。眦《まなじり》の紅が怒《おこ》っているかのような顔に幼い凛々《りり》しさを与《あた》えていた。栄吉が言った。

「外《ほか》の者も来るのか」

踊子は頭を振《ふ》った。

「皆まだ寝ているのか」

踊子はうなずいた。

栄吉が船の切符とはしけ券とを買いに行った間に、私はいろいろ話しかけて見たが、踊子は堀割《ほりわり》が海に入るところをじっと見下したまま一言も言わなかった。私の言葉が終らない先き終らない先きに、何度となくこくりこくりうなずいて見せるだけだった。

そこへ、

「お婆《ばあ》さん、この人がいいや」と、土方風の男が私に近づいて来た。

「学生さん、東京へ行きなさるだね。あんたを見込んで頼《たの》むだがね、この婆さんを東京へ連れてってくんねえか。可哀想《かわいそう》な婆さんだ。伜《せがれ》が蓮台寺《れんだいじ》の銀山に働いていたんだがね、今度の流行性感冒《かんぼう》て奴《やつ》で伜も嫁《よめ》も死んじまったんだ。こんな孫が三人も残っちまったんだ。どうにもしようがねえから、わしらが相談して国へ帰してやるところなんだ。国は水戸だがね、婆さん何も分らねえんだから、霊岸島《れいがんじま》へ着いたら、上野の駅へ行く電車に乗せてやってくんな。面倒《めんどう》だろうがな、わしらが手を合わして頼みてえ。まあこの有様を見てやってくれりゃ、可哀想だと思いなさるだろう」

ぽかんと立っている婆さんの背には、乳呑《ちのみ》児《ご》がくくりつけてあった。下が三つ上が五つくらいの二人の女の子が左右の手に捉《つか》まっていた。汚い風呂敷包から大きい握飯《にぎりめし》と梅干とが見えていた。五六人の鉱夫が婆さんをいたわっていた。私は婆さんの世話を快く引き受けた。

「頼みましたぞ」

「有難え。わしらが水戸まで送らにゃならねえんだが、そうも出来ねえでな」なぞと鉱夫達はそれぞれ私に挨拶した。

はしけはひどく揺《ゆ》れた。踊子はやはり唇《くちびる》をきっと閉じたまま一方を見つめていた。私が縄梯子《なわばしご》に捉まろうとして振り返った時、さよならを言おうとしたが、それも止《よ》して、もう一ぺんただうなずいて見せた。はしけが帰って行った。栄吉はさっき私がやったばかりの鳥打帽をしきりに振っていた。ずっと遠ざかってから踊子が白いものを振り始めた。

汽船が下田の海を出て伊豆半島の南端《なんたん》がうしろに消えて行くまで、私は欄干《らんかん》に凭《もた》れて沖の大島を一心に眺めていた。踊子に別れたのは遠い昔であるような気持だった。婆さんはどうしたかと船室を覗《のぞ》いてみると、もう人々が車座に取り囲んで、いろいろと慰《なぐさ》めているらしかった。私は安心して、その隣《とな》りの船室にはいった。相模灘《さがみなだ》は波が高かった。坐っていると、時々左右に倒《たお》れた。船員が小さい金だらいを配って廻った。私はカバンを枕《まくら》にして横たわった。頭が空っぽで時間というものを感じなかった。涙がぽろぽろカバンに流れた。頬《ほお》が冷たいのでカバンを裏返しにした程だった。私の横に少年が寝ていた。河津の工場主の息子で入学準備に東京へ行くのだったから、一高の制帽をかぶっている私に好意を感じたらしかった。少し話してから彼は言った。

「何か御不幸でもおありになったのですか」

「いいえ、今人に別れて来たんです」

　私は非常に素直に言った。泣いているのを見られても平気だった。私は何も考えていなかった。ただ清々《すがすが》しい満足の中に静かに眠《ねむ》っているようだった。

　海はいつの間に暮れたのかも知らずにいたが、網代《あじろ》や熱海には灯があった。肌《はだ》が寒く腹が空いた。少年が竹の皮包を開いてくれた。私はそれが人の物であることを忘れたかのように海苔巻《のりまき》のすしなぞを食った。そして少年の学生マントの中にもぐり込んだ。私はどんなに親切にされても、それを大変自然に受け入れられるような美しい空虚《くうきょ》な気持だった。明日の朝早く婆さんを上野駅へ連れて行って水戸まで切符《きっぷ》を買ってやるのも、至極《しごく》あたりまえのことだと思っていた。何もかもが一つに融《と》け合って感じられた。

　船室の洋燈《ランプ》が消えてしまった。船に積んだ生魚と潮の匂《にお》いが強くなった。真暗ななかで少年の体温に温まりながら、私は涙を出委《でまか》せにしていた。頭が澄《す》んだ水になってしまっていて、それがぽろぽろ零《こぼ》れ、その後には何も残らないような甘《あま》い快さだった。

『伊豆の踊子　改版』
（新潮文庫）所収

老妓抄

岡本かの子

平出園子というのが老妓《ろうぎ》の本名だが、これは歌舞伎俳優の戸籍名のように当人の感じになずまないところがある。そうかといって職業上の名の小そのとだけでは、だんだん素人《しろうと》の素朴な気持ちに還《かえ》ろうとしている今日の彼女の気品にそぐわない。

　ここではただ何となく老妓といって置く方がよかろうと思う。

　人々は真昼の百貨店でよく彼女を見かける。目立たない洋髪に結び、市楽《いちらく》の着物を堅気《かたぎ》風につけ、小女一人連れて、憂鬱な顔をして店内を歩き廻る。恰幅《かっぷく》のよい長身に両手をだらりと垂らし、投出して行くような足取りで、一つところを何度も廻り返す。そうかと思うと、紙凧《たこ》の糸のようにすっとのして行って、思いがけないような遠い売場に佇《たたず》む。彼女は真昼の寂しさ以外、何も意識していない。

　こうやって自分を真昼の寂しさに憩《いこ》わしている、そのことさえも意識していない。ひょっと目星《めぼし》い品が視野から彼女を呼び覚すと、彼女の青みがかった横長の眼がゆったりと開いて、対象の品物を夢のなかの牡丹《ぼたん》のように眺める。唇が娘時代のように捲《まく》れ気味に、片隅へ寄ると其処《そこ》に微笑が泛《うか》ぶ。また憂鬱に返る。

　だが、彼女は職業の場所に出て、好敵手が見つかると、はじめはちょっと呆《ほう》けたような表情をしたあとから、いくらでも快活に喋舌《しゃべ》り出す。

　新喜楽のまえの女将《おかみ》の生きていた時分に、この女将と彼女と、もう一人新橋のひさごあたりが一つ席に落合って、雑談でも始めると、この社会人の耳には典型的と思われる、機智と飛躍に富んだ会話が展開された。相当な年配の芸妓たちまで「話し振りを習おう」といって、客を捨てて老女たちの周囲に集った。

　彼女一人のときでも、気に入った若い同業の女のためには、経歴談をよく話した。

　何も知らない雛妓《おしゃく》時代に、座敷の客と先輩との間に交される露骨な話に笑い過ぎて畳の上に粗相《そそう》をして仕舞い、座が立てなくなって泣き出してしまったことから始めて、囲いものの時代に、情人と逃げ出して、旦那におふくろを人質にとられた話や、もはや抱妓《かかえっこ》の二人三人も置くような看板ぬしになってからも、内実の苦しみは、五円の現金を借りるために、横浜往復十二円の月末払いの俥《くるま》に乗って行ったことや、彼女は相手の若い妓たちを笑いでへとへとに疲らせずには措《お》かないまで、話の筋は同じでも、趣向は変えて、その迫り方は彼女に物の怪《け》がつき、われ知らずに魅惑の爪を相手の女に突き立てて行くように見える。若さを嫉妬《しっと》して、老いが狡猾《こうかつ》な方法で巧みに責め苛《さいな》んでいるようにさえ見える。

　若い芸妓たちは、とうとう髪を振り乱して、両脇腹を押え喘《あえ》いでいうのだった。

「姐《ねえ》さん、頼むからもう止してよ。この上笑わせられたら死んでしまう」

　老妓は、生きてる人のことは決して語らないが、故人で馴染《なじみ》のあった人については一皮剝いた彼女独特の観察を語った。それ等の人の中には思いがけない素人や芸人もあった。

　支那の名優の梅蘭芳《メイランファン》が帝国劇場に出演しに来たとき、その肝煎《きもい》りをした某富豪に向って、老妓は「費用はいくらかかっても関《かま》いませんから、一度のおりをつくって欲しい」と頼み込んで、その富豪に宥《なだ》め返されたという話が、嘘か本当か、彼女の逸話の一つになっている。

　笑い苦しめられた芸妓の一人が、その復讐のつもりもあって

「姐さんは、そのとき、銀行の通帳を帯揚げから出して、お金ならこれだけありますと、その方に見せたというが、ほんとうですか」

と訊《き》く。

　すると、彼女は

「ばかばかしい。子供じゃあるまいし、帯揚げのなんのって……」

　こどものようになって、ぷんぷん怒るのである。その真偽《しんぎ》はとにかく、彼女からこういううぶな態度を見たいためにも、若い女たちはしばしば訊いた。

「だがね。おまえさんたち」と小そのは総《すべ》てを語ったのちにいう、「何人男を代えてもつづまるところ、たった一人の男を求めているに過ぎないのだね。いまこうやって思い出して見て、この男、あの男と部分々々に牽《ひ》かれるものの残っているところは、その求めている男の一部々々の切れはしなのだよ。だから、どれもこれも一人では永くは続かなかったのさ」

「そして、その求めている男というのは」と若い芸妓たちは訊き返すと
「それがはっきり判れば、苦労なんかしやしないやね」それは初恋の男のようでもあり、また、この先、見つかって来る男かも知れないのだと、彼女は日常生活の場合の憂鬱な美しさを生地《きじ》で出して云った。

「そこへ行くと、堅気さんの女は羨《うらやま》しいねえ。親がきめて呉れる、生涯ひとりの男を持って、何も迷わずに子供を儲《もう》けて、その子供の世話になって死んで行く」

　ここまで聴くと、若い芸妓たちは、姐さんの話もいいがあとが人をくさらしていけないと評するのであった。

　小そのが永年の辛苦《しんく》で一通りの財産も出来、座敷の勤めも自由な選択が許されるようになった十年ほど前から、何となく健康で常識的な生活を望むようになった。芸者屋をしている表店と彼女の住っている裏の蔵附の座敷とは隔離してしまって、しもたや風の出入口を別に露地から表通りへつけるように造作したのも、その現れの一つであるし、遠縁の子供を貰《もら》って、養女にして女学校へ通わせたのもその現れの一つである。彼女の稽古事が新時代的のものや知識的のものに移って行ったのも、或《あるい》はまたその現れの一つと云えるかも知れない。この物語を書き記す作者のもとへは、下町のある知人の紹介で和歌を学びに来たのであるが、そのとき彼女はこういう意味のことを云った。

　芸者というものは、調法ナイフのようなもので、これと云って特別によく利くこともいらないが、大概なことに間に合うものだけは持っていなければならない。どうかその程度に教えて頂き度《た》い。この頃は自分の年恰好から、自然上品向きのお客さんのお相手をすることが多くなったから。

　作者は一年ほどこの母ほども年上の老女の技能を試みたが、和歌は無い素質ではなかったが、むしろ俳句に適する性格を持っているのが判ったので、やがて女流俳人の××女に紹介した。老妓はそれまでの指導の礼だといって、出入りの職人を作者の家へ寄越して、中庭に下町風の小さな池と噴水を作って呉れた。

　彼女が自分の母屋《おもや》を和洋折衷《せっちゅう》風に改築して、電化装置にしたのは、彼女が職業先の料亭のそれを見て来て、負けず嫌いからの思い立ちに違いないが、設備して見て、彼女はこの文明の利器が現す働きには、健康的で神秘なものを感ずるのだった。

　水を口から注ぎ込むとたちまち湯になって栓口から出るギザーや、煙管《きせる》の先で圧すと、すぐ種火が点じて煙草に燃えつく電気莨盆《たばこぼん》や、それらを使いながら、彼女の心は新鮮に慄《ふる》えるのだった。

「まるで生きものだね、ふーむ、物事は万事こういかなくっちゃ……」

　その感じから想像に生れて来る、端的で速力的な世界は、彼女に自分のして来た生涯を顧《かえり》みさせた。

「あたしたちのして来たことは、まるで行燈《あんどん》をつけては消し、消してはつけるようなまどろい生涯だった」

　彼女はメートルの費用の嵩《かさ》むのに少からず

辟易《へきえき》しながら、電気装置をいじるのを楽しみに、しばらくは毎朝こどものように早起した。

電気の仕掛けはよく損じた。近所の蒔田《まきた》という電気器具商の主人が来て修繕した。彼女はその修繕するところに附纏《つきまと》って、珍らしそうに見ているうちに、彼女にいくらかの電気の知識が摂《と》り入れられた。

「陰の電気と陽の電気が合体すると、そこにいろいろの働きを起して来る。ふーむ、こりゃ人間の相性とそっくりだねえ」

彼女の文化に対する驚異は一層深くなった。

女だけの家では男手の欲しい出来事がしばしばあった。それで、この方面の支弁も兼ねて蒔田が出入りしていたが、あるとき、蒔田は一人の青年を伴って来て、これから電気の方のことはこの男にやらせると云った。名前は柚木《ゆき》といった。快活で事もなげな青年で、家の中を見廻しながら

「芸者屋にしちゃあ、三味線がないなあ」などと云った。度々《たびたび》来ているうち、その事もなげな様子と、それから人の気先《きさき》を撥《は》ね返す颯《さっ》爽《そう》とした若い気分が、いつの間にか老妓の手頃な言葉仇《がたき》となった。

「柚木君の仕事はチャチだね。一週間と保《も》った試しはないぜ」彼女はこんな言葉を使うようになった。

「そりゃそうさ、こんなつまらない仕事は、パッションが起らないからねえ」

「パッションて何だい」

「パッションかい、ははは、そうさなあ、君たちの社会の言葉でいうなら、うん、そうだ、いろ気が起らないということだ」

ふと、老妓に自分の生涯に憐みの心が起った。パッションとやらが起らずに、ほとんど生涯勤めて来た座敷の数々、相手の数々が思い泛《うか》べられた。

「ふむ、そうかい。じゃ、君、どういう仕事ならいろ気が起るんだい」

青年は発明をして、専売特許を取って、金を儲けることだといった。

「なら、早くそれをやればいいじゃないか」

柚木は老妓の顔を見上げたが

「やればいいじゃないかって、そう事が簡単に……（柚木はここで舌打をした）だから君たちは遊び女《め》といわれるんだ」

「いやそうでないね。こう云い出したからには、こっちに相談に乗ろうという腹があるからだよ。食べる方は引受けるから、君、思う存分にやってみちゃどうだね」

こうして、柚木は蒔田の店から、小そのが持っている家作の一つに移った。老妓は柚木のいうままに家の一部を工房に仕替え、多少の研究の機械類も買ってやった。

小さい時から苦学をしてやっと電気学校を卒業はしたが、目的のある柚木は、体を縛られる勤人になるのは避けて、ほとんど日傭《ひよう》取り同様の臨時雇いになり、市中の電気器具店廻りをしていたが、ふと蒔田が同郷の中学の先輩で、その上世話好きの男なのに絆《ほだ》され、しばらくその店務を手伝うことになって住み込んだ。だが蒔田の家には子供が多いし、こまこました仕事は次から次とあるし、辟易していた矢先だったのですぐに老妓の後援を受け入れた。しかし、彼はたいして有難いとは思わなかった。散々あぶく銭を男たちから絞って、好き放題なことをした商売女が、年老いて良心への償いのため、誰でもこんなことはしたいのだろう。こっちから恩恵を施してやるのだという太々しい考《かんがえ》は持たないまでも、老妓の好意を負担には感じられなかった。生れて始めて、日々の糧の心配なく、専心に書物の中のことと、実験室の成績と突き合せながら、使える部分を自分の工夫の中へ鞣《なめ》し取って、世の中にないものを創り出して行こうとする静かで足取りの確かな生活は幸福だった。柚木は自分ながら壮軀と思われる身体に、麻布のブルーズを着て、頭を鏝《こて》で縮らし、椅子に斜に倚《よ》って、煙草を燻《く》ゆらしている自分の姿を、柱かけの鏡の中に見て、前とは別人のように思い、また若き発明家に相応《ふさ》わしい

ものに自分ながら思った。工房の外は廻り縁になっていて、矩形《くけい》の細長い庭には植木も少しはあった。彼は仕事に疲れると、この縁へ出て仰向けに寝転び、都会の少し淀んだ青空を眺めながら、いろいろの空想をまどろみの夢に移し入れた。

　小そのは四五日目毎に見舞って来た。ずらりと家の中を見廻して、暮しに不自由そうな部分を憶えて置いて、あとで自宅のものの誰かに運ばせた。

「あんたは若い人にしちゃ世話のかからない人だね。いつも家の中はきちんとしているし、よごれ物一つ溜めてないね」

「そりゃそうさ。母親が早く亡くなっちゃったから、あかんぼのうちから襁褓《おむつ》を自分で洗濯して、自分で当てがった」

　老妓は「まさか」と笑ったが、悲しい顔付きになって、こう云った。

「でも、男があんまり細かいことに気のつくのは偉くなれない性分じゃないのかい」

「僕だって、根からこんな性分でもなさ相だが、自然と慣らされてしまったのだね。ちっとでも自分にだらしがないところが眼につくと、自分で不安なのだ」

「何だか知らないが、欲しいものがあったら、遠慮なくいくらでもそうお云いよ」

　初午《はつうま》の日には稲荷鮨《いなりずし》など取寄せて、母子のような寛《くつろ》ぎ方で食べたりした。

　養女のみち子の方は気紛れであった。来はじめると毎日のように来て、柚木を遊び相手にしようとした。小さい時分から情事を商品のように取扱いつけているこの社会に育って、いくら養母が遮断したつもりでも、商品的の情事が心情に染みないわけはなかった。早くからマセて仕舞って、しかも、それを形式だけに覚えて仕舞った。青春などは素通りして仕舞って、心はこどものまま固って、その上皮にほんの一重《ひとえ》大人の分別がついてしまった。柚木は遊び事には気が乗らなかった。興味が弾《はず》まないままみち子は来るのが途絶《とだ》えて、久しくしてからまたのっそりと来る。自分の家で世話をしている人間に若い男が一人いる、遊びに行かなくちゃ損だというくらいの気持ちだった。老母が縁もゆかりもない人間を拾って来て、不服らしいところもあった。

　みち子は柚木の膝の上へ無造作に腰をかけた。様式だけは完全な流眄《ながしめ》をして

「どのくらい目方があるか量《はか》ってみてよ」

　柚木は二三度膝を上げ下げしたが

「結婚適齢期にしちゃあ、情操のカンカンが足りないね」

「そんなことはなくってよ。学校で操行点はAだったわよ」

　みち子は柚木のいう情操という言葉の意味をわざと違えて取ったのか、本当に取り違えたものか――

　柚木は衣服の上から娘の体格を探って行った。それは栄養不良の子供が一人前の女の嬌態をする正体を発見したような、おかしみがあったので、彼はつい失笑した。

「ずいぶん失礼ね」

「どうせあなたは偉いのよ」みち子は怒って立上った。

「まあ、せいぜい運動でもして、おっかさん位な体格になるんだね」

　みち子はそれ以後何故とも知らず、しきりに柚木に憎みを持った。

　半年ほどの間、柚木の幸福感は続いた、しかし、それから先、彼は何となくぼんやりして来た。目的の発明が空想されているうちは、確に素晴らしく思ったが、実地に調べたり、研究する段になると、自分と同種の考案はすでにいくつも特許されていてたとえ自分の工夫の方がずっと進んでいるにしても、既許のものとの牴触《ていしょく》を避けるため、かなり模様を変えねばならなくなった。その上こういう発明器が果して社会に需要されるものやらどうかも疑われて来た。実際専門家から見ればいいものなのだが、一向社会に行われない結構な発明があるかと思えば、ちょっとした思付き

のもので、非常に当ることもある。発明にはスペキュレーションを伴うということも、柚木は兼ね兼ね承知していることではあったが、その運びがこれほど思いどおり素直に行かないものだとは、実際にやり出してはじめて痛感するのだった。

しかし、それよりも柚木にこの生活への熱意を失わしめた原因は、自分自身の気持ちに在った。前に人に使われて働いていた時分は、生活の心配を離れて、専心に工夫に没頭したら、さぞ快いだろうという、その憧憬から日々の雑役も忍べていたのだが、その通りに朝夕を送れることになってみると、単調で苦渋なものだった。ときどきあまり静で、その上全く誰にも相談せず、自分一人だけの考を突き進めている状態は、何だか見当違いなことをしているため、とんでもない方向へ外れていて、社会から自分一人が取り残されたのではないかという脅えさえ屡々《しばしば》起った。

金儲けということについても疑問が起った。この頃のように暮しに心配がなくなりほんの気晴らしに外へ出るにしても、映画を見て、酒場へ寄って、微酔を帯びて、円タクに乗って帰るぐらいのことで充分すむ。その上その位な費用なら、そう云えば老妓は快く呉れた。そしてそれだけで自分の慰楽は充分満足だった。柚木は二三度職業仲間に誘われて、女道楽をしたこともあるが、売もの、買いもの以上に求める気は起らず、それより、早く気儘《きまま》の出来る自分の家へ帰って、のびのびと自分の好みの床に寝たい気がしきりに起った。彼は遊びに行っても外泊は一度もしなかった。彼は寝具だけは身分不相応のものを作っていて、羽根蒲団《ぶとん》など、自分で鳥屋から羽根を買って来て器用に拵《こしら》えていた。

いくら探してみてもこれ以上の慾が自分に起りそうもない、妙に中和されて仕舞った自分を発見して柚木は心寒くなった。

これは、自分等の年頃の青年にしては変態になったのではないかしらんとも考えた。

それに引きかえ、あの老妓は何という女だろう。憂鬱な顔をしながら、根に判らない逞ましいものがあって、稽古ごと一つだって、次から次へと、未知のものを貪《むさぼ》り食って行こうとしている。常に満足と不満が交る交る彼女を押し進めている。

小そのがまた見廻りに来たときに、柚木はこんなことから訊く話を持ち出した。

「フランスレビュウの大立物の女優で、ミスタンゲットというのがあるがね」

「ああそんなら知ってるよ。レコードで……あの節廻しはたいしたもんだね」

「あのお婆さんは体中の皺を足の裏へ、括《くく》って溜めているという評判だが、あんたなんかまだその必要はなさそうだなあ」

老妓の眼はぎろりと光ったが、すぐ微笑して

「あたしかい、さあ、もうだいぶ年越の豆の数も殖えたから、前のようには行くまいが、まあ試しに」といって、老妓は左の腕の袖口を捲《まく》って柚木の前に突き出した。

「あんたがだね。ここの腕の皮を親指と人差指で力一ぱい抓《つね》って圧えてご覧」

柚木はいう通りにしてみた。柚木にそうさせて置いてから、老妓はその反対側の腕の皮膚を自分の右の二本の指で抓って引くと、柚木の指に挟まっていた皮膚はじいわり滑り抜けて、もとの腕の形に納まるのである。もう一度柚木は力を籠めて試してみたが、老妓にひかれると滑り去って抓り止めていられなかった。鰻《うなぎ》の腹のような靭《つよ》い滑《なめ》らかさと、羊皮紙のような神秘な白い色とが、柚木の感覚にいつまでも残った。

「気持ちの悪い……。だが、驚いたなあ」

老妓は腕に指痕の血の気がさしたのを、縮緬《ちりめん》の襦袢《じゅばん》の袖で擦り散らしてから、腕を納めていった。

「小さいときから、打ったり叩《たた》かれたりして踊りで鍛えられたお蔭だよ」

だが、彼女はその幼年時代の苦労を思い起して、暗澹《あんたん》とした顔つきになった。

「おまえさんは、この頃、どうかおしかえ」と老妓はしばらく柚木をじろじろ見ながらいった。

「いいえさ、勉強しろとか、早く成功しろとか、そんなことをいうんじゃないよ。まあ、魚にしたら、いきが悪くなったように思えるんだが、どうかね。自分のことだけだって考え剰《あま》っている筈の若い年頃の男が、年寄の女に向って年齢のことを気遣うのなども、もう皮肉に気持ちがこずんで来た証拠だね」

柚木は洞察の鋭さに舌を巻きながら、正直に白状した。

「駄目だな、僕は、何も世の中にいろ気がなくなったよ。いや、ひょっとしたら始めからない生れつきだったかも知れない」

「そんなこともなかろうが、しかし、もしそうだったら困ったものだね。君は見違えるほど体など肥って来たようだがね」

事実、柚木はもとよりいい体格の青年が、ふーと膨れるように脂肪がついて、坊ちゃんらしくなり、茶色の瞳の眼の上瞼《うわまぶた》の腫《は》れ具合や、顎が二重に括《くく》れて来たところに艶《つや》めいたいろさえつけていた。

「うん、体はとてもいい状態で、ただこうやっているだけで、とろとろしたいい気持ちで、よっぽど気を張り詰めていないと、気にかけなくちゃならないことも直ぐ忘れているんだ。それだけ、また、ふだん、いつも不安なのだよ。生れてこんなこと始めてだ」

「麦とろの食べ過ぎかね」老妓は柚木がよく近所の麦飯ととろろを看板にしている店から、それを取寄せて食べるのを知っているものだから、こうまぜっかえしたが、すぐ真面目になり「そんなときは、何でもいいから苦労の種を見付けるんだね。苦労もほどほどの分量にゃ持ち合せているもんだよ」

それから二三日経って、老妓は柚木を外出に誘った。連れにはみち子と老妓の家の抱えでない柚木の見知らぬ若い芸妓が二人いた。若い芸妓たちは、ちょっとした盛装をしていて、老妓に、

「姐さん、今日はありがとう」と丁寧《ていねい》に礼を云った。

老妓は柚木に
「今日は君の退屈の慰労会をするつもりで、これ等の芸妓たちにも、ちゃんと遠出の費用を払ってあるのだ」と云った。「だから、君は旦那になったつもりで、遠慮なく愉快をすればいい」

なるほど、二人の若い芸妓たちは、よく働いた。竹屋の渡しを渡船に乗るときには年下の方が柚木に「おにいさん、ちょっと手を取って下さいな」と云った。そして船の中へ移るとき、わざとよろけて柚木の背を抱えるようにして摑《つか》まった。柚木の鼻に香油の匂いがして、胸の前に後襟の赤い裏から肥った白い首がむっくり抜き出て、ぼんの窪《くぼ》の髪の生え際が、青く霞めるところまで、突きつけたように見せた。顔は少し横向きになっていたので、厚く白粉《おしろい》をつけて、白いエナメルほど照りを持つ頬から中高の鼻が彫刻のようにはっきり見えた。

老妓は船の中の仕切りに腰かけていて、帯の間から煙草入れとライターを取出しかけながら
「いい景色だね」と云った。

円タクに乗ったり、歩いたりして、一行は荒川放水路の水に近い初夏の景色を見て廻った。工場が殖え、会社の社宅が建ち並んだが、むかしの鐘ヶ淵や、綾瀬の面かげは石炭殻の地面の間に、ほんの切れ端になってところどころに残っていた。綾瀬川の名物の合歓《ねむ》の木は少しばかり残り、対岸の蘆洲《あしす》の上に船大工だけ今もいた。

「あたしが向島の寮に囲われていた時分、旦那がとても嫉妬家《やきもちやき》でね、この界隈《かいわい》から外へは決して出して呉れない。それであたしはこの辺を散歩すると云って寮を出るし、男はまた鯉釣りに化けて、この土手下の合歓の並木の陰に船を繋《もや》って、そこでいまいうランデヴウ

をしたものさね」

　夕方になって合歓の花がつぼみかかり、船大工の槌《つち》の音がいつの間にか消えると、青白い河靄《かわもや》がうっすり漂う。

「私たちは一度心中の相談をしたことがあったのさ。なにしろ舷《ふなべり》一つ跨《また》げば事が済むことなのだから、ちょっと危かった」

「どうしてそれを思い止ったのか」と柚木は、思い詰めた若い男女を想像しながら訊いた。

「いつ死のうかと逢う度毎に相談しながら、のびのびになっているうちに、ある日川の向うに心中態《てい》の土左衛門が流れて来たのだよ。人だかりの間から熟々《つくづく》眺めて来て男は云ったのさ。心中ってものも、あれはざまの悪いものだ、やめようって」

「あたしは死んで仕舞ったら、この男にはよかろうが、あとに残る旦那が可哀想だという気がして来てね。どんな身の毛のよだつような男にしろ、嫉妬《やきもち》をあれほど妬《や》かれるとあとに心が残るものさ」

　若い芸妓たちは「姐さんの時代ののんきな話を聴いていると、私たちきょう日の働き方が熟々がつがつにおもえて、いやんなっちゃう」と云った。

　すると老妓は「いや、そうでないねえ」と手を振った。「この頃はこの頃でいいところがあるよ。それにこの頃は何でも話が手取り早くて、まるで電気のようでさ、そしていろいろの手があって面白いじゃないか」

　そういう言葉に執成《とりな》されたあとで、年下の芸妓を主に年上の芸妓が介添《かいぞえ》になって、頻《しき》りに艶《なま》めかしく柚木を取持った。

　みち子はというと何か非常に動揺させられているように見えた。

　はじめは軽蔑した超然とした態度で、一人離れて、携帯のライカで景色など撮《うつ》していたが、にわかに柚木に慣れ慣れしくして、柚木の歓心を得ることにかけて、芸妓たちに勝越そうとする態度を露骨に見せたりした。

　そういう場合、未成熟《なま》の娘の心身から、利かん気を僅かに絞り出す、病鶏《やみどり》のささ身ほどの肉感的な匂いが、柚木には妙に感覚にこたえて、思わず肺の底へ息を吸わした。だが、それは刹那《せつな》的のものだった。心に打ち込むものはなかった。

　若い芸妓たちは、娘の挑戦を快くは思わなかったらしいが、大姐さんの養女のことではあり、自分達は職業的に来ているのだから、無理な骨折りを避けて、娘が努めるうちは媚《こ》びを差控え、娘の手が緩《ゆる》むと、またサーヴィスする。みち子にはそれが自分の菓子の上にたかる蝿のようにうるさかった。

　何となくその不満の気持ちを晴らすらしく、みち子は老妓に当ったりした。

　老妓はすべてを大して気にかけず、悠々と土手でカナリヤの餌のはこべを摘んだり菖蒲《しょうぶ》園できぬかつぎを肴《さかな》にビールを飲んだりした。

　夕暮になって、一行が水神《すいじん》の八百松へ晩餐をとりに入ろうとすると、みち子は、柚木をじろりと眺めて

「あたし、和食のごはんたくさん、一人で家に帰る」と云い出した。芸妓たちが驚いて、では送ろうというと、老妓は笑って

「自動車に乗せてやれば、何でもないよ」といって通りがかりの車を呼び止めた。

　自動車の後姿を見て老妓は云った。

「あの子も、おつな真似をすることを、ちょんぼり覚えたね」

　柚木にはだんだん老妓のすることが判らなくなった。むかしの男たちへの罪滅しのために若いものの世話でもして気を取直すつもりかと思っていたが、そうでもない。近頃この界隈に噂が立ちかけて来た、老妓の若い燕《つばめ》というそんな気配はもちろん、老妓は自分に対して現わさない。

　何で一人前の男をこんな放胆な飼い方をするのだろう。柚木は近頃工房へは少しも入らず、発明の工夫も断念した形になっている。そして、そのことを老妓はとくに知っている癖に、それに就いては一言も云わないだけに、いよいよパトロンの目的が疑われて来た。縁

側に向いている硝子《ガラス》窓から、工房の中が見えるのを、なるべく眼を外らして、縁側に出て仰向けに寝転ぶ。夏近くなって庭の古木は青葉を一せいにつけ、池を埋めた渚《なぎさ》の残り石から、いちはつやつつじの花が虻《あぶ》を呼んでいる。空は凝って青く澄み、大陸のような雲が少し雨気で色を濁しながらゆるゆる移って行く。隣の乾物《ほしもの》の陰に桐の花が咲いている。

柚木は過去にいろいろの家に仕事のために出入りして、醤油樽の黴臭《かびくさ》い戸棚の隅に首を突込んで窮屈な仕事をしたことや、主婦や女中に昼の煮物を分けて貰って弁当を使ったことや、その頃は嫌だった事が今ではむしろなつかしく想い出される。蒔田の狭い二階で、注文先からの設計の予算表を造っていると、子供が代る代る来て、頸筋が赤く腫れるほど取りついた。小さい口から嘗《な》めかけの飴玉を取出して、涎《よだれ》の糸をひいたまま自分の口に押し込んだりした。

彼は自分は発明なんて大それたことより、普通の生活が欲しいのではないかと考え始めたりした。ふと、みち子のことが頭に上った。老妓は高いところから何も知らない顔をして、鷹揚《おうよう》に見ているが、実は出来ることなら自分をみち子の婿《むこ》にでもして、ゆくゆく老後の面倒でも見て貰おうとの腹であるのかも知れない。だがまたそうとばかり判断も仕切れない。あの気嵩《きがさ》な老妓がそんなしみったれた計画で、ひとに好意をするのでないことも判る。

みち子を考える時、形式だけは十二分に整っていて、中味は実が入らず仕舞いになった娘、柚木はみなし茹《ゆ》で栗の水っぽくぺちゃぺちゃな中身を聯想して苦笑したが、この頃みち子が自分に憎みのようなものや、反感を持ちながら、妙に粘って来る態度が心にとまった。

彼女のこの頃の来方は気紛れでなく、一日か二日置き位な定期的なものになった。

みち子は裏口から入って来た。彼女は茶の間の四畳半と工房が座敷の中に仕切って拵《こしら》えてある十二畳の客座敷との襖《ふすま》を開けると、その敷居の上に立った。片手を柱に凭《もた》せ体を少し捻って嬌態を見せ、片手を拡げた袖の下に入れて、写真を撮るときのようなポーズを作った。俯向《うつむ》き加減に眼を不機嫌らしく額越しに覗《のぞ》かして

「あたし来てよ」と云った。

縁側に寝ている柚木はただ「うん」と云っただけだった。

みち子はもう一度同じことを云って見たが、同じような返事だったので、本当に腹を立て

「何て不精《ぶしょう》たらしい返事なんだろう、もう二度と来てやらないから」と云った。

「仕様のない我儘《わがまま》娘だな」と云って、柚木は上体を起上らせつつ、足を胡坐《あぐら》に組みながら

「ほほう、今日は日本髪か」とじろじろ眺めた。

「知らない」といって、みち子はくるりと後向きになって着物の背筋に拗《す》ねた線を作った。柚木は、華やかな帯の結び目の上はすぐ、突襟のうしろ口になり、頸の附根を真っ白く富士形に覗かせて誇張した媚態《びたい》を示す物々しさに較べて、帯の下の腰つきから裾は、一本花のように急に削《そ》げていて味もそっけもない少女のままなのを異様に眺めながら、この娘が自分の妻になって、何事も自分に気を許し、何事も自分に頼りながら、小うるさく世話を焼く間柄になった場合を想像した。それでは自分の一生も案外小ぢんまりした平凡に規定されて仕舞う寂寞の感じはあったが、しかし、また何かそうなって見ての上のことでなければ判らない不明な珍らしい未来の想像が、現在の自分の心情を牽《ひ》きつけた。

柚木は額を小さく見せるまでたわわに前髪や鬢《びん》を張り出した中に整い過ぎたほど型通りの美しい娘に化粧したみち子の小さい顔に、もっと自分を夢中にさせる魅力を見出したくなった。

「もう一ぺんこっちを向いてご覧よ、とても似合うから」

みち子は右肩を一つ揺ったが、すぐくるり

と向き直って、ちょっと手を胸と鬢へやって掻《か》い繕《つくろ》った。「うるさいのね、さあ、これでいいの」彼女は柚木が本気に自分を見入っているのに満足しながら、薬玉《くすだま》の簪《かんざし》の垂れをピラピラさせて云った。

「ご馳走を持って来てやったのよ。当ててご覧なさい」

　柚木はこんな小娘に嬲《なぶ》られる甘さが自分に見透かされたのかと、心外に思いながら「当てるの面倒臭い。持って来たのなら、早く出し給え」と云った。

　みち子は柚木の権柄《けんぺい》ずくにたちまち反抗心を起して「人が親切に持って来てやったのを、そんなに威張るのなら、もうやらないわよ」と横向きになった。

「出せ」と云って柚木は立上った。彼は自分でも、自分が今、しかかる素振りに驚きつつ、彼は権威者のように「出せと云ったら、出さないか」と体を嵩張《かさば》らせて、のそのそとみち子に向って行った。

　自分の一生を小さい陥穽《かんせい》に嵌《は》め込んで仕舞う危険と、何か不明の牽引力の為めに、危険と判り切ったものへ好んで身を挺して行く絶体絶命の気持ちとが、生れて始めての極度の緊張感を彼から抽《ひ》き出した。自己嫌悪に打負かされまいと思って、彼の額から脂汗がたらたらと流れた。


　みち子はその行動をまだ彼の冗談半分の権柄ずくの続きかと思って、ふざけて軽蔑するように眺めていたが、だいぶ模様が違うので途中から急に恐ろしくなった。

　彼女はやや茶の間の方へ退《すさ》りながら
「誰が出すもんか」と小さく呟いていたが、柚木が彼女の眼を火の出るように見詰めながら、徐々に懐中から一つずつ手を出して彼女の肩にかけると、恐怖のあまり「あっ」と二度ほど小さく叫び、彼女の何の修装もない生地の顔が感情を露出して、眼鼻や口がばらばらに配置された。「出し給え」「早く出せ」その言葉の意味は空虚で、柚木の腕から太い戦慄が伝って来た。柚木の大きい咽喉仏《のどぼとけ》がゆっくり生唾《なまつば》を飲むのが感じられた。

　彼女は眼を裂けるように見開いて「ご免なさい」と泣声になって云ったが、柚木はまるで感電者のように、顔を痴呆にして、鈍く蒼ざめ、眼をもとのように据えたままただ戦慄だけをいよいよ激しく両手からみち子の体に伝えていた。

　みち子はついに何ものかを柚木から読み取った。普段「男は案外臆病なものだ」と養母の言った言葉がふと思い出された。

　立派な一人前の男が、そんなことで臆病と戦っているのかと思うと、彼女は柚木が人のよい大きい家畜のように可愛ゆく思えて来た。


　彼女はばらばらになった顔の道具をたちまちまとめて、愛嬌したたるような媚びの笑顔に造り直した。

「ばか、そんなにしないだって、ご馳走あげるわよ」

　柚木の額の汗を掌でしゅっと払い捨ててやり
「こっちにあるから、いらっしゃいよ。さあね」

　ふと鳴って通った庭樹の青嵐を振返ってから、柚木のがっしりした腕を把《と》った。

　さみだれが煙るように降る夕方、老妓は傘をさして、玄関横の柴折戸《しおりど》から庭へ入って来た。渋い座敷着を着て、座敷へ上ってから、褄《つま》を下ろして坐った。

「お座敷の出がけだが、ちょっとあんたに云っとくことがあるので寄ったんだがね」

莨《たばこ》入れを出して、煙管で煙草盆代りの西洋皿を引寄せて
「この頃、うちのみち子がしょっちゅう来るようだが、なに、それについて、とやかく云うんじゃないがね」

　若い者同志のことだから、もしやということも彼女は云った。

「そのもしやもだね」

　本当に性が合って、心の底から惚《ほ》れ合うと

いうのなら、それは自分も大賛成なのである。

「けれども、もし、お互いが切れっぱしだけの惚れ合い方で、ただ何かの拍子で出来合うということでもあるなら、そんなことは世間にはいくらもあるし、つまらない。必ずしもみち子を相手取るにも当るまい。私自身も永い一生そんなことばかりで苦労して来た。それなら何度やっても同じことなのだ」

仕事であれ、男女の間柄であれ、湿り気のない没頭した一途《いちず》な姿を見たいと思う。

私はそういうものを身近に見て、素直に死に度いと思う。

「何も急いだり、焦《あせ》ったりすることはいらないから、仕事なり恋なり、無駄をせず、一揆《いっき》で心残りないものを射止めて欲しい」と云った。

柚木は「そんな純粋なことは今どき出来もしなけりゃ、在るものでもない」と磊落《らいらく》に笑った。

老妓も笑って
「いつの時代だって、心懸けなきゃ滅多にないさ。だから、ゆっくり構えて、まあ、好きなら麦とろでも食べて、運の籤《くじ》の性質をよく見定めなさいというのさ。幸い体がいいからね。根気も続きそうだ」

車が迎えに来て、老妓は出て行った。


柚木はその晩ふらふらと旅に出た。

老妓の意志はかなり判って来た。それは彼女に出来なかったことを自分にさせようとしているのだ。しかし、彼女が彼女に出来なくて自分にさせようとしていることなぞは、彼女とて自分とて、またいかに運の籤のよきものを抽《ひ》いた人間とて、現実では出来ない相談のものなのではあるまいか。現実というものは、切れ端は与えるが、全部はいつも眼の前にちらつかせて次々と人間を釣って行くものではなかろうか。

自分はいつでも、そのことについては諦めることが出来る。しかし彼女は諦めということを知らない。その点彼女に不敏なところがあるようだ。だがある場合には不敏なものの方に強味がある。

たいへんな老女がいたものだ、と柚木は驚いた。何だか甲羅《こうら》を経て化けかかっているようにも思われた。悲壮な感じにも衝《う》たれたが、また、自分が無謀なその企てに捲き込まれる嫌な気持ちもあった。出来ることなら老女が自分を乗せかけている果しも知らぬエスカレーターから免れて、つんもりした手製の羽根蒲団のような生活の中に潜り込み度いものだと思った。彼はそういう考えを裁くために、東京から汽車で二時間ほどで行ける海岸の旅館へ来た。そこは蒔田の兄が経営している旅館で、蒔田に頼まれて電気装置を見廻りに来てやったことがある。広い海を控え雲の往来の絶え間ない山があった。こういう自然の間に静思して考えを纏《まと》めようということなど、彼には今までについぞなかったことだ。

体のよいためか、ここへ来ると、新鮮な魚はうまく、潮を浴びることは快かった。しきりに哄笑が内部から湧き上って来た。

第一にそういう無限な憧憬にひかれている老女がそれを意識しないで、刻々のちまちました生活をしているのがおかしかった。それからある種の動物は、ただその周囲の地上に圏《わ》の筋をひかれただけで、それを越し得ないというそれのように、柚木はここへ来ても老妓の雰囲気から脱し得られない自分がおかしかった。その中に籠められているときは重苦しく退屈だが、離れるとなると寂しくなる。それ故に、自然と探し出して貰い度い底心の上に、判り易い旅先を選んで脱走の形式を採っている自分の現状がおかしかった。

みち子との関係もおかしかった。何が何やら判らないで、一度稲妻のように掠《かす》れ合った。

滞在一週間ほどすると、電気器具店の蒔田が、老妓から頼まれて、金を持って迎えに来た。蒔田は「面白くないこともあるだろう。早く収入の道を講じて独立するんだね」と云った。

柚木は連れられて帰った。しかし、彼はこの後、たびたび出奔癖《しゅっぽんへき》がついた。

「おっかさんまた柚木さんが逃げ出してよ」

運動服を着た養女のみち子が、蔵の入口に立ってそう云った。自分の感情はそっちのけに、養母が動揺するのを気味よしとする皮肉なところがあった。「ゆんべもおとといの晩も自分の家へ帰って来ませんとさ」

新日本音楽の先生の帰ったあと、稽古場にしてある土蔵の中の畳敷の小ぢんまりした部屋になおひとり残って、復習直《さらい》しをしていた老妓は、三味線をすぐ下に置くと、内心口惜しさが漲《みなぎ》りかけるのを気にも見せず、けろりとした顔を養女に向けた。

「あの男。また、お決まりの癖が出たね」

長煙管で煙草を一ぷく喫《す》って、左の手で袖口を摑み展《ひら》き、着ている大島の男縞が似合うか似合わないか検《ため》してみる様子をしたのち

「うっちゃってお置き、そうそうはこっちも甘くなってはいられないんだから」

そして膝の灰をぽんぽんと叩いて、楽譜をゆっくり仕舞いかけた。いきり立ちでもするかと思った期待を外された養母の態度にみち子は詰らないという顔をして、ラケットを持って近所のコートへ出かけて行った。すぐそのあとで老妓は電気器具屋に電話をかけ、いつも通り蒔田に柚木の探索を依頼した。遠慮のない相手に向って放つその声には自分が世話をしている青年の手前勝手を詰《なじ》る激しい鋭さが、発声口から聴話器を握っている自分の手に伝わるまでに響いたが、彼女の心の中は不安な脅えがやや情緒的に醱酵《はっこう》して寂しさの微醺《ほろよい》のようなものになって、精神を活潑にしていた。電話器から離れると彼女は

「やっぱり若い者は元気があるね。そうなくちゃ」呟きながら眼がしらにちょっと袖口を当てた。彼女は柚木が逃げる度に、柚木に尊敬の念を持って来た。だがまた彼女は、柚木がもし帰って来なくなったらと想像すると、毎度のことながら取り返しのつかない気がするのである。

真夏の頃、すでに××女に紹介して俳句を習っている筈の老妓からこの物語の作者に珍らしく、和歌の添削《てんさく》の詠草が届いた。作者はそのとき偶然老妓が以前、和歌の指導の礼に作者に拵えて呉れた中庭の池の噴水を眺める縁側で食後の涼を納《い》れていたので、そこで取次ぎから詠草を受取って、池の水音を聴き乍《なが》ら、非常な好奇心をもって久しぶりの老妓の詠草を調べてみた。その中に最近の老妓の心境が窺《うかが》える一首があるので紹介する。もっとも原作に多少の改削を加えたのは、師弟の作法というより、読む人への意味の疏通をより良くするために外ならない。それは僅に修辞上の箇所にとどまって、内容は原作を傷けないことを保証する。

年々にわが悲しみは深くして
いよよ華やぐいのちなりけり

『岡本かの子全集5』
（ちくま文庫）所収

桜桃

太宰治

われ、山にむかひて、目を挙ぐ。

——詩篇、第百二十一。

子供より親が大事、と思いたい。子供のために、などと古風な道学者みたいな事を殊《しゅ》勝《しょう》らしく考えてみても、何、子供よりも、その親のほうが弱いのだ。少くとも、私の家庭に於《お》いては、そうである。まさか、自分が老人になってから、子供に助けられ、世話になろうなどという図々《ずうずう》しい虫のよい下心は、まったく持ち合せてはいないけれども、この親は、その家庭に於いて、常に子供たちのご機《き》嫌《げん》ばかり伺《うかが》っている。子供、といっても、私のところの子供たちは、皆まだひどく幼い。長女は七歳、長男は四歳、次女は一歳である。それでも、既にそれぞれ、両親を圧倒し掛けている。父と母は、さながら子供たちの下男下女の趣《おもむ》きを呈しているのである。

夏、家族全部三畳間に集り、大にぎやか、大混雑の夕食をしたため、父はタオルでやたらに顔の汗を拭き、

「めし食って大汗かくもげびた事、と柳多留《やなぎだる》にあったけれども、どうも、こんなに子供たちがうるさくては、いかにお上品なお父さんと雖《いえど》も、汗が流れる。」

と、ひとりぶつぶつ不平を言い出す。

母は、一歳の次女におっぱいを含ませながら、そうして、お父さんと長女と長男のお給仕をするやら、子供たちのこぼしたものを拭くやら、拾うやら、鼻をかんでやるやら、八《はち》面六臂《めんろっぴ》のすさまじい働きをして、

「お父さんは、お鼻に一ばん汗をおかきになるようね。いつも、せわしくお鼻を拭いていらっしゃる。」

父は苦笑して、

「それじゃ、お前はどこだ。内股《うちまた》かね？」

「お上品なお父さんですこと。」

「いや、何もお前、医学的な話じゃないか。上品も下品も無い。」

「私はね、」

と母は少しまじめな顔になり、

「この、お乳とお乳のあいだに、……涙の谷、……」

涙の谷。

父は黙して、食事をつづけた。

私は家庭に在っては、いつも冗談を言っている。それこそ「心には悩みわずらう」事の多いゆえに、「おもてには快楽《けらく》」をよそわざるを得ない、とでも言おうか。いや、家庭に在る時ばかりでなく、私は人に接する時でも、心がどんなにつらくても、からだがどんなに苦しくても、ほとんど必死で、楽しい雰囲気《ふんいき》を創《つく》る事に努力する。そうして、客とわかれた後、私は疲労によろめき、お金の事、道徳の事、自殺の事を考える。いや、それは人に接する場合だけではない。小説を書く時も、それと同じである。私は、悲しい時に、かえって軽い楽しい物語の創造に努力する。自分では、もっとも、おいしい奉仕のつもりでいるのだが、人はそれに気づかず、太宰という作家も、このごろは軽薄である、面白さだけで読者を釣る、すこぶる安易、と私をさげすむ。

人間が、人間に奉仕するというのは、悪い事であろうか。もったいぶって、なかなか笑わぬというのは、善い事であろうか。

つまり、私は、糞真面目《くそまじめ》で興覚めな、気まずい事に堪《た》え切れないのだ。私は、私の家庭に於いても、絶えず冗談を言い、薄氷を踏む思いで冗談を言い、一部の読者、批評家の想像を裏切り、私の部屋の畳は新しく、机上は整頓《せいとん》せられ、夫婦はいたわり、尊敬し合い、夫は妻を打った事など無いのは勿論《もちろん》、出て行

け、出て行きます、などの乱暴な口争いした事さえ一度も無かったし、父も母も負けずに子供を可愛がり、子供たちも父母に陽気によくなつく。

　しかし、それは外見。母が胸をあけると、涙の谷、父の寝汗も、いよいよひどく、夫婦は互いに相手の苦痛を知っているのだが、それに、さわらないように努めて、父が冗談を言えば、母も笑う。

　しかし、その時、涙の谷、と母に言われて父は黙し、何か冗談を言って切りかえそうと思っても、とっさにうまい言葉が浮ばず、黙しつづけると、いよいよ気まずさが積り、さすがの「通人」の父も、とうとう、まじめな顔になってしまって、

「誰か、ひとを雇いなさい。どうしたって、そうしなければ、いけない。」

　と、母の機嫌を損じないように、おっかなびっくり、ひとりごとのようにして呟《つぶや》く。

　子供が三人。父は家事には全然、無能である。蒲団《ふとん》さえ自分で上げない。そうして、ただもう馬鹿げた冗談ばかり言っている。配給だの、登録だの、そんな事は何も知らない。全然、宿屋住いでもしているような形。来客。饗応《きょうおう》。仕事部屋にお弁当を持って出かけて、それっきり一週間も御帰宅にならない事もある。仕事、仕事、といつも騒いでいるけれども、一日に二、三枚くらいしかお出来にならないようである。あとは、酒。飲みすぎると、げっそり痩《や》せてしまって寝込む。そのうえ、あちこちに若い女の友達などもある様子だ。

　子供、……七歳の長女も、ことしの春に生れた次女も、少し風邪をひき易《やす》いけれども、まずまあ人並。しかし、四歳の長男は、痩せこけていて、まだ立てない。言葉は、アアとかダアとか言うきりで一語も話せず、また人の言葉を聞きわける事も出来ない。這《は》って歩いていて、ウンコもオシッコも教えない。それでいて、ごはんは実にたくさん食べる。けれども、いつも痩せて小さく、髪の毛も薄く、少しも成長しない。

　父も母も、この長男に就《つ》いて、深く話合うことを避ける。白痴、唖《おし》、……それを一言でも口に出して言って、二人で肯定し合うのは、あまりに悲惨だからである。母は時々、この子を固く抱きしめる。父はしばしば発作的に、この子を抱いて川に飛び込み死んでしまいたく思う。

「唖の次男を斬殺《ざんさつ》す。×日正午すぎ×区×町×番地×商、何某（五三）さんは自宅六畳間で次男何某（一八）君の頭を薪割《まきわり》で一撃して殺害、自分はハサミで喉《のど》を突いたが死に切れず附近の医院に収容したが危篤《きとく》、同家では最近二女某（二二）さんに養子を迎えたが、次男が唖の上に少し頭が悪いので娘可愛さから思い余ったもの。」

　こんな新聞の記事もまた、私にヤケ酒を飲ませるのである。

　ああ、ただ単に、発育がおくれているというだけの事であってくれたら！　この長男が、いまに急に成長し、父母の心配を憤り嘲笑《ちょうしょう》するようになってくれたら！　夫婦は親戚《しんせき》にも友人にも誰にも告げず、ひそかに心でそれを念じながら、表面は何も気にしていないみたいに、長男をからかって笑っている。

　母も精一ぱいの努力で生きているのだろうが、父もまた、一生懸命であった。もともと、あまりたくさん書ける小説家では無いのである。極端な小心者なのである。それが公衆の面前に引き出され、へどもどしながら書いているのである。書くのがつらくて、ヤケ酒に救いを求める。ヤケ酒というのは、自分の思っていることを主張できない、もどっかしさ、いまいましさで飲む酒の事である。いつでも、自分の思っていることをハッキリ主張できるひとは、ヤケ酒なんか飲まない。（女に酒飲みの少いのは、この理由からである。）

　私は議論をして、勝ったためしが無い。必ず負けるのである。相手の確信の強さ、自己肯定のすさまじさに圧倒せられるのである。そうして私は沈黙する。しかし、だんだん考

えてみると、相手の身勝手に気がつき、ただこっちばかりが悪いのではないのが確信せられて来るのだが、いちど言い負けたくせに、またしつこく戦闘開始するのも陰惨だし、それに私には言い争いは殴《なぐ》り合いと同じくらいにいつまでも不快な憎しみとして残るので、怒りにふるえながらも笑い、沈黙し、それから、いろいろさまざま考え、ついヤケ酒という事になるのである。

　はっきり言おう。くどくどと、あちこち持ってまわった書き方をしたが、実はこの小説、夫婦喧嘩《げんか》の小説なのである。

「涙の谷。」

　それが導火線であった。この夫婦は既に述べたとおり、手荒なことは勿論、口汚く罵《ののし》り合った事さえない頗《すこぶ》るおとなしい一組ではあるが、しかし、それだけまた一触即発の危険におののいているところもあった。両方が無言で、相手の悪さの証拠固めをしているような危険、一枚の札《ふだ》をちらと見ては伏せ、また一枚ちらと見ては伏せ、いつか、出し抜けに、さあ出来ましたと札をそろえて眼前にひろげられるような危険、それが夫婦を互いに遠慮深くさせていたと言って言えないところが無いでも無かった。妻のほうはとにかく、夫のほうは、たたけばたたくほど、いくらでもホコリの出そうな男なのである。

「涙の谷。」

　そう言われて、夫は、ひがんだ。しかし、言い争いは好まない。沈黙した。お前はおれに、いくぶんあてつける気持で、そう言ったのだろうが、しかし、泣いているのはお前だけでない。おれだって、お前に負けず、子供の事は考えている。自分の家庭は大事だと思っている。子供が夜中に、へんな咳《せき》一つしても、きっと眼がさめて、たまらない気持になる。もう少し、ましな家に引越して、お前や子供たちをよろこばせてあげたくてならぬが、しかし、おれには、どうしてもそこまで手が廻らないのだ。これでもう、精一ぱいなのだ。おれだって、兇暴な魔物ではない。妻子を見殺しにして平然、というような「度胸」を持ってはいないのだ。配給や登録の事だって、知らないのではない、知るひまが無いのだ。……父は、そう心の中で呟き、しかし、それを言い出す自信も無く、また、言い出して母から何か切りかえされたら、ぐうの音《ね》も出ないような気もして、

「誰か、ひとを雇いなさい。」

　と、ひとりごとみたいに、わずかに主張してみた次第なのだ。

　母も、いったい、無口なほうである。しかし、言うことに、いつも、つめたい自信を持っていた。（この母に限らず、どこの女も、たいていそんなものであるが。）

「でも、なかなか、来てくれるひともありませんから。」

「捜せば、きっと見つかりますよ。来てくれるひとが無いんじゃ無い、いてくれるひとが無いんじゃないかな？」

「私が、ひとを使うのが下手《へた》だとおっしゃるのですか？」

「そんな、……」

　父はまた黙した。じつは、そう思っていたのだ。しかし、黙した。

　ああ、誰かひとり、雇ってくれたらいい。母が末の子を背負って、用足しに外に出かけると、父はあとの二人の子の世話を見なければならぬ。そうして、来客が毎日、きまって十人くらいずつある。

「仕事部屋のほうへ、出かけたいんだけど。」

「これからですか？」

「そう。どうしても、今夜のうちに書上げなければならない仕事があるんだ。」

　それは、嘘でなかった。しかし、家の中の憂鬱から、のがれたい気もあったのである。

「今夜は、私、妹のところへ行って来たいと思っているのですけど。」

　それも、私は知っていた。妹は重態なのだ。しかし、女房が見舞いに行けば、私は子供のお守りをしていなければならぬ。

「だから、ひとを雇って、……」

言いかけて、私は、よした。女房の身内のひとの事に少しでも、ふれると、ひどく二人の気持がややこしくなる。

生きるという事は、たいへんな事だ。あちこちから鎖がからまっていて、少しでも動くと、血が噴き出す。

私は黙って立って、六畳間の机の引出しから稿料のはいっている封筒を取り出し、袂《たもと》につっ込んで、それから原稿用紙と辞典を黒い風呂敷《ふろしき》に包み、物体でないみたいに、ふわりと外に出る。

もう、仕事どころではない。自殺の事ばかり考えている。そうして、酒を飲む場所へまっすぐに行く。

「いらっしゃい。」

「飲もう。きょうはまた、ばかに綺麗《きれい》な縞《しま》を、……」

「わるくないでしょう？　あなたの好《す》く縞だと思っていたの。」

「きょうは、夫婦喧嘩でね、陰《いん》にこもってやりきれねえんだ。飲もう。今夜は泊るぜ。だんぜん泊る。」

子供より親が大事、と思いたい。子供よりも、その親のほうが弱いのだ。

桜桃《おうとう》が出た。

私の家では、子供たちに、ぜいたくなものを食べさせない。子供たちは、桜桃など、見た事も無いかも知れない。食べさせたら、よろこぶだろう。父が持って帰ったら、よろこぶだろう。蔓《つる》を糸でつないで、首にかけると、桜桃は、珊瑚《さんご》の首飾のように見えるだろう。

しかし、父は、大皿に盛られた桜桃を、極めてまずそうに食べては種を吐き、食べては種を吐き、食べては種を吐き、そうして心の中で虚勢みたいに呟く言葉は、子供よりも親が大事。


『太宰治全集9』

（ちくま文庫）所収

［な］

［は］

［ま］

［や］

索 引

［あ］

［か］

［さ］

［た］

小谷瑛輔（こたに えいすけ） 第7章、第8章
明治大学国際日本学部准教授
「坂口安吾「文学のふるさと」と芥川龍之介の遺稿」（『昭和文学研究』71、2016）、「「新技巧派」は「迷惑な貼札」か――芥川龍之介「饒舌」を視座として」（『紋説』3（13）、2016）

平 浩一（ひら こういち） 第9章
国士舘大学文学部教授
『「文芸復興」の系譜学――志賀直哉から太宰治へ』（笠間書院、2015）、「「ナンセンス」を巡る〈戦略〉――井伏鱒二「仕事部屋」の秘匿と「山椒魚」の位置」（『昭和文学研究』55、2007）

小林洋介（こばやし ようすけ） 第10章、第11章
比治山大学現代文化学部准教授
『〈狂気〉と〈無意識〉のモダニズム――戦間期文学の一断面』（笠間書院、2013）、『デキる大人の文章力教室』（日本文芸社、2013）

井原あや（いはら あや） 第14章
大妻女子大学文学部専任講師
『〈スキャンダラスな女〉を欲望する――文学・女性週刊誌・ジェンダー』（青弓社、2015）、「「妻」は誰を救ったか――映画「ヴィヨンの妻～桜桃とタンポポ～」（『坂口安吾研究』2、2016）

斎藤理生（さいとう まさお） 第15章
大阪大学大学院文学研究科准教授
『太宰治の小説の〈笑い〉』（双文社出版、2013）、「織田作之助『夜光虫』論――「大阪日日新聞」を手がかりに」（『国語国文』84(12)、2015）

執筆者紹介

松本和也（まつもと かつや） 第1章、第12章、第13章
神奈川大学国際日本学部教授
『昭和十年前後の太宰治――〈青年〉・メディア・テクスト』（ひつじ書房、2009）、「〈箱〉と“書くこと”――村上春樹研究の更新にむけて」（『信州大学人文科学論集』2、2015）

八木君人（やぎ なおと） 第2章
早稲田大学文学学術院准教授
「声への想像力――ボリス・エイヘンバウムの詩論」（貝澤哉・野中進・中村唯史編著『再考ロシア・フォルマリズム――言語・メディア・知覚』せりか書房、2012）、「シクロフスキイの「異化」における視覚」（『ロシア語ロシア文学研究』43、2011）

友田義行（ともだ よしゆき） 第3章
甲南大学文学部准教授
『戦後前衛映画と文学――安部公房×勅使河原宏』（人文書院、2012）、「安部公房の残響――勅使河原宏『サマー・ソルジャー』試論」（中村三春編『映画と文学――交響する想像力』森話社、2016）

水川敬章（みずかわ ひろふみ） 第4章、第5章
神奈川大学国際日本学部准教授
「『食堂かたつむり』試論――倫子のイメージをめぐって」（押野武志編『日本サブカルチャーを読む――銀河鉄道の夜からAKB48まで』北海道大学出版会、2015）、「太宰治、リパッケージ そして、『嫌われ松子の一生』」（『季刊 iichiko』107、2010）

乾英治郎（いぬい えいじろう） 第6章
流通経済大学流通情報学部准教授
「芥川龍之介「報恩記」論――〈探偵小説〉と〈忍者小説〉を架橋する」（『立教大学日本学研究所年報』14・15、2016）、「室生犀星の〈王朝もの〉――芥川・堀・菊池との比較から」（『室生犀星研究』39、2016）

テクスト分析入門

小説を分析的に読むための実践ガイド

Introduction to Text Analysis

Edited by Katsuya Matsumoto

［発　行］　2016年10月14日　初版1刷
2020年7月1日　4刷

［定　価］　2000円＋税

［発行者］　松本功

［ブックデザイン］　奥定泰之

［印刷・製本所］　株式会社 シナノ

［発行所］　株式会社 ひつじ書房

〒112-0011 東京都文京区千石2-1-2 大和ビル2階
Tel.03-5319-4916 Fax.03-5319-4917
郵便振替 00120-8-142852
toiawase@hituzi.co.jp http://www.hituzi.co.jp/

ISBN978-4-89476-836-9